AL
& 7 ' 8 (9) _ ¼ ¾
E A T A ⅛ ⅜
T E R : ; ⅝ ⅞
A C ? , % . ! ½

SHIFT LOCK
SHIFT KEY

CARÁCTER

TÍTULO ORIGINAL:
Karakter

*This publication has been made possible
with financial support from the
Dutch Foundation for Literature.*

Nederlands
letterenfonds
dutch foundation
for literature

Donceles 66, Centro Histórico
06010, Ciudad de México

Carácter
ISBN: 978-607-9409-88-3

Primera edición: diciembre de 2017

Diseño de interiores: Sergi Gòdia
Composición: Nuria Saburit Solbes

F. BORDEWIJK

CARÁCTER

NOVELA DE UN HIJO Y UN PADRE

TRADUCCIÓN DEL NEERLANDÉS
DE DIEGO J. PULS

Jus

A mis hijos Nina y Robert

A sadder and a wiser man
He rose the morrow morn

S. T. COLERIDGE

NO

En lo más negro del tiempo, por Navidad, vino al mundo mediante sección cesárea en la sala de parto de Róterdam el niño Jacob Willem Katadreuffe. Su madre era la sirvienta Jacoba Katadreuffe, de dieciocho años, a la que llamaban por la forma abreviada de su nombre: Joba. Su padre, el agente judicial Arend Barend Dreverhaven, un hombre que rozaba la cuarentena y ya entonces pasaba por ser el azote de todo deudor que cayera en sus manos.

La joven Joba Katadreuffe llevaba poco tiempo sirviendo en casa del soltero Dreverhaven cuando él sucumbió a su inocente belleza y ella a su fuerza. Él no era hombre dado a sucumbir: estaba hecho de granito, tenía corazón sólo en el sentido literal del término. Sucumbió aquella única vez, capitulando más ante sí mismo que ante ella. De no haber tenido la chica unos ojos tan especiales tal vez no hubiera ocurrido nada. Pero había acontecido tras varios días de furia contenida por culpa de un proyecto grandioso que Dreverhaven había ideado, montado y visto naufragar porque al final el prestamista dio marcha atrás en el último momento. O incluso pasado ese último momento, cuando ya no podía dar marcha atrás, puesto que había empeñado su palabra. No había ninguna prueba, ni un solo testigo y, como hombre de leyes que era, Dreverhaven sabía que nada podía emprender contra el incumplidor. Llegó tarde a casa, con la carta de éste en el bolsillo, una carta formulada con mucha prudencia, pero a la vez muy explícita en su negativa. Se lo había olido: en los últimos días el muy sinvergüenza supuestamente se había ausentado cada vez que lo llamaba por teléfono. Sabía que era mentira, lo sentía. Entonces, a última hora de la tarde llegó la carta, el primer y único escrito, y no había por dónde cogerla. De redacción impecable, seguro que detrás había un abogado.

Dreverhaven llegó a casa hirviendo por dentro y, en un arrebato de ira que disimuló, sometió a la joven Joba Katadreuffe. No estaba en la naturaleza de la chica sucumbir: tenía una voluntad de hierro, pero no dejaba de ser una jovencita. Lo sucedido rayó en el abuso, aunque no lo fue del todo, y ella tampoco lo consideró tal.

Se quedó con su patrón, pero dejó de dirigirle la palabra. Como él era callado por naturaleza, no se sintió molesto en absoluto. «Todo se arreglará —pensó—, y si el asunto trae cola me casaré con ella». Y se encerró a su vez en el mutismo.

Al cabo de unas semanas, Joba rompió el silencio.

—Estoy en estado.

—Ya —dijo él.

—Voy a marcharme.

—Ya.

Él pensó: «Todo se arreglará». No había pasado una hora cuando oyó cerrarse la puerta de la calle; no de un portazo, sino con el chasquido habitual. Se asomó a la ventana: allá iba la moza, con su abultada maleta de mimbre. Era una chica fuerte, no iba ladeada por el peso de la maleta. La vio marcharse cuando la tarde comenzaba a grisear; era a finales de abril. Se dio la vuelta hacia la mesa, donde yacían los restos de la cena. Se quedó quieto un momento, meditativo; era un hombre ancho de hombros, fornido pero sin gorduras, la cabeza de pedernal sobre un cuello grueso y corto, tocada con un sombrero negro de ala ancha. «Todo se arreglará», pensó, aunque comenzaba a dudarlo. Luego, sin darle más vueltas, se puso a fregar él mismo los trastos en la cocina.

La joven Joba Katadreuffe no volvió a dar señales de vida. Puesto que su estado no la entorpecía en absoluto, permaneció activa como sirvienta. Cuando ya no pudo esconder su embarazo, dijo sin más ni más que la había abandonado su marido. En aquella época no lo pasó tan mal, siempre dispuso de comida en abundancia y un techo decente. Hasta el final tuvo suficientes casas donde servir sin necesidad de pasar por la bolsa de trabajo, donde habrían indagado y descubierto su condición de soltera. Trabajaba duro, tenía una complexión de hierro y sus patrones se la recomendaban unos a otros. Los últimos meses sólo trabajó en casas de personas sin hijos: le bastaban para ganarse el sustento y así se ahorraba las situaciones incómodas en hogares de familias con niños.

Había reservado con suficiente antelación una plaza en la sala de parto. Era ciertamente muy joven, pero en absoluto ignorante; y previsora por naturaleza. También eligió el momento indicado para guardar cama, con lo que pudo descansar un tiempo. Una muchacha juiciosa, sin parientes ni amigos, una chica que no tenía nada que aprender, que lo sabía todo: así era Joba.

Hasta el final se sintió estupendamente. El rostro fresco, con dientes fuertes y ojos expresivos. Se ganó por entero a las enfermeras, ya curadas de espanto. Y esto pese a su seriedad, su silencio, la aspereza de su habla. Le preguntaron qué nombre le pondría al niño. Jacob Willem. En caso de ser niña, sólo Jacoba.

Le señalaron que el padre estaba obligado a pagar alimentos, a lo que ella no tardó en responder con patetismo:

—El niño nunca tendrá un padre.

—Vale, pero no estamos hablando de sus derechos, sólo nos referimos a que el padre tiene que proveer para tu hijo.

—No.

—¿Cómo que no?

—No quiero.

Le dijeron que cuando la dieran de alta podría dirigirse a Asistencia a la Madre, a Asistencia al Bebé para pedir ayuda.

Las manitas de sirvienta rojizas, rechonchas, infantiles, firmes, descansaban inmóviles sobre la colcha. Los ojos oscuros miraban adustos, eran claramente rechazantes. La crispación de la enfermera no tardó en esfumarse, la chica la enternecía: en su terquedad adivinaba algo de raza.

Ella no le hacía confidencias a nadie. Ardiendo en curiosidad, una de sus vecinas intentó sonsacarle con cautela la identidad del padre. Por lo visto la mujer (ella no veía por qué motivo) pensaba que detrás del asunto se escondía un señor acaudalado. Joba respondió:

—No tiene importancia, el niño nunca tendrá un padre.

—¿Por qué?

—Porque no.

El parto no se presentaba fácil. Al médico le extrañó. Una chica completamente sana. Pero tuvo que ceñirse a los hechos. Por último, decidió proceder a una operación y se la llevaron rodando.

El facultativo tenía ya mucha experiencia en la materia. No obstante, nunca olvidaría del todo el caso; en el círculo de colegas lo comentaría varias veces, aun años después. Bajo sus instrumentos vio marchitarse a la chica anestesiada, que en una hora se saltó la edad adulta. Le preocupaba el corazón, pero éste se mantuvo sano. La paciente no hizo nada más que marchitarse precipitadamente, como una flor expuesta a un gas tóxico. Contra toda certeza, él esperaba que todo volviera a componerse. Nada de eso: de las ruinas de su juventud ella no rescató más que la intensa, seria mirada. La mirada de raza.

El médico vino todos los días a sentarse un rato con ella.

—De momento no puedes trabajar, tienes que hablar con el padre.

—No.

—Debes hacerlo por el bien de tu hijo.

—No, no y no.

—Está bien —la tranquilizó—. En cualquier caso, deberás reconocerlo.

Joba hizo que le explicasen de qué se trataba y luego accedió. Fue su primer sí.

Sabía que era varón, pero no preguntaba por él, jugándose algo de la simpatía ganada. No intuían que ella simplemente no tenía el carácter para pedir el más mínimo favor, ni siquiera que le enseñaran a su propio retoño.

En casos así, el niño rara vez padece trastornos a raíz del parto. La enfermera lo trajo al tercer día.

—Joba, mira los ojazos que tiene tu hombrecito.

Eran sus mismos ojos marrones, tirando a negros. Tenía, además, un copete de pelusa negra.

—Ya se le puede peinar con raya —bromeó la enfermera.

El niño permaneció frenético e impaciente junto a su madre. En las camas vecinas se instalaron otras mujeres, y otras.

—Quisiera irme —dijo Joba.

Al cabo de tres semanas le dieron el alta. Se despidió de todas las enfermeras dándoles la mano, una mano pequeña, pálida y estrecha, ahora huesuda.

—Muy agradecida —le dijo a cada una—. Muy agradecida.

—Muy agradecida —le dijo al obstetra.

—Piensa en lo que te he dicho —la conminó el doctor De Merree—. Las direcciones de Asistencia al Bebé y Asistencia a la Madre han estado tantos días colgadas en tu cabecera que ya las habrás memorizado.

—No —dijo Joba—. Pero de todos modos se agradece.

Al agente judicial A. B. Dreverhaven no le resultó difícil seguirle los pasos a la madre. Seguir a las personas era parte de su oficio, y él conocía muy bien su oficio. Al cabo de unos días ya sabía que vivía en una de las calles más pobres por la zona del matadero. Ya no era Joba, era la señora Katadreuffe, también para ella misma.

Le llegó una carta. El sobre, que llevaba impresa la dirección del despacho de Dreverhaven, contenía sólo media hoja. En el encabezamiento ponía en grandes letras de molde: memorándum y otra vez la dirección. La epístola se componía de una fecha y tres palabras: «¿Cuándo nos casamos?».

No llevaba firma. La letra era negra, lapidaria, ciclópea. La hizo trizas. Ese mismo día el cartero le entregó un giro postal por valor de cien florines. En el talón figuraba la misma dirección, con la misma caligrafía. Se quedó indecisa por un momento, pero no era una mujer de indecisión prolongada. Consideró hacer trizas también el giro, pero se limitó a tachar la dirección. «Devuélvase al remitente», escribió antes de echarlo al buzón.

Dreverhaven era un hombre sin corazón en el sentido de que no le interesaban los sentimientos. El que no obtuviera respuesta y recuperara sin más ni más su dinero no le estorbaba en absoluto. Fue y recobró con parsimonia su giro postal. Pero no era un hombre sin conciencia de la responsabilidad. Y tenía tanta fuerza de voluntad como conciencia del deber (aunque en un sentido bastante restringido). Al mes siguiente, la señora Katadreuffe recibió de nuevo la misma carta: «¿Cuándo nos casamos?». Y un giro postal, en esta ocasión por valor de cincuenta florines. Ella hizo lo mismo que la vez anterior.

En total seis veces escribió Dreverhaven religiosamente, mes a mes, esos memorándums. Nunca obtuvo respuesta. El duelo con los giros postales de cincuenta florines duró un año entero. La duodécima vez ella escribió en diagonal, tachando el texto: «Será rechazado siempre». Quizá fue por eso... En cualquier caso, la contienda acabó allí. Esta vez había vencido ella, pero la satisfacción significó poco. Durante toda su vida conservó un cierto desprecio de sí misma; no una sensación de inferioridad, más bien un odio orgulloso hacia su sexo en general. Al fin y al cabo, se culpaba a sí misma, más que a él, por haber sucumbido: se culpaba por ser mujer. Si bien tenía trato con los vecinos (con la característica reserva de los pobres decentes), no era, sin embargo, muy popular entre las mujeres del barrio, pues despotricaba con frecuencia contra su sexo. Su juicio despiadado sobre la debilidad femenina era conocido y causaba extrañeza. Llevaba una vida recogida, pero en ocasiones podía airear con crudeza su desprecio.

«Las hembras apenas servimos para echar hijos al mundo y poco más.»

Entre los hombres sí que caía bien. Estaba vieja y tenía la cara ajada; dos arrugas de intensa amargura enmarcaban su boca; la hermosa y fuerte dentadura de otrora había quedado destruida muy pronto al dar a luz. Pequeña y erguida, daba la impresión de ser frágil. Pero sus ojos como carbones, no obstante, parecían atraer a los hombres, que no notaban las arrugas, la piel ajada, el pelo arreglado pero encanecido.

En una ocasión, en casa de unos conocidos, le presentaron a un barquero cuyo barco arrastraba, con un calabrote de acero, una gigantesca grúa flotante de un puerto a otro. Vivía en la sala de máquinas. Era uno de esos monumentos humanos que representaban lo mejor de una Róterdam laboriosa: un muchachón con una carne de piedra, ancho, bien alimentado, de voz y movimientos retumbantes; un hombrón forjado únicamente de Holanda y de agua. Era unos cuantos años mayor que ella: calculaba que tendría más o menos la edad de Dreverhaven. Se llamaba Harm Knol Hein.

Se ofreció para acompañarla a casa y nada más pisar la calle le preguntó si no le apetecía casarse. Durante la velada le había hablado de su vida en la grúa. A ella el agua le gustaba. En la gran ciudad estaba tan alejada de los majestuosos complejos portuarios, por la zona donde vivía podía apestar tanto a hueso y entrañas, sobre todo por las cocinas de sangre en las instalaciones del matadero. Sí, echaba de menos el agua y su aire fresco.

El hombre continuó hablando. Podía vivir en la grúa y, si el dueño ponía reparos, le cogería una habitación en tierra, pero siempre en las proximidades de los puertos, por supuesto. No, no importaba, la cuestión tenía arreglo.

—Lo pensaré —dijo Joba a modo de despedida.

Lo dijo únicamente por cortesía hacia el maquinista. Le caía bien y no quería rechazarlo con brusquedad. Pero ya lo tenía decidido: no podía ser. Ella hecha una vieja y ese varón sano, ¿qué veía en ella? No, no podía ser. Pidió su dirección a los conocidos y lo despachó con pocas palabras. En la negativa se escondía un desprecio de sí misma, del sexo femenino mundial.

Cuidaba bien de su hijo, era una madre poco locuaz, severa, inflexible, dura, pero buena. De ninguna manera podía ya salir a trabajar tanto como al principio. El niño también reclamaba una parte de su tiempo; no era fuerte, padeció viruela, sarampión y otras enfermedades infantiles que lo enrabietaban e impacientaban. Tuvo que encomendárselo medios días a unas vecinas, donde se criaba como uno más de un montón de críos, sin recibir la educación que ella creía correcta, por lo que (creyendo en la mano firme) al llegar a casa se mostraba aún más severa de lo que era por naturaleza.

Los primeros años fueron haciéndose más difíciles. En una ocasión se vio obligada a mudarse a una casa de vecindad, donde acabó entre los más pobres de la población. Las chabolas en verano se infestaban, era lo que más le preocupaba. Luego se desató la guerra mundial, llegaron los aumentos de precios y la escasez de alimentos. Los años diecisiete y dieciocho fueron muy negros para ella.

«El niño no debe sufrir las consecuencias —se decía—: tendrá lo mejor de lo mejor.» Pero también lo mejor era de un nivel muy inferior a lo habitual en tiempos de paz.

En esos años alguna que otra vez tuvo que endeudarse pasajeramente; el alquiler no siempre podía cancelarlo el lunes, aunque cada vez lograba salir del apuro porque cuidaba extremadamente su economía. Ropa para salir no tenía, se conformaba con que sus vestidos de trabajo y sus delantales estuvieran enteros y aseados.

También el joven Katadreuffe recordaba esos años como sumamente negros. Estaba con los pequeñajos menesterosos en el curso inferior de la escuela de pobres, un edificio situado en una bocacalle sombría, una de esas calles que dan la impresión de que nunca llega el calor. Y lo mismo pensaba de la escuela. El edificio era imponente, húmedo, hueco y oscuro, pero eso y sus compañeritos menesterosos no era lo peor: lo peor era la chusma de los cursos superiores. Chicos de la misma calaña que los que poblaban la casa de vecindad, que destrozaban faroles callejeros, que juraban como borrachos adultos, que a la salida de la escuela esperaban a los pequeños a la vuelta de la esquina para darles una tunda.

En una ocasión el niño Katadreuffe llegó a casa con la boca ensangrentada. Le habían sacado a golpes toda una hilera de los dientes superiores, aunque por fortuna se trataba de sus dientes de leche, que de todos modos ya estaban sueltos.

Un domingo, en la primavera del dieciocho, cuando cursaba el último año, dos policías con casco vinieron a meter miedo en la casa de vecindad. Él también sintió miedo, pero no tenía por qué. Los policías registraron todas las viviendas y detuvieron a cuatro chicos que la tarde anterior habían saqueado un carro de pan a plena luz del día. En una bolsa de arpillera aún encontraron cinco panes enteros que éstos no habían llegado a comerse.

Su madre lo había mantenido alejado en lo posible del populacho, razón por la cual naturalmente lo acosaban y golpeaban cada vez que podían. Veía ahora con gran regocijo cómo se llevaban a cuatro ejemplares de ese ganado.

El barrio le tenía respeto a su débil y diminuta madre. Ella sabía muy bien que se debía a sus ojos, que podían ser de tormenta, y rara vez necesitaban asistencia de la voz incisiva. El joven Katadreuffe también superó poco a poco su miedo y aprendió a sacar él mismo los puños. Se identificaba con su madre en su actitud de rechazo a la plebe. Tenía sus mismos ojos, relampagueaban igual, y un carácter irascible. En una ocasión pateó a un muchacho más grande que él. Lo pateó como un rayo en lo más blando del vientre. El atacante cayó hacia atrás cuan largo era y perdió el conocimiento en medio del paso del patio interior, a la vista de todos.

La señora Katadreuffe lo vio. No lo castigó, pero entendió que debía mudarse. Tampoco le venía mal. Durante la noche desalojó la vivienda. Un carro de mano esperaba junto al portón para cargar los escasos enseres. El hombre de las mudanzas ayudó a sacar en silencio las cosas de la casa. Ocurría con relativa frecuencia que un inquilino partiera de golpe y porrazo. Unas veces se trataba de una mujer que abandonaba a su marido y le dejaba la vivienda vacía, otras solamente era cuestión de retraso en el pago de la renta.

La señora Katadreuffe se marchó sin deudas. Había depositado el alquiler, primorosamente envuelto en un recorte de periódico, en el alféizar de la ventana, encima de la ficha de locación, en la que no faltaba ni una sola de las firmas semanales del encargado. Era una ficha hermosa, casi llena, sin ningún hueco, una ficha como no muchos habitantes de la casa de vecindad habrían sido capaces de enseñar.

MÁS DE LA INFANCIA Y ADOLESCENCIA

Resultó muy conveniente que tuviera que mudarse. Tenía intención de hacerlo de todos modos, pues empezaba a irle un poco mejor. Tenía una habilidad natural en las labores.

En el mercado de los pobres de Goudse Singel había encontrado una partida de lana de un extrañísimo y llamativo color verde. La vendedora le dijo que la lana estaba dañada y desteñida por el agua de mar. Se la dejó por poco dinero; quedó debiendo una semana el alquiler de la casa, pero ya lo compensaría en breve. Confeccionó una labor de diseño propio: un gran centro de flor de color añil, salpicado con puntos negros representando las semillas, bordeado de pétalos azul claro, el resto del cañamazo rellenado con el curioso verde a modo de fondo. La flor cubría un tercio de la superficie total y se hallaba en una esquina.

Se dirigió a una tienda de labores artísticas cuya propietaria compró enseguida su trabajo para hacer un gran almohadón de diván. A cambio le dio quince florines, el importe solicitado, y además le dijo que volviera cuando tuviera algo nuevo. El almohadón permaneció una tarde expuesto en el escaparate al precio de cuarenta florines. Se vendió en pocas horas. Esa época, justo después de la guerra, trajo aparejada en el país una gran reanimación: había una demanda sostenida de obras de arte y los precios eran altos.

En lo sucesivo vivió de la tienda y de un huésped. La partida de lana fue utilizándola con inteligencia. Conocía los límites de su talento, pero tenía una capacidad innata para combinar los colores con originalidad. Sus labores acababan siendo siempre distintas y siempre acertadas. A menudo, los colores que yuxtaponía en teoría no combinaban, y sin embargo resultaban armónicos porque ella elegía los matices adecuados. Aun el naranja, el color más feo e intolerante que existe, producía en sus labores un hermoso efecto. Ella misma diseñaba los patrones. Alguna vez intentó darle a uno un aire persa, pero no era lo suficientemente meticulosa y el resultado no fue del todo bueno; además, los colores que le gustaba eran demasiado chillones para ese estilo. En ocasiones, sus diseños chocaban con el anticuado criterio de la tendera, que los criticaba. Pero ella parecía captar mejor el gusto del público que aquella mujer conservadora.

Por esa época se mudaron de la casa de vecindad a una calle próxima al mercado de ganado. El barrio era mucho mejor que el de la casa de vecindad, incluso mejor que el de su primera casa, cerca del matadero. Si bien el ganado vivo también olía, no generaba el hedor persistente de sus desechos: era un olor relativamente sano. Manadas de vacas mugían contra los frentes de las casas, las ovejas acudían formando torrentes de lana, colmando las calles de orilla a orilla.

Fue por esa época cuando buscó acercarse en cierto modo a sus vecinas, saciando por fin una necesidad femenina de conversar. Pero aun con esas pobres decentes no se llevaba demasiado bien, pues desaprobaban sus manifestaciones despectivas sobre el sexo femenino.

Éstas sí caían bien a los hombres, pero con ellos, sin embargo, nunca tenía un trato familiar: se cuidaba de no despertar celos, una actitud que las mujeres acababan valorando, pues la mujer de cualquier condición tiene una mirada aguda para detectar todo lo que pueda amenazar su matrimonio. Todos la consideraban una mujer decente, sin menoscabo de que tuviera un hijo natural; esas cosas no cuentan mucho entre las gentes del pueblo: cuando el hombre deja plantada a la chica, él es el cabrón y ella la pobrecilla. Como no había contado nada sobre su renuencia a casarse con su seductor, su caso no daba pie a un juicio divergente.

Su nueva ocupación no era cansada físicamente, pero sí mentalmente. Cuando había trabajado solía notársele: la cara surcada tenía un color poco saludable, parejo, pálido; los ojos oscuros le brillaban como fascinados. También el estar siempre inclinada afectaba a sus pulmones: empezó a toser.

El niño no era fuerte. Se veía enseguida que era su hijo, más por la mirada que por los ojos: por el ardor de la mirada. Tenía una dentadura bonita, aunque no tan fuerte como la de ella antes de dar a luz. Los dientes eran menos cuadrados, de un blanco demasiado puro para poder llamarse blanco, de un blanco puro como la tiza. La doble hilera aparecía impoluta cuando el niño reía, aunque rara vez lo hacía. Tenía el carácter hosco e irascible de la madre, pero al ser todavía un niño, era menos capaz de controlarse. Tenía pocos conocidos, y amigos, ninguno.

Entretanto, el niño Katadreuffe había terminado la escuela primaria. A continuación, su madre no lo mandó a aprender ningún oficio: que él solo se abriera paso por el mundo; ella también había tenido que hacerlo. Fue chico de los recados con distintos patrones, luego trabajó en una fábrica de botellas, pero su salud se resintió: se le puso la piel cetrina, así que ella lo dejó que volviera a ser chico de los recados. Durante la adolescencia tuvo al menos diez oficios y treinta patrones y, aun así, cuando cumplió los dieciocho años se encontraba socialmente en el mismo lugar que al principio. Sin embargo, lo que ganaba se destinaba exclusivamente a sus necesidades, a su ropa; cuando se hizo mayor y ganaba un poco más, la madre le permitía conservar una pequeña cantidad a modo de dinero de bolsillo: ella no lo necesitaba, podía vivir de su propio trabajo y encima tenía un huésped, un tal Jan Maan.

Éste era un fresador que ganaba muy bien. Ella había respondido a un anuncio publicado en el *Diario de Noticias* de Róterdam solicitando una habitación con pensión completa. Acudió Jan Maan y enseguida simpatizaron. Justo se había liberado el cuarto de atrás, que ella se apresuró a tomar en alquiler, con lo que pasó a disponer de toda la primera planta de la casa: el cuarto de delante con la pequeña alcoba donde dormía ella, el gabinete ocupado por el joven Katadreuffe, la cocina y el cuarto trasero para el huésped.

Jan Maan era un tipo de apariencia fresca y saludable. Se había peleado con sus padres por culpa de su novia. Ellos despotricaban contra esa señorita que trabajaba en una cafetería y vivía de propinas: aquello nunca podría ser gran cosa.

Jan Maan, hirviendo de rabia por ese juicio injusto, tomó partido por su chica. Fue así como puso el anuncio en el diario. Más tarde discutió con ella y terminaron rompiendo, pero como no era mezquino, le dejó todo lo que habían ahorrado para la boda, aunque él hubiera aportado al menos la mitad. A la señora Katadreuffe le pareció un gesto noble de su parte, aunque no dijo nada al respecto. Era, en ese sentido, una verdadera mujer del pueblo, de las que nunca hacen alarde de sus sentimientos y tienen un gran recato natural respecto de todo lo atinente al corazón. Jan Maan y el joven Katadreuffe se hicieron amigos; él era ya un hombre y éste todavía un muchacho, pero no importó. De ahí en más fueron amigos siempre.

La señora Katadreuffe en realidad habría podido prescindir del huésped igual que de la paga de su hijo. Consideraba su aportación más como una reserva, para cuando le fuera menos bien: ahí toda entrada sería bienvenida. Mientras tanto, lo mismo daba guisar para dos que para tres, o hacer una cama más.

Entre los dieciocho y los diecinueve años, Katadreuffe estuvo más de seis meses sin trabajo. Ganduleaba en casa, aunque sin estorbar a su madre. La mayor parte del tiempo la pasaba leyendo en su gabinete. De su dinero de bolsillo había ido comprando toda una colección de libros de segunda mano. Por falta de experiencia, los había pagado demasiado caros en cuanto al valor de mercado, aunque no en cuanto a su disfrute personal. Eran libros serios, nada de novelitas:botánica y zoología, las maravillas del mundo, los milagros del universo. Su obra predilecta era una vieja enciclopedia alemana a la que le faltaban los últimos tomos. Con ella aprendió alemán. Lo que no entendía lo buscaba en un viejo diccionario; tiempo después era capaz de entender bastante bien la lengua.

No estorbaba a su madre y ella, en su fuero interno (nunca abiertamente), alababa la solidez de su hijo, pero le molestaba que no saliera adelante. Debía irse, irse, abrirse su propio camino, ella también lo había hecho. Sentía que el muchacho tenía madera para más; el trabajo manual nunca le satisfaría, pero tenía que escalar por sus propios medios, el que no lo intentara y no hiciera más que leer lo maduro y lo verde sin digerirlo bien la irritaba. Llevaba medio año en casa y de hecho no daba golpe.

Luego trabajó hasta los veintiún años en una librería; como mozo de almacén, no en la tienda. Fue el primer empleo que le dio cierta satisfacción, ya que a salto de mata le permitía ampliar sus conocimientos. Pero no salía adelante, seguía sin ganar lo suficiente para independizarse, continuaba viviendo con ella.

Se trataban con aspereza, pese a que para ella no era un mal hijo. Las tardes del domingo solían dar un paseo. Ella quería ir al río, nunca a otro sitio, así que iban al parque o a los antiguos viveros. Oteaban el agua. Hablaban poco: su silencio rayaba a veces en la enemistad.

Él sabía desde hacía tiempo que era hijo natural y cómo se llamaba su padre, pero éste no le interesaba. Sabía también dónde quedaba su despacho, pero instintivamente siempre lo había eludido, incluso el barrio donde estaba situado. Una vez le comentó a ella durante el paseo:

—Podría haberse ocupado de ti y de mí.

—Sí, pero yo no quise.

—También podría haberse casado contigo.

—Sí, y me lo pidió, pero no acepté.

—¿Y por qué?

—Eso es asunto mío.

—¿Y mío no? —No obtuvo ninguna respuesta. Tras una breve pausa preguntó—: ¿Está casado?

—No que yo sepa.

Lo dijo con indiferencia, aunque mentía: sabía con certeza que no se había casado. Las cosas principales de la vida de él las sabía por intuición de igual modo que él sabía las suyas por averiguación.

Pero había algo que ninguno de los dos sabía: que, cada uno a su manera, pertenecían a la clase de personas que esconden siempre lo que sienten. En la mujer, justamente por serlo, había más sentimiento; sin embargo, exteriormente parecía igual de dura que el otro.

UNA QUIEBRA

Hacía sólo unos meses que Katadreuffe había alcanzado la mayoría de edad cuando algo en él despertó. Tuvo una visión de su futuro: malos empleos, subordinación, periodos sin trabajo y, cuando su madre ya no estuviera, mala comida. En definitiva, no había venido al mundo para eso. Pensó lo mismo que su madre había pensado tantas veces, pero que nunca había querido decirle. Para empezar, quería ser un hombre libre. En La Haya se traspasaba un estanco por trescientos florines: cien por la clientela y doscientos por el inventario; Jan Maan se había enterado por unos conocidos.

Katadreuffe compró el negocio con un anticipo que obtuvo de un pequeño banco usurero: la Sociedad de Crédito Popular, que publicaba anuncios minúsculos en los periódicos. No lo consultó con su madre: la puso ante el hecho de que había renunciado a su empleo con el librero y que se mudaría a La Haya la semana siguiente. Al contárselo, ella no emitió ninguna respuesta, provocando el enfado del hijo.

—Podrías decir algo.

—Tú sabrás —dijo la madre fríamente.

Esto era aún peor que la ausencia de respuesta. Se quedó enfadado con ella; ese domingo se encerró en su gabinete y no quiso ver a nadie, tampoco a Jan Maan. Disfrutó por anticipado de su triunfo sobre ella si encontraba solo su camino, si comerciaba cada vez a mayor escala y al cabo volvía de La Haya hecho un hombre rico. Lo suyo no se comparaba con las miserables labores un día sí y otro también. Su falta de experiencia lo había llevado a no preguntarse por qué el banco le había adelantado ese dinero tan fácilmente, aunque fuera aplicando un interés muy elevado. Más tarde, ya con mayor conocimiento del mundo, esa facilidad le sorprendió, y más tarde aún, cuando se enteró de quién era el dueño del banco, ya no.

Se mudó de su gabinete a La Haya llevándose sus cuatro cosas. La aventura acabó en un fiasco. No tenía la menor idea de hacer negocios. No era que el anterior dueño del estanco lo hubiera manejado mal hasta verse obligado a venderlo; era, sencillamente, que desde el principio estaba destinado al fracaso. Tenía una ubicación poco feliz, en una calle comercial de un barrio pobre, junto al puerto de pescadores. La población pesquera realojada con ocasión del saneamiento del conglomerado de chabolas de la vieja Scheveningen vivía ahora en ese barrio. Para colmo, la calle contaba ya con dos estancos que tenían mucho mejor aspecto que el suyo.

Vivió cinco meses de las existencias, sin comprar mercancía nueva, limitándose a agotar la que había. Pese a ello, no tenía casi para comer y acabó debiendo el alquiler. Partió entonces durante la noche, como habían partido su madre y él de la casa de vecindad años antes. Pero esta vez no dejó dinero en el alféizar de la ventana para el casero. Sus pocos muebles y sus libros volvieron a Róterdam en un camión que mantenía un servicio nocturno, costándole su último dinero.

A la mañana siguiente volvió a instalarse en su antiguo gabinete. La madre no dijo nada: lo había visto venir. Lo único que no había entendido era que su hijo llegase a aguantar cinco meses. Examinó en silencio, de pies a cabeza, su demacrada figura. Pensó que su complexión poco robusta precisaba una buena alimentación: siempre le había dado lo mejor de lo mejor. Pero sólo cambiaron miradas que anunciaban tormenta y, por lo demás, nada. Ella le sirvió varias gruesas rebanadas de pan generosamente untadas de mantequilla que él se zampó sin pronunciar palabra.

Después de unos quince días llegó un papel del juzgado. Un abogado, un tal licenciado Schuwagt, solicitaba su quiebra en nombre de la Sociedad de Crédito Popular. Se lo enseñó a su madre.

—Mira.

—Tú sabrás —fue la única respuesta.

Había albergado vagas esperanzas de que ella lo ayudara. Una madre siempre ayuda a su hijo cuando la sangre llega al río. Nada de eso, y él era demasiado orgulloso para pedírselo. Ya bastante lamentaba tener que volver a vivir a su costa. Por suerte no le había dicho nada de sus expectativas de riqueza, de su propósito de hacerle ver que él sabía hacer las cosas de manera distinta de ella. ¡Cómo se habría regodeado! ¡Menos mal!

Al final, la deuda no era insuperable. Si ella hubiese querido ayudarlo habría podido liquidarse a plazos. Sólo que ella se negaba a ayudarlo. Tenía que llegar solo, ella también había tenido que hacerlo. Y la impulsaba también otro motivo, éste inconsciente: su esencial espíritu de economía de mujer del pueblo que ha podido ahorrar algo y que sólo quiere cederlo cuando lo reclamen las cosas verdaderamente grandes: la boda del hijo, o su propia muerte con un entierro decente y un sobrante para que el hijo herede. No, no, su libreta de la Caja de Botersloot no la tocaría, y pasar privaciones por el pago a plazos tampoco era lo suyo.

Katadreuffe dejó entonces que rodara la bola.

No se presentó al juzgado: se negaba. Que vinieran a buscarlo donde estaba y vendieran su pilita de libros. No quería admitir cuánto le dolería. La madre se dio cuenta. Sobre todo por los libros se compadecía profundamente del hijo, pues en lo más hondo de su ser era madre completamente. Con todo, no movió un dedo: que él solo encontrara su camino.

Quien sí se ofreció a ayudarlo fue Jan Maan, pero Katadreuffe rechazó su ayuda con rotundidad, y en el consiguiente enfrentamiento de nobleza de espíritu salió victorioso. Y es que Jan Maan acababa de echarse una novia, estaban ahorrando para la boda, y Katadreuffe no quiso arruinar sus planes bajo ningún concepto.

Así pues, no le quedó más remedio que quebrar; salió en el periódico y fue a visitarlo su síndico, el licenciado De Gankelaar. Éste vino acompañado de un agente judicial que lo apuntaba todo.

Cuando el licenciado De Gankelaar se personó junto con el agente judicial, Katadreuffe se había ausentado y la madre estaba sola en casa. Un caballero subió ruidosamente las escaleras y detrás de él un tipo grueso y pesado; en ningún caso un caballero: un hombre. La señora Katadreuffe los esperaba en lo alto de la escalera sin sospechar nada. El caballero se dio a conocer como el síndico. El hombre accedió tras él al pequeño portal, y por su sola silueta a contraluz en la oscuridad de la caja de la escalera (y quizá también por instinto), ella reconoció en el acto al que no había visto en veintidós años: Dreverhaven. Sintió que se ponía blanca como el papel y rápidamente dio un paso atrás para esconderse en el rincón más oscuro. En un abrir y cerrar de ojos se repuso. Con una increíble fuerza de voluntad, en un abrir y cerrar de ojos consiguió incluso que su rostro recuperara su color habitual. Su voz sonó de lo más natural cuando preguntó si deseaban pasar y les ofreció una silla a su mesa al caballero y al hombre. A este último lo había evaluado en una fracción de segundo: un tipo de cierta edad, aunque todavía fuerte y temible. Y sintió un orgullo efervescente de que su seductor hubiera sido precisamente ese hombre y no otro, de que nunca hubiera querido aceptar nada de él, ni boda ni céntimo alguno. Sintió que el tipo ceniciento, taciturno, majestuoso, la recordaba: en ese instante sabía que ella, la madre de su hijo, estaba sentada frente a él en el interior de su propia casa, una casa que ella había obtenido con su trabajo, sin ayuda suya. Porque sabía muy bien quién era ese Dreverhaven: un agente judicial, claro, pero al mismo tiempo un verdugo para todos los deudores que caían en sus manos. ¡Ay de los inquilinos morosos desahuciados por Dreverhaven! La ley es algo sagrado para el pueblo: quien no teme a Dios ni a sus padres, al menos temerá la ley. La ley en su plena e inhumana severidad era sinónimo de Dreverhaven. En amplias capas de la población, Dreverhaven era temido; a menudo habían hablado de él en su presencia. Él conocía a cientos; a él lo conocían decenas de miles, al menos de nombre. ¿Cómo no iba a conocerlo ella? Pero sabía más que muchos: que no estaba casado, que no se había casado nunca.

Y pasó algo curioso. Porque había venido detrás del síndico, eso era lo correcto: el hombre viene después del señor; pero llenaba todo el cuarto y el señor apenas existía. Y no la molestó que, mientras el síndico, ya en el portal, se había descubierto, como corresponde a una persona (también a un señor) que visita a otra, aunque ésta sea una mujer del pueblo, Dreverhaven estuviera allí sentado, en su propia sala, con un sombrero de fieltro negro calado bien hondo en la cabeza. Porque sintió que Dreverhaven era un hombre de esos que no se descubrían ni siquiera ante Dios, sólo ante la ley. Y recordó que él en su casa también iba siempre con el sombrero calado: se sentaba a la mesa con el sombrero calado, en efecto; un sombrero negro de ala ancha igual que éste.

Entretanto se oyó hablar a sí misma con el síndico.

—No señor, mi hijo no posee prácticamente nada. Vive en mi casa desde hace unas semanas, pero el alquiler de la casa está a mi nombre. Todo esto, aunque no es mucho, es mío. Él no posee más que un par de libros, ¿y qué pueden llegar a valer? Pero, naturalmente, la justicia tiene que seguir su curso.

—¿Dónde están esos libros? —preguntó la voz del viejo.

La misma voz, profunda, majestuosa, de veintidós años atrás, e incluso más imponente que entonces.

Con un dedo que no le tembló, señaló el gabinete. Él la miró a los ojos por primera vez y luego desvió la mirada hacia donde indicaba serena la mano. Los pequeños ojos incisivos se detuvieron por un instante en los grandes y oscuros, siempre fogosos. Hermosos e inusuales ojos para una mujer de su edad; pero ella no era vieja, sólo estaba avejentada. Los surcos de amargura que rodeaban su boca habían ido mudando en los surcos más suaves de la vejez. Tenía cuarenta años. Él se puso en movimiento sin decir palabra. Lo oyó abrir la puerta del gabinete. Mientras, el síndico dijo:

—Citaré a su hijo para que venga a verme. Tengo que hablar con él en persona. Que me traiga una lista de acreedores y, si ha llevado la contabilidad, también los libros. Lo que posea deberá venderse, pero antes necesito la tasación. De eso se encargará el agente judicial. —Guardó silencio un momento. La miró. Le resultó distinta de lo que se había esperado: curiosa, aunque también en cierto modo simpática—. En fin, ya veremos qué se puede hacer. —La mujer no captó el significado de las últimas palabras, pero no pidió explicación. El hombre se puso de pie—. Bien, debo irme. Quedamos entonces en que le escribiré a su hijo para que venga a verme. Creo que el señor Dreverhaven ya ha terminado.

Abrió la puerta del gabinete: allí ya no había nadie.

No había oído partir a Dreverhaven, ella sí: mientras hablaba con él no se le había escapado ningún ruido procedente del gabinete. El síndico echó una ojeada; su mirada recayó en una estantería llena de libros con los lomos decolorados. Se acercó a ella, cogió un libro aquí y allá, leyendo con parsimonia los títulos, uno por uno.

—Ejem —murmuró un par de veces. —La mujer permaneció junto a él inmóvil y en silencio, examinándolo detenidamente. Un auténtico señor, un señor con estudios, un hombre joven, amable y galante. Un rostro inteligente. Pelo rubio claro. Un cuerpo deportivo y atlético que se movía con facilidad. El síndico de su hijo—. Ejem —volvió a murmurar, antes de despedirse amablemente.

FACHADA Y BUFETE

Unos días después, Katadreuffe recibió una carta. «Del síndico», ponía en la parte superior del sobre, que sólo llevaba la dirección del licenciado A. Stroomkoning: Boompjes. En el membrete aparecían varios nombres en el orden siguiente: «Ldo. A. Stroomkoning, abogado, procurador, perito marítimo. Ldo. C. Carlion, ldo. Gideon Piaat, ldo. Th. R. de Gankelaar, lda. Catalina Kalvelage, abogados y procuradores».

El nombre del licenciado Stroomkoning venía impreso en letras más grandes y estaba separado del resto; era, por tanto, el principal. El síndico figuraba en penúltimo lugar y el bufete contaba ya también con una abogada mujer. Un gran bufete. Debajo de la lista de nombres se leía: «Se ruega dirigir su respuesta al signatario de la presente».

Katadreuffe se sintió de pronto incorporado al mundo de los grandes negocios. Esa frasecilla tenía algo mágico; le permitía dejarse llevar por los pensamientos. Cada uno de los cinco letrados tenía su propia sección, pero él no necesitaba enviar ninguna respuesta: sólo le notificaban que debía presentarse. «Le invito a acudir a mi despacho mañana a las diez de la mañana. Le ruego traer los libros contables y la documentación pertinente, además de una lista de acreedores con indicación del carácter de las deudas respectivas.»

Katadreuffe no tenía más que tres acreedores: la Sociedad de Crédito Popular, su casero de La Haya y Jan Maan, a quien le había pedido en préstamo unos treinta florines en total. Jan Maan le había prohibido estrictamente mencionarlo, pero Katadreuffe lo hizo de todos modos, temiendo en su ignorancia que de lo contrario la deuda carecería de validez o algo por el estilo. Con esa pequeña lista y el contrato del estanco (el único documento que poseía: libros contables nunca había tenido) se encaminó el día siguiente al bufete.

Llegó un poco antes de la cita. Aún le quedaban diez minutos y pasó indeciso por delante de la puerta de entrada. De un vistazo registró cinco placas: una copia exacta y más grande del membrete, siendo la mayor la del licenciado Stroomkoning.

Unas casas más allá se dio la vuelta, zigzagueó entre el tráfico y dio marcha atrás por la acera de enfrente. Allí, en un pequeño claro entre unas cajas, se detuvo y alzó la vista hacia el bufete: un edificio alto, estrecho; una antigua casa señorial, lo vio enseguida. Visillos en todas las ventanas: no se podía descubrir nada de la vida interior. Pero la puerta abierta de par en par. Detrás, una pequeña escalera hacia arriba, hacia la primera planta, a escasa altura y con ventanas altas. Y luego, sobre todo, esa ristra de placas de cobre amarillo con letras pintadas de negro. Desde donde estaba alcanzaba a verlas sólo cada tanto, por un instante, entre los resquicios casuales del tráfico, pero cuando las veía brillaban como soles.

Y vio y examinó el tráfico. A su lado pasaba el tráfico lento, con las pesadas carretas cargadas hasta los topes; el rápido fluía en el medio en dos direcciones. A su alrededor había cajas y fardos, detrás de él flotaban los barcos, voraces o generosos. En medio de una arrolladora dinámica comercial, él permanecía inmóvil; para su inmovilidad no disponía más que de unos pocos adoquines. Y el bufete de las cinco placas brillantes como soles clavadas junto a la puerta abierta estaba inserto en esa dinámica. Vio entrar y salir a varias personas; las placas eran pura dinámica en sí mismas. Tan tranquilo por fuera, pero por dentro seguro que tronaba.

Entonces algo despertó en Katadreuffe: lo fetén no era aspirar a ser un pequeño comerciante, sino esto. Todo lo que sabía (y gracias a la enciclopedia sabía bastante, mucho más que otros jóvenes de su clase y edad) no era nada, pues no conducía a esto. No se preguntó qué quería decir exactamente con ello, y tampoco quería decirlo con exactitud. No obstante, tenía bien claras dos cosas: empezar abajo, alejarse de su madre. Ambas iban absolutamente de la mano. También en casa podía empezar desde abajo, pero sentía que allí no era capaz de escalar. Había empezado desde abajo, una y otra vez. Veintiún años de fracasos, pero no importaba. Era joven aún, y lo hacía ahora mucho más deprisa. Y lo hacía solo. Fuera esa madre, fuera, fuera: madre e hijo bien lejos uno del otro, lo más lejos posible. Ciertamente la quería, y ella lo quería a él. Pero no congeniaban. Por primera vez en su vida se caló a sí mismo tan profundamente que le sorprendía que hubiera en él tanta profundidad, y en ese calado tan profundo la caló también a ella. De lo que él se daba cuenta ahora por primera vez, ella ya se había dado cuenta hacía tiempo; hacía tiempo que quería que se fuera, que recorriera mundo, pero no como aventurero, como en el caso de la tiendecita de La Haya. «Tú sabrás», le había dicho, y en ello residía su valoración de la aventura. Esa mujer tenía buenos ojos, endemoniadamente buenos, mejores que los suyos; aunque claro, para eso también era mayor. Emprendía ahora su propio camino: él lo quería y ella también lo quería. Y él quería hacerlo en esta casa.

Era un momento decisivo de su vida; más tarde vería que había sido un momento con el que pocos podían medirse en importancia. Ahora no era consciente nada más que de su voluntad de marcharse de la casa de su madre y de trabajar en esta casa. No veía en absoluto lo absurdo de su deseo: se había olvidado completamente de que, como quebrado que era, en esta casa no venía a hacer sino una visita obligada a su síndico.

Le preguntó a un muchachito por el licenciado De Gankelaar, dio su nombre y le dijeron que esperara. La antesala en la primera planta hacía las veces de sala de espera. Había varias personas esperando. La puerta de dos hojas que daba a la sala detrás estaba abierta. Esa sala tenía tres pequeñas ventanas elevadas que daban a un patio de luces. En esa sala había a su vez una puerta abierta hacia una tercera estancia, a un nivel inferior. De esa tercera estancia no pudo ver mucho más que una extraña luz ocre. Se sentó en el alféizar de la ventana, de espaldas a la calle y al río, desde donde podía escudriñar la casa desde el frente hasta el fondo. La finca se extendía todavía más, lo acababa de notar por el imponente corredor de mármol.

En la segunda sala martilleaban las máquinas de escribir, interrumpidas a cada rato por la invisible voz de un hombre, aguda y sin embargo ronca, por el teléfono. En el centro, en mesitas enfrentadas, escribían a máquina dos hombres de notable parecido, seguramente hermanos, tal vez gemelos. Una joven morena de espaldas a él, por lo visto menuda y rechoncha, escribía también a máquina. El muchachito que lo había atendido iba y venía, entrando y saliendo del cuarto. Vio un par de veces a un hombre circulando entre los otros, distribuyendo papeles con aspecto desdeñoso. Era apuesto en una categoría que disgusta a todos los hombres y a muchas mujeres también. Se notaba que era un jefe. En un momento se asomó un señor de gafas doradas y calvicie avanzada para hablar con el jefe. ¿Sería ése el licenciado Stroomkoning? Parecía algo joven para estar a la cabeza de este formidable bufete. Porque enseguida resultaba abrumador y Katadreuffe no se engañaba, ¡aquí se trabajaba!

Cada tanto sonaba también el zumbido del interfono, que la ronca voz de pito también atendía. La voz anunció:

—¡La señorita Sibculo para el señor Piaat!

La morena se levantó con bloc y lápiz. En efecto, era menuda y rechoncha, de cuello corto. Eludiendo las miradas de los clientes, se volvió con gracia, una mano coqueta acomodando ligeramente sus rizos.

Katadreuffe observó a la gente que esperaba. Tres señores conversaban en un rincón alrededor de una mesita. Probablemente venían juntos. Fumaban cigarrillos y hablaban quedo. Sentado a la gran mesa central había un señor solo que cada tanto cogía un ejemplar de una pila de revistas, lo abría, lo hojeaba aburrido y pasaba a otro. Junto a Katadreuffe, en una silla recargada en la pared, estaba sentada un señora que había estado mirando con disimulo los bonitos ojos del joven. Le habló.

—Cuánto hay que esperar, ¿verdad? Pero es que aquí siempre hay mucha gente. —Él se limitó a asentir—. ¿Usted también viene a ver al señor Piaat?

—No, al señor De Gankelaar.

Entró una mujer con el pelo teñido de rubio; iba vestida de un modo elegante y llamativo, pese a ser de inconfundible ralea roterdamesa. Se sentó en el único sillón (de terciopelo color vino, algo desteñido) como si éste hubiera estado reservado para ella. Todos la miraron, salvo el hombre sentado a la gran mesa central.

—Ésa seguro que pasa primero —dijo con conocimiento de causa la señora—. Los que venimos con certificado de pobreza tenemos que esperar. Por otro lado, no me puedo quejar del señor Piaat: llevo un año litigando con mi marido y él ha hecho mucho por mí. Me refiero al señor Piaat.

Entonces Katadreuffe vio en el despacho del personal una figura maciza, corpulenta pero no gorda, más bien ancha que alta; un hombre con un imponente sombrero de ala ancha bien calado. El sombrero había sufrido mucho, el hombre iba desaliñado. Sus holgados pantalones negros le venían anchos. Aunque era verano, llevaba un desarreglado abrigo de media estación. Lo llevaba abierto, la chaqueta de vestir debajo también, como si no hubiera podido abotonarlos cubriendo ese pecho como una meseta. Tenía las manos metidas en los bolsillos del abrigo. De todos los bolsillos interiores asomaban amenazantes papeles y sobres, como estandartes de un ejército en pie de guerra. En una comisura tenía un puro extraordinariamente largo que, además, llevaba encajado en una pipa de puros. El conjunto hacía pensar en un barco de guerra que apuntara amenazadoramente su cañón.

Katadreuffe se sintió de pronto fascinado en extremo por esa insólita presencia que, tras dar unos pasos firmes, se detuvo en el centro junto a los mellizos, miró a su alrededor y preguntó a viva voz:

—¿Dónde está Rentenstein?

Un ojo gris, pequeño y punzante, había circulado un momento por la sala de espera saltándose sin más ni más a Katadreuffe.

—¿Sabe quién es? —dijo con gravedad la señora.

—No, ¿quién? —preguntó él con suma curiosidad.

—¿De verdad no lo sabe? Es Dreverhaven, el agente judicial. ¿No lo conoce? Medio Róterdam sabe perfectamente quién es. Cuídese de las garras de ese sanguinario. Mis vecinos de abajo tuvieron que lidiar con él una vez cuando no habían pagado el alquiler. Nunca olvidaré el desprecio de ese hombre hacia ellos. En mi vida quisiera volver a presenciar una escena así: todas sus cosas arrojadas a la calle, absolutamente todas.

Su padre. Allí, en la otra sala, estaba su padre. Conque ése era él. Conque ése era su padre. Ése era el hombre con quien su madre nunca había querido casarse. De lo contrario, su apellido habría sido Dreverhaven y no Katadreuffe. Ahora se llamaba Katadreuffe: Katadreuffe, hijo de Dreverhaven. Pero ése de ninguna manera era su padre. No podía ser: era sencillamente imposible. No sentía nada por ese hombre, por ese individuo. Si algo sentía era, a lo sumo, alivio por no haber tenido nunca nada que ver con un padre así. No había entendido mucho del resto de lo que le dijo la señora, pero sí que había captado lo de «sanguinario». Sí, se veía enseguida: el hombre era una bestia.

No tenía tiempo para analizar sus sentimientos: aquella impresión era hasta tal punto nueva e intensa que le impedía profundizar. No se dio cuenta de que ya entonces, en ese primer momento, se sintió inundado de respeto por aquel que, superficialmente, calificaba de bestia; de que en realidad estaba pensando: «Así que éste es mi padre? ¡Pues vaya colega, vaya hombre!».

»¿Tendrá que vérselas con él? —preguntó curiosa la señora al notar su repentina y llamativa palidez.

Él no la oía. Veía a Dreverhaven, como entre la niebla, parado en la segunda sala junto al jefe. Estaban muy juntos, de espaldas a él. Dreverhaven había posado confianzudamente una mano en el hombro del hombre delgado y apuesto. Parecían hablar confidencialmente. La luz de las altas ventanas caía sobre ellos. Pese a la sombra que proyectaba el sombrero bien calado, algo de luz caía sobre la mejilla de su padre, girado ligeramente hacia el otro, su hablar acompañado de suaves movimientos. Podía ser que su ojo desconcertado le engañara, pero se le ocurrió que esa mejilla estaba orlada de una sombra de plata: una aureola.

Sin haberlo notado, el muchachito se había colocado frente a él y le dio unos golpecitos en el brazo.

—¡Que pase!

UN AMIGO

El único amigo de Katadreuffe era el fresador Jan Maan. Cuando se reconcilió con sus padres tras romper su compromiso con la señorita de la cafetería, igualmente se quedó a vivir en casa de la señora Katadreuffe. Ella lo trataba de Jan, y él le decía sencillamente madre, igual que su amigo. Nadie abrigaba sospechas de que tuvieran una relación clandestina: la palabra madre excluía toda sospecha en ese sentido. Se llevaban bien. Ni siquiera cuando Jan Maan hizo patentes sus inclinaciones comunistas se produjo la menor grieta en la simpatía mutua (nunca expresada, poco consciente). Era un joven saludable; menos apuesto que su hijo, pero a primera vista más simpático. Llevaba el claro pelo rubio peinado hacia atrás, sus ojos eran de un azul desteñido, era muy limpio. A menudo volvía directamente del trabajo sin haber tenido tiempo para arreglarse, pero nunca entraba así donde ella: siempre lo hacía lavado, cambiado de ropa, con una buena camisa. No sólo su aspecto le resultaba grato a ella entonces, sino también su aroma: el puro aroma de jabón sin perfume de sus manos con las uñas bien cepilladas. Y más aún el aroma de su piel, su perfume que apenas era un perfume, tan sutil y fresco como el agua que no huele y huele: tal era la sensación que le producía. No había en ello, por su lado, nada sensual, sólo algo placentero. Ella no era sensual por naturaleza, pero sí fresca, como Jan Maan. Y no entendía que un hombre tan amable, casi suave, como él tuviera que vivir peleado con su familia. Porque había surgido una nueva desavenencia entre él y sus padres a raíz de su nueva novia, vendedora en unos grandes almacenes. Habían vuelto a hablar de ella con menosprecio: que no podía ser nada del otro mundo una chica que trabajaba en un lugar frecuentado a diario por miles de personas de toda ralea que pasaban rozándola en el estrecho espacio disponible entre los stands. De ese continuo roce con toda clase de extraños algo tenía que pegársele, no podía ser de otro modo.

Él, naturalmente, tomó partido por ella, e hirviendo de rabia se peleó con sus progenitores. A su novia no había mucho que criticarle: era una joven de dieciocho quilates, qué se habían creído. Se veían un día sí y otro no, para no aburrirse; y también los domingos, claro.

Cuando Jan Maan empezó a hablar a la mesa de Lenin-Uliánov, la señora Katadreuffe no se enfadó; sólo que no entendía que un hombre de tan buen carácter sintiera atracción por un partido que congregaba a tanta gentuza. Pero luego cambió de parecer. Y en una ocasión lo dijo en voz alta: a ella no le interesaba la política, pero cada partido debía de tener algo bueno, de otro modo era imposible que se sostuviera; no estaba en la naturaleza de las personas querer hacer continuamente, de forma organizada y abierta, sólo el mal. Al decirlo tenía en mente sobre todo al propio Jan Maan, que era un comunista cada vez más convencido y, sin embargo, seguía siendo un buen muchacho. Pero sus teorías no tenían éxito con ella.

El joven Katadreuffe era en esencia un rebelde, con lo que la doctrina comunista debería de haberlo atraído. Daba también el tipo, en el buen sentido: subido a la tribuna podría haber sido el portador de un comunismo refinado. Pero era demasiado racional, demasiado calculador para entregarse a sus sentimientos más profundos. Era incapaz de separar la ciencia política de su caso personal. Su ambición aún se habría conciliado con la pertenencia a un partido, no así su materialismo. El leninismo no le abría ningún futuro. En los seis meses que había durado su falta de empleo, su ociosidad lo impulsó en cierta medida en esa dirección. Asistía a menudo con Jan Maan a unas reuniones que se celebraban en el edificio Caledonia. Podía dejarse llevar por instantes por un buen orador, pero si luego se levantaba algún tipejo andrajoso para desvariar en jerigonza sobre su única fe, volvía a sentir que no era lo que él andaba buscando.

A pesar de todo eran grandes amigos. Por las noches pasaban horas juntos en su gabinete, fumando. Nunca fumaban en el salón de su madre compartida, que tenía una tos seca, sobre todo cuando se inclinaba para hacer su labor. Nunca hizo falta que les pidiera no fumar: por una instintiva consideración hacia ella, ellos solos no lo hacían. En el gabinete, Jan Maan fumaba cigarrillos malolientes en grandes cantidades; Katadreuffe lo hacía con moderación: era moderado en todo. Intentaba entonces inculcarle a su amigo algo de lo que había leído en la enciclopedia y en sus otros libros. No entendía que Jan Maan no tuviera su misma necesidad de saber mucho. El hombre sabía escandalosamente poco, en realidad, especialmente para un comunista.

Jan Maan escuchaba con atención, pero no se enteraba de gran cosa. Pensaba en el Partido o en sus padres, con quienes estaba peleado. Katadreuffe lo notaba y, no obstante, seguía a lo suyo. Para él también era un buen ejercicio. Una noche se lo llevó a la oscuridad del mercado. Allí, entre las estacas y las barras donde había estado atado el ganado, Katadreuffe le señaló la luna, los planetas y las constelaciones. El amigo miró obedientemente hacia arriba mientras pensaba en el Partido o en su chica, con la que estaría por pelearse de nuevo, pues últimamente no andaban las cosas demasiado bien. Antes de sus dos compromisos oficiales había tenido otras novias, pero eso no contaba: con ellas no había hecho más que caminar, y sin embargo en todos los casos había terminado en pelea.

Esa tarde, cuando Katadreuffe llegó a casa su madre ya estaba otra vez instalada junto a la ventana haciendo sus labores. Su lugar a la mesa estaba puesto, sus bocadillos estaban esperándolo. Ella no preguntó cómo le había ido. Andaba sumido en sus pensamientos. Notó aquella arruga que se le formaba en el ceño cuando estaba preocupado. Sin embargo, él se mostraba sereno: contenido. Entre bocado y bocado iba pronunciando frases sueltas: «Parece que lo de la quiebra no es para tanto... El bufete es grande... El licenciado De Gankelaar no es el jefe: el jefe es el licenciado Stroomkoning... Mi quiebra se clausurará "por falta de activos", así lo llaman... Ese licenciado De Gankelaar es un hombre agradable, me quiere ayudar... Me podré quedar con mis libros... No pasará nada... En el bufete he visto a mi padre por casualidad; me lo han señalado, como si nada. Por supuesto que he hecho como si fuera un extraño. Y ciertamente lo es...».

—¿Sabes por cuánto han tasado mis libros? —le preguntó por primera vez directamente a ella.

—No —contestó la madre.

—Todo junto quince florines. Ha dicho el síndico que con eso no se sostiene una quiebra. Con lo cual, será mejor olvidarse.

Se puso de pie; todavía no se había comido ni la mitad de sus bocadillos. Se dirigió a su pequeño cuarto.

Tres cosas le habían quedado grabadas a ella: el padre del chico, aquello de «ayudar», sus libros. Pero no preguntó, y tampoco lo siguió.

Katadreuffe se paró en medio de su cuarto. Miró sus libros. Sólo ahora sintió su tácita amistad, ahora que había temido tener que desprenderse de ellos y que de puro milagro se salvaban. El milagro de su escaso valor. Pero para él suponían más que el céntuplo de su valor oficial. A sus propios ojos su valor no había disminuido, antes bien los habían ofendido inmerecidamente. Pero a fin de cuentas todo estaba bien así.

Entonces pensó que todavía había debido contarle a «ella» algo más, sobre lo otro. Pero no podía, en ese momento era incapaz de decirle que la abandonaría por segunda vez, ni por qué. Desconocía el motivo, pero sencillamente no podía.

En cualquier caso, le era imposible callar del todo. Al caer la noche dijo:

—Ven, Jan.

Juntos recorrieron el mercado. Al principio apenas habló. Caminaban a la par, igual de altos, sólo que Katadreuffe un poco más delgado, vistiendo todavía su mejor traje, con el que esa mañana había visitado al síndico. Primero habló del desenlace inminente de su quiebra, formulando las frases a trompicones, como antes con su madre. Luego, de golpe, dijo que tenía ante sí una vida completamente nueva, al menos (así añadió modestamente) eso creía. A partir de ese momento habló sin parar. Sólo se saltó el encuentro con su padre; se saltó lo que le había contado a su madre, pero al amigo le contó lo que no le había dicho a su madre: que probablemente tenía un nuevo empleo, auxiliar administrativo en el bufete de su síndico, o mejor dicho en el de su superior, el licenciado Stroomkoning.

Cuando hubo terminado de hablar, Jan Maan se limitó a decir:

—Vamos a festejarlo. Yo invito.

Katadreuffe respondió:

—No pienso aceptar nada que no sea un préstamo. Naturalmente, soy yo el que tiene que invitar, pero estoy sin blanca. Y a «ella» no quiero pedírselo, hoy menos que nunca.

En una tasca junto al mercado de ganado se sentaron cada cual con un vaso de cerveza. A la madre, entre ellos, nunca la llamaban de otro modo que «ella», lo cual no suponía un menosprecio, sino sencillamente una señal de que entre ellos no había otra mujer, que por otra parte también podía existir para cada uno de ellos por separado. Jan Maan dijo:

—Ella seguro que aún no lo sabe, de otro modo ya me habría comentado algo.

—No —dijo brevemente Katadreuffe. Y luego, para explicar—: Quería contártelo a ti primero.

Jan Maan no tenía un carácter complicado. Al no entenderlo, se limitó a decir:

—Deberías contárselo pronto.

—Claro.

—Seguro que lamentará que te vayas de casa.

—Eso está por ver.

La hostilidad de la frase resultó atenuada en parte por el tono. Nada de eso dio que pensar a Jan Maan, habituado a las observaciones de su amigo. Las numerosas incompatibilidades entre hijo y madre ya le habían chocado a menudo. Dos personas tan especiales que, sin embargo, se llevaban tan mal, aunque sin pelearse abiertamente. Le parecía extraño; él era pacífico, pero cuando se peleaba prefería no andarse con vueltas. Los últimos años, sin embargo, hacía caso omiso en lo posible de lo incómodo y doloroso de esa relación, de las pullas a la mesa en las que ambos buscaban tan a menudo satisfacer un gusto mezquino, y procuraba cambiar de tema. Con todo, Katadreuffe estaba dispuesto a reconocer a posteriori la visión acertada de su madre.

—En una cosa ella tenía razón: nunca debí marcharme a La Haya. Esa ciudad apestosa no está hecha para nosotros los roterdameses.

Jan Maan pidió una segunda cerveza. Katadreuffe pasó.

—Sí —señaló con realismo—, pero, aunque haya sido dando un rodeo, así has conseguido tu nuevo empleo. —Katadreuffe reflexionó un instante—. En realidad, si te fijas, has tenido una suerte enorme de que te hayan contratado justamente allí. Yo habría apostado a que conseguirías un trabajo casi en cualquier parte, menos justo allí donde sabían que habías quebrado. Sigo sin entender cómo lo has logrado. ¡Un trabajito donde tu síndico! Una jugada tremendamente descarada, por cierto.

Katadreuffe esbozó una sonrisa: la peculiar sonrisa que lo hacía parecer mucho más joven.

—Sí, Jan, entiendo que te parezca un descaro. Y, sin embargo, no: *descaro* no es la palabra. Lo he estado meditando esta tarde. ¿Y sabes qué creo? Soy un tipo raro. A veces me asalta un presentimiento. Y cuando me encontré frente a aquella casa tuve la sensación de que allí estaba mi futuro. Allí, en esa casa, me esperaba un trabajo. Naturalmente, no lo sabía, y sin embargo lo he sentido.

—Será mejor que nos vayamos —dijo Jan Maan—. Se te ve cansado. Y no te olvides de decírselo a ella.

Katadreuffe asintió. «Y es que de verdad no es ningún milagro —pensó—; cuando sabes que por fin has echado a andar, cuando por fin vislumbras un futuro, lo presientes.»

Pero en casa, en la cama, entendió que su cansancio se debía además al descubrimiento de semejante padre.

SABER HASTA LA «T»

La historia había sido así.

Al atravesar el bufete camino de su síndico, Katadreuffe había caminado en un sueño. No era un soñador, pero la visión de Dreverhaven le había causado impresión. Dreverhaven era alguien que llamaba la atención en todas partes, ¿cómo no hacerlo en un hijo que nunca antes lo había visto? Ese hijo, encima, estaba debilitado: los horribles meses en La Haya y el temor a perder sus libros con la quiebra lo habían afectado más de lo que era consciente. El momento de profunda reflexión en el muelle, frente a la fachada, había socavado sus fuerzas. Pero su energía no se había consumido del todo. Cuando se encontró frente a la puerta del despacho, con una increíble fuerza de voluntad supo olvidarse de todo lo que no guardara relación con la inminente visita; supo incluso conseguir que su cara recobrara su tonalidad habitual.

El síndico estaba sentado a su escritorio. Alzó la vista y vio ante sí a un joven llamativamente apuesto. Era alguien que se interesaba por las personas. Esa quiebra era insignificante, absolutamente insignificante, pero recordaba a la mujer menuda y huesuda de los ojos fogosos, que en su opinión no encajaba muy bien en la categoría acostumbrada de mujer del pueblo, y nunca le había tocado administrar un patrimonio compuesto únicamente de libros. Además, dada su naturaleza, los libros tampoco encajaban en la casa, ni la madre en el barrio. ¿Cómo sería entonces el quebrado? Vio enseguida que también éste tenía algo especial. Se parecía mucho a su madre, sobre todo en la mirada. Se había puesto su mejor traje para la visita, De Gankelaar lo notó de inmediato. Y tomó buena nota.

Las facciones del joven eran delicadas en el sentido de que el menor asomo de coquetería lo habrían convertido en una criatura insoportable a juicio de toda persona de gustos sanos. Sabía sin duda que tenía una cara bonita; que no dejara traslucir nada de ello lo redimía completamente. Iba bien vestido (vestía su mejor traje) pero sencillo: ningún detalle de su ropa reclamaba atención. Se le notaba a las claras que tenía otra ambición que la de gustar. Sin embargo, a aquellos ojos bonitos les faltaba calidez. Brillaban con un ardor que, extrañamente, no encerraba calidez alguna. También la nieve puede tener refulgir con un brillo blanco o rojo y, al mismo tiempo, uno sabe, uno *ve*, que es fría.

—Tome asiento —dijo De Gankelaar.

Tenía ante sí el exiguo expediente de la quiebra; lo abrió y no dejó traslucir que estaba ligeramente pasmado.

Katadreuffe vio a un joven unos cuatro o cinco años mayor que él, de complexión atlética, frente alta, melena rubia peinada hacia atrás, unos ojos pequeños color avellana y duros buccinadores. La boca era algo grande y no muy bien modelada; los dientes eran irregulares, aunque muy blancos; la muñeca asomaba ancha y blanca de la manga; en la mano una sortija de sello con un escudo. Alguien que en verano debía de pasar mucho tiempo a la intemperie y que aun así se quemaba poco: sólo le salían pecas en la blanca piel alrededor de nariz, pero sin que estorbara.

—Tiene la obligación de decirme la verdad. —Alzó de nuevo la vista del expediente, el ojo escrutador y a la vez amable—. ¿Ha traído la contabilidad?

—No, nunca llevé las cuentas.

—Deme entonces la lista de sus acreedores. —Katadreuffe se la alcanzó. El síndico la examinó, hizo las preguntas habituales sobre otros activos, aparte de los ya registrados libros, sobre dinero, créditos a su favor y similares. Katadreuffe respondió que no poseía nada más que lo apuntado—.Con su madre ya he hablado. ¿Su padre vive? —preguntó el síndico.

Katadreuffe sólo respondió:

—Llevo el apellido de mi madre.

—Ajá.

De Gankelaar creyó haber formulado una pregunta embarazosa sin saberlo, pero en la mirada del joven no cambió nada. Tampoco dio mayores explicaciones, de modo que De Gankelaar lo dejó estar. Le pidió que le facilitara más detalles sobre sus deudas y Katadreuffe le contó de su malograda aventura en La Haya. Era todo muy banal, al síndico no le suscitaba ningún interés, sólo le habían llamado la atención la madre y los libros. Y ahora el quebrado.

Entró un señor: el mismo que Katadreuffe había visto abajo, con gafas doradas y en buena medida calvo. Seguro que también era abogado. ¿Carlion? ¿Piaat?

—Un segundo —dijo el síndico. —Hablaron un momento en voz baja junto a la mesa, luego el otro se marchó. Él siguió—: Voy a proponer al juzgado que clausure la quiebra a falta de activos. Sus libros se han tasado en quince florines. En tal caso no merece la pena seguir adelante con una quiebra: ese importe no llegaría a cubrir siquiera los costes, ni de lejos... ¿Cómo han llegado a sus manos esos libros?

—Los he ido comprando poco a poco.

—¿Sabe alemán?

—Sé leerlo: he leído mucho la enciclopedia.

—¿Cuáles son sus planes a partir de ahora? ¿Quedarse con su madre? ¿Ella puede mantenerlo?

—Podría hacerlo porque tiene una buena entrada, aunque poco después de la guerra le iba mejor. Hace labores para una tienda de por aquí, y por lo visto son especiales. No puedo juzgarlo, me parecen bonitas y a veces también algo curiosas, pero naturalmente yo no soy ningún experto... Preferiría irme de su casa: quisiera ser totalmente independiente, que viviéramos separados. Ella también lo prefiere: tuvo que emprender su propio camino y exige lo mismo de mi parte. No lo dice abiertamente, pero yo lo siento así. —A continuación, sin respirar, añadió—: Me gustaría trabajar en una oficina, ver hasta dónde llego. —Y después con cautela—: No me importa cuál ni dónde.

Clavó al mismo tiempo la mirada en De Gankelaar, para ver si éste entendía hacia dónde apuntaba. La respuesta lo decepcionó un momento, porque volvía al punto anterior.

—¿Ha estudiado alemán solo?

—Sí, sólo he cursado la escuela primaria municipal.

—¿Y luego?

—Luego toda clase de cosas: chico de los recados, trabajo de fábrica, mozo de almacén. No avanzaba, esa clase de trabajos no son lo mío. —El síndico se limitó a asentir—. Como quería saber más, me compré esos libros y aprendí un montón yo solo. Creo que tengo facilidad de memoria. No quisiera parecer pedante, pero sé más que la mayoría de la gente de mi clase. —De nuevo miró fijamente a De Gankelaar—. De donde más he aprendido es de la enciclopedia, pero más allá de la letra *t* no sé mucho, de ahí no sigue: no está completa. Y también es vieja, con lo que en muchos puntos está trasnochada y tiene lagunas, lo sé perfectamente.

Esto agradó a De Gankelaar; inconscientemente se había esperado algo así: tan gracioso, tan simpático. Esbozó una sonrisa y Katadreuffe hizo lo propio.

—¿Un cigarrillo?

—Sí, gracias.

Él mismo encendió una pipa. La conversación se interrumpió brevemente por el teléfono. Mientras De Gankelaar hablaba en el auricular, Katadreuffe recorrió el despacho con la mirada. Un pequeño despacho al frente con una sola ventana, soleada, con vistas al trajín que se desarrollaba sobre el agua; colgado en la pared, detrás de un cristal, un gran plano de los puertos. Durante la conversación telefónica, De Gankelaar siguió observando a su visitante, preguntándose si podría llegar a colocarlo allí. A un chico así había que darle una oportunidad. Después de colgar, continuó el hilo de sus pensamientos en voz alta.

—Mira, no quisiera ocultar que esos libros me han interesado. Tal vez, no lo sé, pero tal vez en efecto podrías encontrar tu destino en una oficina. —Guardó silencio un momento, pensó que si el chico tenía talento también podía evolucionar hasta convertirse en un excelente primer oficial de procurador. Prosiguió—: Lástima que no tengas algo más de instrucción. ¿Sabes mecanografía?

—Algo. Cuando fui mozo de almacén escribía seguido a máquina las direcciones de los clientes, y a veces también notas.

—¿Y taquigrafía?

—Un poco —mintió Katadreuffe por necesidad.

—Pues entonces haremos una prueba. ¿Hay alguna máquina de escribir desocupada? —preguntó por el interfono—. No la necesito más que un momento.

Resultó que había dos máquinas libres. La señorita Te George se encontraba en la sala grande en una reunión del señor Stroomkoning, la señorita Sibculo todavía estaba tomando notas con el señor Piaat.

—¿Remington o Underwood? —preguntó De Gankelaar.

A Katadreuffe le daba igual. El muchachito subió la máquina. De Gankelaar dictó de memoria un extenso artículo de una ley. Katadreuffe no sabía taquigrafía, sus notas eran un desastre, al releer no entendía una palabra de lo que había apuntado.

—¿Por favor, podría dictarlo una vez más, un poco más lento? —pidió.

Entonces, la segunda vez, con abreviaturas que él mismo se inventó y con ayuda de su buena memoria, consiguió hacer una hoja con notas taquigráficas legibles para él, y el trabajo de mecanografía lo entregó sin ningún error y perfectamente presentable.

—Puede pasar. El resto vendrá con la práctica —dijo De Gankelaar. Katadreuffe pensó lo mismo. De Gankelaar continuó—: Veré qué puedo hacer por ti. Pasa un momento a la sala de espera.

Katadreuffe conocía el camino. No había dudado un momento de que allí, en ese bufete, encontraría trabajo. Dependía únicamente de que causara una impresión decente, y por lo visto lo había logrado. Mientras tanto entendía perfectamente que la decisión no podía residir en el señor De Gankelaar, que éste sólo podía abogar por él ante la dirección y que así lo haría. Se sentó otra vez en la sala de espera, solo. No se preguntó qué hora era. Era la hora del café del mediodía. No tenía hambre, esperó.

La puerta hacia la sala de color ocre estaba cerrada; en el despacho del personal sonaba aún cada tanto al teléfono la voz ronca; las máquinas de escribir callaban. Los dos hombres del gran parecido comían sin hablar sus bocadillos envueltos en papel, a su lado había sendas tazas de café.

Mientras tanto, arriba, De Gankelaar discutía con el primer auxiliar Rentenstein, el del aspecto desdeñoso.

De Gankelaar era un hombre de humores, propenso por naturaleza a la melancolía, que ahuyentaba con su atletismo: en sus ratos de ocio practicaba toda clase de deportes. Se regía por impulsos. Se le había metido en la cabeza que Katadreuffe fuera su auxiliar particular. En el bufete cada cual tenía en lo posible su propio auxiliar, que tomaba notas y pasaba a máquina. La señorita Te George le pertenecía a Stroomkoning, la señorita Sibculo estaba asignada a Carlion y Piaat, pero no daba abasto, en cuyo caso se hacían cargo los hermanos Burgeik. Uno de ellos atendía además a De Gankelaar, el otro a la señorita Kalvelage. Ésta disponía del mayor de los hermanos, el mejor, pero ninguno de los dos era rápido (chicos de las islas del sur de Róterdam, con entendimiento limitado y dedos lerdos; voluntariosos y concienzudos, pero siempre en una posición sumisa). A todo esto se sumaba que en el bufete se trataban numerosas causas: empezaba a hacerles sombra a muchos grandes de la ciudad portuaria. Los Burgeik tenían mucho trabajo de mecanografía: era lo que mejor sabían hacer, motivo por el cual a De Gankelaar últimamente ya no le hacían sus documentos a tiempo, incluidas sus cartas. Realmente hacía falta contratar a alguien más, de preferencia alguien para él solo, aunque fuera por media jornada, pero alguien que estuviera siempre disponible para él porque la regla en ese bufete, donde por otra parte no regían muchas reglas, era que, aunque se podía hacer uso del mecanógrafo o mecanógrafa de otros, siempre tenía preferencia aquel o aquella a quien estuvieran oficialmente asignados. Así pues, De Gankelaar quería tener ahora a Katadreuffe como su mecanógrafo oficial. Hizo su propuesta en primer lugar a Rentenstein. En realidad no lo soportaba: le parecía un farsante, tampoco confiaba en él. Rentenstein se ocupaba de las sesiones del juzgado y era asimismo el jefe de personal, pero la orientación y organización del bufete no dependían de él. También solía tener apartes con Dreverhaven, de quien probablemente no aprendiera muchas cosas buenas. Pero era oficialmente la cabeza de los auxiliares. De Gankelaar no quería saltárselo, no era su intención rebajar a nadie. Aunque al final decidiera Stroomkoning.

De Gankelaar enumeró más virtudes de Katadreuffe de las que podía justificar. Rentenstein empezó desaprobando que se contratara a alguien que había quebrado: les tenía una desconfianza pequeñoburguesa a los quebrados. Pero, por otro lado, admitió que al bufete le vendría bien una persona más, aparte de que toda ampliación de personal le concedía peso a su jefatura. La vanidad que trae aparejada la falta de voluntad le era innata.

—¿Cuánto debería ganar? ¿Sesenta florines para empezar? Creo que realmente lo merece.

—Antes deberíamos preguntarle al señor Stroomkoning.

—Claro. ¿Está libre?

—No quiere que lo molesten.

—Ya. ¿Está reunido con alguien?

—Es la gran asamblea del consorcio de la margarina.

—¿Todavía no ha terminado?

—No, pregúnteselo esta tarde; entonces tal vez tenga un momento.

De Gankelaar consultó su reloj.

—¡Dios, la una! Ya se me habrá enfriado el café. Se me ha pasado por completo la hora... Pero le preguntaré un momento por teléfono.

—Pidió que tampoco lo molestaran por el interfono.

—Pues nada, lo haré de todos modos, ya veremos.

Era un hombre que se guiaba por impulsos. Quería atar a sí a Katadreuffe enseguida, en ese momento. Tenía un temor necio de que el muchacho todavía se le escurriera, que esa tarde tal vez encontrara otra cosa. A un muchacho así seguro que lo tomaban en todas partes. Él mismo se dio cuenta de lo disparatado de su línea de pensamiento, y sin embargo no podía esperar. Cogió el auricular.

Pero después de hablar unos segundos colgó, en medio de una frase.

—Al señor Stroomkoning le parece bien.

—Él no suele tener problema con esas cosas.

—En efecto. Y ahora fijémosle nosotros mismos el sueldo. ¿Qué te parece sesenta florines?

Y mandó llamar a Katadreuffe. Éste recorrió por tercera vez el corredor de mármol: ya no necesitaba acompañante, conocía de sobra el camino, ya se sentía como en su casa.

Al final del corredor, abarcándolo de lado a lado, ascendía una escalinata de siete peldaños tapizada con una pesada alfombra que conducía a una puerta maciza del siglo XVIII. La puerta se abrió. A la luz de una gran araña, velada por espesas volutas de humo de puro, vio a unos señores sentados a una larga mesa verde: muchas caras ruborizadas. En la cabecera había un señor mayor con una gran melena de león tiesa y encanecida. Una voz masculina sonora y exaltada pronunció tres veces seguidas, acentuando siempre la primera sílaba:

—Absolutamente, absolutamente, absolutamente.

La puerta se cerró. Una chica alta y delgada pasó a su lado. Había en la escalinata espacio de sobra. Igual él se detuvo un momento. La señorita Te George pasó y, a su paso, lo miró fugazmente. Bajo el brazo llevaba un bloc, en sus facciones había un toque soñador y sonriente, la mano libre jugaba ausente con un lápiz plateado. Percibió la sencilla y elocuente nobleza de esas finas manos. Duró solamente un instante, enseguida desterró el encuentro de su mente. Tenía una gran capacidad de percepción, pero aparte de ese talento poseía aquel otro de mantener claramente presente, y en cualquier circunstancia, su objetivo.

Por la estrecha escalera lateral que giraba hacia arriba, enfiló hacia el despacho de De Gankelaar.

UN COMIENZO

El síndico se acordó de que, aparte de un empleo, Katadreuffe también buscaba un cuarto. Naturalmente, los había en cantidad. Pero un techo digno, económico y con comida decente no era tan fácil de encontrar. Tal vez Rentenstein supiera de algo. Pero éste acababa de salir a comer. Y a la postre De Gankelaar tampoco consideró que Rentenstein fuese la fuente de información indicada. Mandó llamar al conserje, que ocupaba las plantas superiores de la finca allí donde no estaban acondicionadas como archivo. Le preguntó si no sabía de alguna solución. El conserje Graanoogst miró de reojo a Katadreuffe y solicitó permiso para llamar a su mujer.

Poco después él y la esposa bajaron juntos para proponerle a Katadreuffe que se mudara con ellos a razón de doce florines por semana. Katadreuffe subió con el matrimonio para ver la pieza, sin olvidar darle primero las gracias a su síndico «por todo».

Al otro día Katadreuffe se instaló en su nueva morada. Una carretilla transportó sus escasas pertenencias. Igual que en su día a La Haya, su madre le había dejado llevarse los mueblecitos del gabinete, que eran de ella, y había metido su ropa en una maleta.

A petición de Graanoogst, Katadreuffe no llegó hasta después del horario de oficina. No quedaba bien presentarse con sus bártulos a la vista de los señores o de sus clientes. Katadreuffe lo entendió. Juntos cargaron en un santiamén escaleras arriba los modestos enseres.

Katadreuffe había calculado que con un sueldo mensual de sesenta florines podría pagar la pensión, siempre que fuera a posteriori y no por semana, sino por mes, al menos al principio. Y aunque las cuentas no le salían del todo, prefería economizar al extremo en otras cosas que declinar esa oferta que por varios motivos le venía de perlas. El presentimiento del cambio radical en su vida que había tenido aquel momento, la víspera, en el muelle se convirtió en una seguridad inquebrantable por la acumulación de cosas buenas que le habían sobrevenido ese mismo día. Bajo los mejores presagios aceptó su nueva vivienda.

La pieza a la que se mudó era un cuarto interior extraordinariamente sombrío en lo más alto de la finca. Estaba ya en cierta medida (aunque pobremente) amueblado y provisto de cortinas. Dormía en una antigua cama armario. El cuarto era grande, aunque tenía una sola ventana por la que entraba poca luz. La ventana daba a un patio de luces, no el grande encima de la claraboya de la sala ocre, sino uno pequeño, estrecho: un intersticio entre la ventana y la pared lateral de la finca adyacente ocupada por un banco. Esa pared superaba en altura la del bufete de abogados. Katadreuffe no podía ver el cielo más que abriendo la ventana, sacando la cabeza y girándola hacia arriba. Abajo, el patio de luces se hundía en la más profunda oscuridad.

No había posibilidad de calefacción. Graanoogst dijo que hacia el invierno instalaría una estufa de queroseno. Por supuesto que el cuarto, al ser tan interior, no era frío. Katadreuffe supuso que seguramente habría de encender siempre la luz, pero no tenía intención de pasar mucho tiempo allí, salvo por las noches y los domingos; en las comidas compartía la mesa con la familia del conserje.

Con todo, el cuarto le pareció lúgubre, sobre todo después de decorarlo con sus cosas, que quedaban extrañamente perdidas. Los libros los tenía apilados en un profundo armario empotrado que olía a encierro. Al mudarse le había regalado la librería a Jan Maan. Era tal vez un regalo curioso, pero Katadreuffe tuvo la intención de que fuera una indirecta para que a la larga Jan Maan la guarneciera y se pusiera a estudiar por su cuenta. El papel pintado oscilaba entre verde y gris, aburrido e insignificante, en gran contraste con el papel de todos los cuartos de su casa que, igualmente barato, tenía un toque distinto por el sentido de los colores de su madre.

La cama armario le disgustaba. Nunca había dormido en un cubículo así, sino siempre con un relativo espacio a su alrededor, en una cama normal. La cama armario se cerraba con dos puertas con agujeros. La idea era, por lo visto, que el ocupante las cerrara y se contentara con la ventilación a través de ellos. Además, del techo colgaba una gruesa cuerda roja con una borla a la altura del estómago, fuertemente atacada por las polillas. Y a la altura de los pies había un estante donde generaciones anteriores depositaban el orinal, pero que en todo caso ahora no prestaba servicio.

Katadreuffe había dicho que quería absolutamente que quitaran las puertas, la borla y el estante. Graanoogst se lo prometió y, para disimular el hueco, colgaría una cortina delante. Pero aquel primer día no había tenido tiempo: la cama armario seguía inalterada. Se respiraba el mismo aire con olor a encierro que en el armario ropero.

La primera noche que pasó en la casa, sumida en el silencio, Katadreuffe sufrió una depresión. No se oía nada de los otros ocupantes y, puesto que todavía no conocía bien todo el edificio y se imaginaba todo mucho más grande de lo que era, sus compañeros de casa parecían inalcanzables. Había intentado alegrar en lo posible las paredes con unas láminas, pero el cuarto seguía teniendo un aspecto poco acogedor, adusto y soso a la luz de la modesta lámpara de techo eléctrica colgada sobre la mesa. Se había sentado a la mesa debajo de ella, volviendo a propósito la espalda a la cama armario, pero la presencia del oscuro hueco, aun sin verlo, le resultaba desagradable. Se sintió cansado, deprimido y también hambriento. No tenía nada para comer. Pasó un rato en silencio con la mirada perdida, pensando en que sus planes de estudiar se estaban colmando absurdamente con no hacer nada y que, no obstante, era incapaz de pasar a la acción. Por fin se levantó y deslizó la ventana hacia arriba lo más que pudo. Se asomó al patio de luces y vio un retazo del cielo, que parecía igual de aburrido y desteñido que el papel pintado, porque se había hecho casi de noche, si bien aún no del todo. De no ser por la presencia de una estrella, el cielo podría haber parecido tanto nublado como despejado. La estrella titilaba tenuemente, tal vez la conociera, pero sin poder ver el entorno no atinaba en absoluto a orientarse.

Regresó al centro del cuarto, insatisfecho consigo mismo. Abrió la puerta. El corredor detrás yacía oscuro; bajaban unos escalones, luego el corredor seguía. No se oía ningún indicio de vida humana, no se veía ningún resquicio de luz. La pequeña hija del matrimonio Graanoogst llevaría en la cama desde hacía tiempo, naturalmente, y ellos a lo mejor también. Pues nada, a dormir, mañana sería otro día.

Al desnudarse se dio cuenta de que todavía no había deshecho su maleta de mano, arrumbada en un rincón oscuro junto a la cama armario. Su ropa y ropa de cama, sus artículos de tocador seguían allí. Echó una mirada a la profundidad del armario. Había un estante en la parte superior donde poner su ropa interior. Había ganchos para colgar su ropa de vestir. Deshizo la maleta y descubrió entre el resto de su ropa interior dos camisas nuevas. Eran un regalo de «ella». Dejó todo bien ordenado en el estante; colgó su traje de domingo en una percha. Siempre había sido muy cuidadoso con la ropa; al igual que Jan Maan, por una necesidad de limpieza innata, tenía siempre ropa blanca presentable, sus cuellos y corbatas le quedaban bien, combinaban, pero por su esbelta figura y su complexión facial aún más fina nunca había tenido aspecto de trabajador, al contrario de su amigo. Las dos camisas nuevas fueron muy de su gusto.

Pensó en «ella»: su mano fuerte lo había golpeado a menudo, aunque también protegido hasta ahora sin que mediaran muchas palabras. Los cuidados y golpes de su parte siempre habían ido acompañados de pocas palabras. Era más fácil que actuara que no que hablara. También ahora. Había dicho poco, pero allí tenía dos camisas nuevas de una tonalidad que le gustaba usar. ¿Qué había respondido cuando le contó de su empleo y su partida?

«Vaya», había dicho.

Era poco, pero sonaba mejor que «Tú sabrás».

No entrañaba aprecio ni desprecio, únicamente espera.

Era hijo de su madre, no de su padre. El padre no había aparecido en su vida más que de manera incidental, por unos segundos, y eso no lo había conmovido sino muy brevemente. Si hubiera sido un inquilino atrasado y su padre el agente judicial que lo desahuciaba, su emoción habría sido más intensa, su impresión más profunda. En ese momento no pensaba en absoluto en su padre. No tenía un carácter cálido, pero algo hacía que, pese a todo, y casi en contra de su voluntad, tirara a su madre. Se percató de ello y se irritó; empezó a atribuirle menos valor a su regalo. El regalo estaba muy bien, pero acompañado de algunas palabras habría estado mejor. Y, a decir verdad, también habría preferido las palabras sin el regalo.

Ya casi volvió a sentir una enemistad: se negaba, no mencionaría para nada el regalo, haría como si no se hubiera dado cuenta. La vieja oposición resurgió, la consecuencia de la dureza de sus temperamentos, pese a lo mucho que se parecían; precisamente debido a lo mucho que se parecían.

En eso cambió de idea. Se vistió rápidamente y hasta pasada la medianoche estuvo dictándose a sí mismo en voz alta fragmentos de un libro y apuntando todo en una escritura abreviada de invención propia.

A la mañana siguiente, a partir de las seis y hasta el desayuno de las ocho y media, pasó a máquina en el despacho del personal las hojas taquigrafiadas.

Katadreuffe se superó, lo cual no era difícil, pues en el pasado no había registrado logros significativos. Y se hizo realidad lo que había supuesto: que a su edad entendía todo mucho mejor que cuando era más joven, todo le salía más fluido.

Superó también las expectativas de De Gankelaar, lo que era ya más difícil, pues éste, sin mayor fundamento, esperaba mucho de su protegido y, por su modo de ser, encima le habría tomado a mal a Katadreuffe que se quedara por debajo de sus expectativas.

No superó las expectativas propias, pues un ambicioso no se conforma con menos que alcanzar el objetivo impuesto, y el de Katadreuffe era alto. Pero él era muy disciplinado. Se preocupó en primer lugar de causar una buena impresión al hacer el trabajo para el que lo habían contratado, pues desde su lugar en ese bufete tenía que crecer hacia arriba; si lo perdía, su crecimiento se estancaría enseguida. En el plazo de unas semanas sabía mecanografiar como el mejor gracias a los ejercicios que hacía por la mañana temprano, a altas horas de la noche, las tardes del sábado y los domingos. Entretanto, también practicaba taquigrafía. Para aprender había comprado un librito, aunque nunca descartó del todo sus propias abreviaturas: adoptó un sistema mixto. Nadie más que él era capaz de leer sus hojas taquigrafiadas. Aunque la taquigrafía era más difícil de aprender que la mecanografía, también en eso al poco tiempo adquirió una habilidad razonable. Con su reloj de pulsera controlaba el número de sílabas que apuntaba por minuto; poco a poco alcanzó una cifra decente y, dado que él mismo se dictaba, iba más rápido que cuando tomaba notas con De Gankelaar, pues no necesitaba repartir su atención.

Todo esto al final tampoco resultó tan difícil. Pronto había adelantado a los Burgeik. El mérito era escaso, pues esos muchachos del campo nunca llegarían muy lejos. De Gankelaar hablaba muy bien de él y el bufete no tardó en admitir que el nuevo empleado prometía. Sólo el jefe supremo, el licenciado Stroomkoning, siguió sin enterarse de nada. Él no tenía que ver con nadie más que con sus colaboradores directos, su secretaria personal y su jefe de sección. De la existencia de Katadreuffe se había olvidado muy pronto.

Por lo que respecta a su trabajo, Katadreuffe tenía una sola preocupación: no quería pecar contra la lengua ni contra el estilo, y no estaba seguro de su dominio de la ortografía. Se sentía humillado cuando De Gankelaar le hacía corregir un error. Sin embargo, no era culpa suya: en la escuela primaria no se aprenden más que los principios básicos del difícil lenguaje escrito. Sus múltiples lecturas lo habían llevado un poco más allá del nivel alcanzado al final de la escuela primaria, pero todavía pecaba, y a veces gravemente. Compró, usados, un par de libros de texto de la enseñanza básica ampliada, los estudió con detenimiento y al poco tiempo ya no tuvo motivo para sonrojarse más que el ciudadano culto medio por su falta de conocimientos de la lengua materna. En efecto, cuando en ocasiones De Gankelaar le daba un escrito de contestación o una cédula de citación para pasar a máquina, detectaba errores (más de estilo que de lengua, todo hay que decirlo) que él ya no cometería.

Las humillaciones del comienzo le habían resultado muy dolorosas porque en esa clase de cosas era en extremo sensible, y saber que muy probablemente tenía más conocimientos que nadie del bufete sobre, por ejemplo, la erisipela o la poliomielitis, o sobre Scaliger, o sobre el polo magnético, no le servía de mucho. Más bien al contrario: a sus ojos esto hacía que su ignorancia en cuestiones más elementales destacara aún más, para su vergüenza. Pero este mal pronto quedó atrás.

Superada su preocupación, todavía no estaba contento porque de ningún modo era aún un taquimecanógrafo completo: no sabía lenguas extranjeras. En el bufete se generaba bastante correspondencia francesa, alemana e inglesa; en especial esta última, si bien principalmente concentrada en Stroomkoning, que dominaba todas esas lenguas, aunque también sus colaboradores hacían encargos cada tanto en ellas. En tal caso esperaban a que estuviera disponible la señorita Te George, porque de todos los auxiliares solamente ella dominaba las tres lenguas extranjeras. Rentenstein tenía suficiente conocimiento del alemán, pero las sesiones del juzgado acaparaban por completo su atención, o al menos eso decía. Nadie más que el propio Stroomkoning podía conseguir que fuera a tomar notas para una carta.

Sucedía muy esporádicamente que Katadreuffe estuviera trabajando para De Gankelaar y tuviera que quitarse de en medio para ceder el sitio a la señorita Te George, pero esto le suscitaba cada vez un profundo malestar. Entre los mecanógrafos quería ser el primero. Sabía que le tomaría años situarse a la altura de ella, pero ese momento llegaría y entonces ocuparía su lugar en la sala de Stroomkoning. Por otra parte, la organización y la rutina del bufete las había hecho suyas con rapidez.

Stroomkoning era ese viejo león de melena tiesa que había visto el primer día en la sala, sentado en la cabecera de la mesa de reuniones. Era alto y ancho de hombros, se vestía con descuido, sin importarle su aspecto. Su testa, sin embargo, tampoco lo necesitaba: su testa lo hacía todo sola, ancha y cenicienta, con escasos, largos y duros bigotes blancos describiendo unos arcos como los bigotes de los felinos; los ojos de berilo siempre pequeños, entornados como en los depredadores; la voz como un gruñido suave, lejano y sin embargo imponente. De la práctica judicial cotidiana ya casi no se ocupaba, sus colaboradores litigaban e interrogaban por todo el país, él atendía los grandes pleitos, los contratos sobre comunidades de interés, las reuniones de los grandes hombres de negocios, los arbitrajes sobre litigios que no se pregonaban a los cuatro vientos en las audiencias públicas. De la organización de su bufete no sabía nada: confiaba en Rentenstein. Tenía una mansión justo fuera de Róterdam, a orillas de los lagos de Berg. Estaba casado en segundas nupcias. Iris, su escultural mujer, venía a veces a recogerlo en coche. Antes él mismo conducía, pero ya se había llevado tantas cosas por delante, la atención puesta en sus pleitos y no en el camino, que se rindió: le dejaba el volante a ella y se sentaba a su lado con su traje holgado, de preferencia con la cabeza descubierta en el coche descapotable, mientras su melena se agitaba en todas direcciones y sus largos bigotes se mantenían tiesos. Pequeña y rubia, Iris Stroomkoning recordaba a un elfo, si bien era una atleta, muy musculosa. A Stroomkoning le divertía verla levantarse la manga y mostrar la molla como una bola de acero. Con ella tenía dos hijos de la complexión endeble que caracteriza a los retoños de hombres que, pasado el climaterio, se permiten el lujo de una prole.

Tenía muchos contactos en el extranjero, sobre todo en Inglaterra: estaba en relación permanente con el bufete de Cadwallader, Countryside & Countryside (C., C. & C.), viajaba continuamente a Londres. Todos los contramaestres de los barcos de la línea Batavier o de la línea de Harwich lo conocían. Últimamente también volaba.

Estaba cada vez más distanciado del grueso de los asuntos del bufete. Su compromiso inicial, formulado al contratar a su primer colaborador directo, a saber: que a los clientes seguiría recibiéndolos él aunque de las diligencias escritas debía encargarse ese colaborador bajo su responsabilidad, ya había tenido que abandonarlo desde hacía tiempo. Al primer colaborador le siguió un segundo, un tercero; partieron viejas caras, aparecieron nuevas. Ahora contaba en su bufete con cuatro juristas que en muchos asuntos actuaban con total autonomía.

Carlion era un especialista. Tenía asignados todos los pleitos relacionados con la navegación interior. En su despacho, que compartía con Piaat, colgaban de un soporte de hierro unos mapas muy grandes con todos los ríos y canales.

También él, como De Gankelaar, tenía colgado en la pared, detrás de un cristal, un plano de los puertos.

Piaat era otro especialista: se encargaba de los juicios penales.

Stroomkoning había tenido en su día la buena idea de comer con sus colaboradores a las doce y media en la sala de reuniones, la de las paredes ocre, la tercera estancia de la seguidilla. A la hora del café discutían los pleitos importantes. A las doce y media empezaba lo que a él le gustaba llamar la «bolsa» de los juristas, donde a menudo se generaban animados debates. Sin embargo, a medida que su bufete fue creciendo, sus horarios fueron haciéndose menos fijos: llegaba tarde y finalmente ya no asistía; se cogía media hora para comer en un restaurante en el centro (a menudo lo acompañaban clientes suyos, o ya lo esperaban allí). Los cuatro colaboradores siguieron acudiendo a la «bolsa» ellos solos, pero muchas veces había ausencias, encontrándose éste en el juzgado, aquél de viaje fuera de la ciudad.

El de las gafas doradas y la calva avanzada era Carlion. Un hombre sumamente seco, del norte, que pronunciaba correctamente todas las enes. Había pasado cuatro años en Java, aunque ni allí se le había ido el rubor: un verdadero rubor de hombre, de un rojo parejo y como de piedra. Llegó precedido de una fama de excelencia. Sin duda tenía un sueldo muy decente. Nadie sabía cuánto porque Stroomkoning pagaba en persona a sus colaboradores directos, de la caja grande, y de ésta sólo él llevaba las cuentas. La caja chica le había sido confiada a Rentenstein. No existía una diferencia de principio entre la caja grande y la chica. Lo que los colaboradores recibían de los clientes o de las contrapartes y lo que les pagaban a éstas también se asentaba en la caja chica. De los movimientos de la caja grande nadie tenía idea; quizá solamente la señorita Te George, pero ella nunca hablaba de los asuntos del bufete.

Los teléfonos del despacho del personal se encontraban en un rincón detrás de unas puertas correderas que estaban siempre abiertas. Katadreuffe se había sorprendido cuando allí, sentada detrás de una lucecita encendida, vislumbró a una muchacha. La voz aguda y ronca era de ella. Era más niña que mujer, también más chico que chica, y sumamente descarada. Pero nunca pasaba por alto un recado, y a Stroomkoning, que ya se había olvidado de ella desde hacía tiempo, le había parecido en su día que su voz era la idónea para el teléfono. «No está bien —decía— una voz aguda de chica al aparato: debería atenderlo un hombre». Tales cosas no eran insignificantes: la primera impresión que el cliente se llevaba del bufete solía ser por teléfono. Una vocecita tímida o un modo de hablar vulgar podían hacerlo pensar «Esto no es lo que busco». O sea, que mejor un hombre y con una educada voz de bajo. Pero cuando Rentenstein le hubo mostrado por el interfono la voz gutural de la señorita Van den Born, enseguida le pareció que todo estaba en orden. Sin embargo, esta chica nunca habría sido la elección de Katadreuffe. Su manera de hablar no era ordinaria, pero su voz tenía ese toque ronco de una chica del pueblo. Además, consideraba que, por su juventud, era emancipada en un grado sumamente molesto: la cabeza de colegial peinada de media raya, la ropa holgada y poco femenina, los ojos descarados y la nariz también descarada, con grandes orificios, como si a cada momento fuera a reír o a estornudar; una nariz que en sus años mozos seguro que a menudo se había sonado con el guante. Con gran descaro, había dicho enseguida que insistía absolutamente en ser tratada de «señorita», y no por su nombre de pila, aunque Rentenstein tuteaba a todo el mundo. Era, en fin, la clase de persona que, en opinión de Katadreuffe, no encajaba en un bufete de prestigio. La elección de su jefe no le parecía nada afortunada, aunque éste a lo mejor jamás la había visto siquiera. El caso es que aquella chica no le gustaba. Entre otras cosas, porque, para él, la organización del bufete también dejaba mucho que desear. Stroomkoning nunca tenía tiempo y Rentenstein carecía de talento, con lo que el lugar mostraba el desorden de un despacho que en la guerra y después de ella había experimentado un crecimiento demasiado acelerado.

Los hermanos Burgeik no le caían particularmente mal, si bien eran gente que él nunca entendería. Mirándolos bien, no había duda de que eran hermanos, pero jamás se habría pensado que eran mellizos: se llevaban unos años y se notaba. Eran anchos tirando a cuadrados, con el pelo tupido y negro y caras angulosas; al mayor le faltaban dos dedos de la mano derecha, pero eso no era impedimento para la mecanografía. Se veía enseguida que eran hombres decentes, cabales, un poco tontos, el mayor algo más espabilado. Eran muchachos del campo: siempre parecerían desgarbados, jamás lograrían verse correctamente vestidos. Eran muy resistentes, nunca estaban enfermos; para lo que más servían era para el trabajo embotador de pasar a máquina. Pero Katadreuffe no los entendía, nadie los entendía. Nunca se daban a conocer, no tenían trato con nadie. Carecían por completo de sentido del humor; cuando los otros reían simplemente se quedaban mirando, pero, a veces, cuando había poco y nada de qué reírse, el menor se carcajeaba prácticamente sin emitir sonido y el hermano lo imitaba, también sin sonido, sacudiéndose en su silla. Duraba muy poco; enseguida retomaban sus trabajos con las caras de piedra. A veces parecía que fueran idiotas pero, si uno los observaba con atención, pronto descubría que no lo eran. Tontos en el sentido de poco receptivos a lo que suele aprenderse en la escuela, sí, pero no carentes de raciocinio. Sin embargo, sus ojos no traslucían nada. Llevaban una máscara tras la cual era imposible mirar: era la máscara que se pone el campesino en su contacto con el hombre de ciudad, al que considera su enemigo. Eran ciento por ciento campesinos; la ciudad nunca haría mella en ellos: no se dejaban, no había manera. Katadreuffe, intentando sondearlos con su mente aguda en la medida en que es capaz de hacerlo un hombre de ciudad, y observando su hilaridad, se preguntó varias veces si acaso tal desparpajo no se tenía por delirante injustamente, si no habría motivos de muy refinado carácter para esa alegría. Nunca consiguió averiguarlo.

El bufete disponía, además, de dos auxiliares de oficina. Al muchachito que lo había atendido el primer día se lo conocía únicamente por su nombre de pila: Pietje. Rara vez se sentaba. Acompañaba a los clientes, llevaba documentos, pasaba de un despacho a otro, hacía recados. Tenía un aspecto frágil, casi de chica, unos ojos amarillos de niño, muy bonitos, y unos dientecillos feos y torcidos. Parecía predestinado a la tuberculosis. Jan Maan le había transmitido a Katadreuffe cierta sensibilidad social; le parecía que el chico pasaba demasiadas horas en pie.

El segundo era un muchacho robusto llamado Kees Adam, unos años mayor que el otro. Hacía los recados de mayor peso: llevaba expedientes al juzgado y cosas así. Su tarea, además, consistía en guardar, junto con la señorita Van den Born, todos los documentos del bufete. Traía o llevaba dinero del banco, a veces sumas importantes; también de otros bufetes o hacia ellos. Cuanto mayor el importe, más ufano se ponía. Tenía la esperanza de que algún día intentaran atracarlo, y enseñaba un puño americano con el que probaría con gusto sus fuerzas. Su padre era dueño de un taller mecánico en un barrio popular. Su pasatiempo de los domingos consistía en una motocicleta que él mismo se había fabricado. A veces conseguía hacerla andar hasta el final de la calle, produciendo un ruido infernal y mucho hedor azul, hasta que los vecinos salían a insultarlo y a quejarse con su padre.

MÁS DE LOS PRIMEROS MESES

Katadreuffe se dio cuenta muy pronto de que haberse encontrado a su padre el primer día no había sido nada excepcional: Dreverhaven llevaba varios años siendo el agente judicial del bufete. Muy al principio, Stroomkoning había tenido otro, pero el embargo de cierto buque había establecido entre ellos un vínculo inquebrantable. Había sido un caso sonado: pasados muchos años todavía seguía sacándose a colación cada tanto en la sala de letrados del juzgado. Aquello había hecho progresar sus carreras: de un abogado y un agente judicial muy normales habían pasado a ser famosos, cada cual en su ámbito, cada cual por poco tiempo. La fama, sin embargo, había tenido consecuencias: no volvieron a ser unos simples desconocidos.

También en el bufete la historia se rememoraba alguna que otra vez. A Rentenstein le gustaba cantar las glorias de ambos sin olvidar la suya, si bien él no había tenido arte ni parte en el hecho. Había ocurrido antes de que él llegara, pero sabía contarlo como si también él hubiese estado estrechamente implicado.

Katadreuffe volvió a ver a Dreverhaven cada tanto en el bufete. La primera vez que pasó a su lado en el corredor sintió un escalofrío, pero la sensación quedó atrás sin que hubiera tenido tiempo de notarla apenas. Después se mantuvo alerta: no dejaría traslucir nada. Y fue muy fácil, pues las veces que Dreverhaven se dejó caer por el despacho del personal (el sombrero negro de ala ancha bien calado, el puro en una comisura como una pieza de artillería, esa voz que con sólo oírla hacía pensar en un tórax imponente) padre e hijo ni se habían mirado. ¿Lo conocía su padre? No lo sabía. Su madre nunca lo había dicho, él nunca se lo había preguntado y no parecía probable. ¿Cómo iba a saber Dreverhaven los nombres de los empleados del bufete? Nunca preguntaba por otro que no fuera Rentenstein; se ponía a cuchichear con él largo y tendido, aunque en un tono tan bajo que resultaba ininteligible, junto a las altas ventanas, dando la espalda a todos y a todo. ¿Por qué habría de contarle Rentenstein el nombre del nuevo? No parecía muy lógico. De lo contrario, seguro que algo le habría notado a Dreverhaven. Pero luego pensó en que él tampoco dejaba traslucir nada; no, no era ninguna prueba. Y en la incertidumbre de si su padre lo conocía o no se decantó por esto último. No tenía motivo para tener una opinión determinada, simplemente lo creía.

Lo que sí sabía era que Dreverhaven había tomado nota de su modesto patrimonio. Cierto día (llevaba ya unos meses en el bufete), se le vino a la cabeza que cuando uno quiebra un agente judicial tiene que visitarlo para hacer el inventario de sus pertenencias. Dado que Dreverhaven era el agente judicial de ese bufete, ¿había hecho él ese inventario? ¿Había estado en su casa?

Después del horario de oficina buscó el exiguo expediente en los armarios de acero. Ya no estaba: resultó que lo habían pasado ya al archivo en el desván. En el registro encontró el número de archivo y, bajo las vigas, el expediente. Lo hojeó. En efecto, el tasador había sido Dreverhaven. Allí estaba el memorándum: «Quiebra J. W. Katadreuffe. Libros, en su mayoría en mal estado, enciclopedia incompleta, valor: 15 florines». La letra negrísima, angular, propia de un gigante. Nada más, ni siquiera una firma. Katadreuffe se quedó reflexionando un momento con la carta en la mano bajo las bajas vigas del desván iluminado por el resplandor amarillo de una bombilla eléctrica. Olía a polvo y humedad, como cualquier archivo. Descoloridas y tristes se extendían hacia todos lados las estanterías con las enormes masas de papel. Las rígidas hileras se alejaban de él, giraban al fondo y volvían a su encuentro; no desalmadas, sino como si jamás hubiera vivido un alma en ellas. El memorándum casaba de algún modo con ese entorno pero, en medio de toda aquella decadencia, resaltaba como un elemento bullente de vida.

Tomó conciencia por primera vez de la enorme fuerza de sugestión que puede residir en una caligrafía, por más que esto suceda en muy raras ocasiones: de la fuerza que residía en esa letra. Era la letra de un césar, y era la letra de un agente judicial. ¡Qué letra! Si comparaba con ella sus propios garabatos... Ahí se le ocurrió que también en ese ámbito aún le faltaba mucho. Sus letras desprovistas de carácter llevaban la impronta de la caligrafía escolar. No había ido a la escuela el tiempo suficiente para desarrollar su letra hasta convertirla en algo bonito o feo, pero propio. Durante años apenas había empuñado una pluma. Su letra, más dibujada que escrita, aún denotaba la torpeza del principiante. Tenía mucho que aprender. Para empezar, podía corregir esto. Su firma era realmente un desastre. Empezar de nuevo, completamente desde cero, aunque probablemente nunca adquiriría una caligrafía tan característica. Pero ya verían: demostraría que el futuro no dependía en primer lugar de una mano para escribir, que disponía también de otras bazas.

Cogió el expediente y se lo llevó a su cuarto: seguro que ya nadie querría consultarlo, pero para él seguía resultando comprometedor. Lo guardó en su armario empotrado, colocando la carta de su padre encima de todo el legajo. Nunca había poseído algo de su padre. Volvió a cogerla: esa noche se sentó a su mesa con la mirada clavada en la carta. Ya no pudo estudiar.

Empezó a sentir el frío del cuarto húmedo y silencioso. Se levantó y encendió la estufa de queroseno. La patrona llamó a la puerta llevándole su té. Rápidamente tapó la carta con un libro. Acto seguido, nuevamente solo, dio unos pasos por el cuarto para meditar. Su padre había pasado por su casa y «ella» no había dicho ni una palabra al respecto: a eso se reducía todo. Que la mujer no quisiera tener nada que ver con su seductor era asunto suyo: él tenía unas miras lo suficientemente amplias para reconocerlo. Nunca le había reprochado que lo mantuviera en su condición de hijo natural y nunca se lo reprocharía. Su criterio era demasiado amplio para eso. Y tampoco lo sentía como una vergüenza. Para empezar, no era su culpa; pero aparte, y en realidad en primer lugar, el mundo veía esas cosas de un modo muy distinto que antes. El mundo ya no era tan estrecho de miras como hacía cincuenta años. Sí se había avergonzado (aunque moderadamente) de su quiebra, que a fin de cuentas sí había sido su culpa. No le importaba un comino ser un hijo bastardo; no lo gritaría a los cuatro vientos, pero si hiciera falta lo admitiría abiertamente: era asimismo demasiado orgulloso para mentir. Si llegaba a tener éxito en la sociedad, el honor sería tanto mayor. Pero ¿a qué venía ese endemoniado silencio de su madre? ¿Por qué tenía él que enterarse de esa manera de la visita de su padre? ¿Qué había detrás, por qué no podía saberlo? Su madre iba demasiado lejos, ¡por Dios!, demasiado lejos. Algún día la haría entrar en razón sin contemplaciones.

Katadreuffe no se daba cuenta de que disfrutaba simplemente poder enfadarse otra vez con aquella mujer que le infligía pequeñas heridas que, para él, sin embargo, resultaban tremendamente dolorosas.

Inadvertidamente, sentía una gran curiosidad por todo lo que tuviera que ver con su padre. A ella nunca le preguntaría nada. Sin embargo, en el bufete desviaba en ocasiones, aunque con mucha cautela, la conversación hacia Dreverhaven. Cuando Rentenstein soltó algo sobre el famoso embargo del buque, sonó muy natural que Katadreuffe le pidiera detalles.

Stroomkoning llevaba apenas unos años establecido, su bufete todavía no representaba gran cosa, cuando cayó en sus manos una importante demanda contra un barco italiano que se encontraba anclado en Rijnhaven y estaba a punto de partir. Con la autorización del presidente del tribunal de proceder al embargo del barco, corrió a ver a su agente judicial. No estaba. Pero en su carrera había visto, unas casas más atrás, la placa con el nombre de Dreverhaven, y éste sí estaba. Entonces se precipitaron juntos hacia el puerto: Hamerslag, el oficial de Dreverhaven, iba con ellos como testigo. En el camino tenían que recoger a un segundo testigo: un muchacho que, como sabía a ciencia cierta Dreverhagen, estaba siempre en casa. Y así fue. Como cuarto hombre se subió al taxi un esperpento que por un momento dejó a Stroomkoning con la boca abierta. En cada curva, el engendro se balanceaba hacia delante, borracho, idiota o muerto; la cabeza encaramada a duras penas sobre un cuello largo y flácido. Pero Stroomkoning no tenía ni tiempo ni ganas para mayores consideraciones.

Llegaron al muelle. El barco justo salía del puerto, adentrándose en el Mosa. A partir de ahí Dreverhaven tomó las riendas: era un embargo, era su terreno. Al pie del muelle había una barca a motor. Tras prometerle una bonita suma al barquero si alcanzaban el barco de altura, emprendieron la persecución. Ya oscurecía aquella tarde de finales de noviembre. Los contornos del barco se delineaban, oscuros y humeantes, contra el cielo del oeste. Avanzaban rápido, el barco de altura no había cobrado apenas impulso.

—Hasta la punta —ordenó Dreverhaven al barquero—. Y luego, mantente cerca.

Nada más. Stroomkoning guardó silencio. Se desesperaría si no conseguían someter al barco, pero algo en ese hombre, en ese Dreverhaven, le decía que resultaría. Así, pues, no preguntó nada.

Entonces, ya cerca de la proa del barco italiano, Dreverhaven se puso de pie, con lo que la esbelta barquita comenzó a balancearse peligrosamente en la agitada estela del barco.

—¡Agárrenlo! —exclamó el barquero, que no entendía qué pasaba. Lanzando un grito, Dreverhaven se había tirado de cabeza en el Mosa y flotaba bocarriba en el agua, aullando como una sirena de incendios.

Stroomkoning lo vio de inmediato. Se levantó agitando los brazos y chillando en todas las lenguas que conocía:

—¡Hombre al agua! ¡Hombre al agua!

En lo alto de la borda se asomaron varias cabezas. Allí, al lado del barco, algo chapoteaba, en efecto: allí flotaba un individuo gritando como un desaforado. La máquina se detuvo, soltaron una cuerda con nudos. Dreverhaven, nadando en medio de su holgado abrigo, el sombrero bien calado, dio un par de brazadas para alcanzar la cuerda. Chorreando trepó a cubierta, los otros detrás de él.

El capitán, un hombre vil, bajito y moreno, se dio cuenta demasiado tarde de su error: no se había caído al agua ningún miembro de su tripulación.

Le chirriaban los dientes, echaba espuma, pero allí estaba Dreverhaven, parado delante de él y chorreando agua por todos lados. No había olvidado su distintivo: la ancha cinta de agente judicial con la medalla le colgaba del cuello. El capitán no podía apartar la vista de ella. Entre dos dedos, Dreverhagen sostenía el papel del presidente del juzgado facilitado por Stroomkoning; en alto, para que el agua no lo estropeara.

¡Pero, demonios, si el capitán se hallaba en su propio barco! ¡Los papeles y los malditos holandeses le importaban un comino! Entonces, sin embargo, vio a Stroomkoning (que había sospechado con qué gentuza se enfrentaría) jugando muy alegremente con su revólver y dirigiéndose sin dilación al práctico. Y encima se le acercó un prodigio de hombre: sobre su cabeza, que se elevaba como una roca sobre el delgado cuello, podía verse una gorra de capitán, y en sus enormes fauces fácilmente podía desaparecer un barquero italiano.

El barco de altura dio media vuelta, ya el imperturbable oficial de Dreverhaven, sentado encima de una caja junto a una lámpara de aceite, apuntaba el embargo en los folios timbrados. El barco fue inmovilizado, el monstruo fue designado cuidador; Dreverhaven se dirigió en taxi a su domicilio para cambiarse de ropa.

«A partir de ahora quiero a éste y a ningún otro», pensó Stroomkoning. Lo que más le había sorprendido era ese cuerpo de acero. Porque, sin inmutarse, se había pasado más de una hora empapado en la cubierta, expuesto al viento vespertino de noviembre, renunciando a un camarote. Y cuando al otro día Stroomkoning quiso averiguar por teléfono, lo atendió la voz de bajo que le dijo:

—No, señor, todavía no hc tenido que limpiarme la nariz ni una sola vez más de lo habitual.

De aquella época databa la relación entre ambos. Para Dreverhaven, el bufete suponía un buen cliente. En años posteriores, incluso hicieron negocios juntos, negocios que, en el caso de Stroomkoning, debían pasar por la caja grande, pero que algunas veces se consignaban, misteriosamente, en la contabilidad privada que llevaba en casa y de la que Rentenstein, muy a su pesar, jamás sabía nada.

Dreverhaven era un hombre de ocurrencias fulgurantes y realizaciones temerarias: por eso, entre otras cosas, le caía tan bien a Stroomkoning. Por eso, a decir de muchos, no guardaba suficiente distancia con él. No era común que un abogado tuviera tanto roce con agente judicial, y menos con uno que había cobrado notoriedad por su tremenda dureza con los deudores. Pero Stroomkoning, que venía de la clase media, no lo sentía así. Su padre había sido oficial de aguas: ¿por qué iba a importarle intimar con un agente judicial como Dreverhaven? Así, pues, hacían negocios juntos, a menudo por fuera del bufete; negocios azarosos en los que ganaban mucho y perdían también mucho. También le gustaba la falta de escrúpulos de Dreverhaven: él también era poco escrupuloso. Su bufete se había hecho grande y gozaba de prestigio, pero ese prestigio se debía más a sus dimensiones que a otra cosa. No pertenecía a la primerísima línea y jamás pertenecería a ella. El Colegio de Abogados lo sabía: nunca lo elegirían para integrar el Consejo de Supervisión. Consciente de ello, solía decir: «Pura envidia de gente a la que le he pasado por delante». Y también: «Algún día me pondré a averiguar qué clientes que antes estaban con tal o cual ahora integran mi cartera».

Por otra parte, no era alguien que aspirara al honor: le interesaba más bien trabajar y ganar dinero. Trabajaba duro y ganaba conforme a ello. Y tenía buena relación con sus colegas, que apreciaban su bonhomía y su sencillez.

EL PRIMER AÑO

Gracias a su juvenil capacidad de adaptación, Katadreuffe se familiarizó rápidamente con el nuevo mundo del bufete. Pero en los primeros meses se había dedicado fundamentalmente a observar.

Le impactó la importancia de ese mundo. No era alguien que renegara de su propio medio: era demasiado orgulloso para eso, pero no podía negar que en ese mundo nuevo para él se acumulaban otra clase de experiencias. No se encontraba más que al principio: veía el mundo de los grandes desde abajo, con los ojos de los subalternos. Aun así, esto era más que lo de antes. Aquel mundo era descolorido comparado con éste. Pero él procedía de ese viejo mundo, no se olvidaba de él y le parecía injusto, irrazonable, inmerecido que existieran uno al lado del otro. Al fin y al cabo, todo procedía del pueblo, ¿por qué éste no podía elevarse en su totalidad? ¿Por qué una y otra vez no podía haber más que unos pocos que escalaran hacia arriba? Era un consuelo que al final acababan hundiéndose, si no ellos mismos, al menos sus descendientes; y un consuelo también que él formara parte de los escaladores.

Nunca había tenido roce con gente así: había estado siempre rodeado de la clase trabajadora, salvo los años pasados en la casa de vecindad, cuando había convivido con la plebe, con el auténtico populacho. Gente del pueblo, siempre y en todas partes: en la fábrica, en sus múltiples trabajos como chico de los recados. Quizás había estado un poco mejor en la época de la librería, donde al menos su jefe era en cierta medida un caballero; pero no había aprendido nada de él: sólo de sus libros.

Si se fijaba en las dos personas más cercanas a él, su madre era ciertamente una mujer muy singular en su círculo, aunque no había sabido escapar de él; Jan Maan, por su parte, prometía más de lo que daba, sabía más de lo que hacía. A pesar de su amistad, Katadreuffe tenía una opinión clara y aguda de Jan Maan: lo consideraba un tipo con un cerebro privilegiado que se desvirtuaba en el Partido y en sus chicas. La librería, regalo de Katadreuffe, había permanecido sin guarnecer, al igual que el contenido de su cráneo. El espacio detrás de la cortinita se había convertido en un verdadero cajón de sastre: ropa interior, tabaco, novelitas policiales deleznables, folletos enardecidos sobre Lenin. «Ella» lo dejaba así: había renunciado a poner orden. La historia de la chica de los grandes almacenes ya se había acabado por completo. Había ahorrado en vano por segunda vez para poner una casa y, generoso, le había dejado a la chica todo lo acumulado. Había vuelto a reconciliarse con sus padres, pero siguió viviendo en casa de la señora Katadreuffe; de allí tenía pensado pasar a su propia vivienda, casado y bien casado, y si no, no se iría a ninguna parte. Ayudaba a sus padres económicamente. No hacía nada para instruirse; escuchaba con interés las cosas que le contaba su amigo, pero no quería alzar el vuelo con él. Y Katadreuffe, por un lado muy ambicioso y, por otro, lo contrario de engreído, no captaba que su propio talento era más grande que el de Jan Maan, aunque éste, en efecto, bien podía haber hecho más de su vida.

El mundo del bufete era completamente distinto: allí entraba en contacto, desde abajo, con el mundo de los individuos. Se debía en parte a la falta de organización de Rentenstein. En cada momento libre se conversaba; salvo los dos hermanos, que seguían trabajando. La historia del embargo del buque había generado en Katadreuffe una admiración por su padre y a la vez una envidia hacia él. Así era su carácter: en las cosas grandes era grande; en las pequeñas, pequeño. A su madre nunca le reprocharía su bastardía; si bien era un asunto suyo, también lo era de ella, y en primer lugar además, puesto que era mayor. Solamente una vez, durante un paseo, cuando ella le contó que no había querido casarse con Dreverhaven, él le preguntó si ésos no eran también sus asuntos, pero al ver que ella callaba, nunca más sacó el tema.

Tras la historia del embargo se enorgulleció de su padre. Sin dejarlo traslucir, escondiendo bien sus sentimientos, se sentía orgulloso y pensaba que de un hombre tal cabía esperar algo así. Sin embargo, arriba, en su cuarto, afloró una envidia mezquina de que ese hombre ya hubiera brillado tanto, mientras que él no se encontraba más que al principio: un taquimecanógrafo insignificante. Aunque también despertó en él la ambición de ponerse a la altura del otro, de superarlo.

Gracias al bufete no sólo aprendió a observar a Stroomkoning, sino también a los otros juristas. Del mismo modo que antes había abierto su cerebro a su biblioteca, y que ahora por las noches lo abría a sus libros de texto, abrió sus ojos y oídos para registrar todo su entorno. Nunca olvidaba que su objetivo venía aparejado a su trabajo.

A Rentenstein le cogió una manía que todavía no era recíproca. Se dio cuenta pronto de que el jefe de sección era uno de esos tipos que no dan ni golpe. El trabajo relacionado con las sesiones del juzgado no era particularmente abundante, y lo que hacía aparte de eso y la administración de la caja chica sólo él lo sabía en realidad. El agente judicial Dreverhaven, que a un nivel más alto tenía apartes con Stroomkoning, a uno más bajo los tenía con Rentenstein. Katadreuffe no entendía qué tenían que cuchichear. De Gankelaar ya le había comentado abiertamente que no veía con buenos ojos la intimidad de Dreverhaven con Rentenstein.

—Es un tipo notable —le dijo en una ocasión refiriéndose a Dreverhaven—, pero preferiría que no fuera nuestro agente judicial. No deja de ser un individuo del que hay que cuidarse. Él mismo probablemente no robe, pero me parece la típica persona que le enseña a otros a robar. Y Rentenstein, dicho sea entre nosotros, es un enclenque.

Rentenstein, por cierto, no sólo era enclenque de espíritu, sino que tenía el aspecto correspondiente: ojeras que a Katadreuffe le parecían sospechosas, pelo tupido y brillante, aunque siempre con algo de caspa que iba a depositarse en la solapa; un semblante apuesto y regular, aunque con una tez sonrosada y afeminada; delgado, pero con una delicadeza y una blandura de chica. Y además, siempre zalamero con el personal femenino.

Katadreuffe también le tenía manía a la señorita Sibculo: una joven coqueta y superficial a quien le faltaba tiempo para enredarse en amoríos. De Gankelaar se había preguntado por un instante si contratar a un joven tan extraordinariamente apuesto y cautivador como Katadreuffe, que dejaba muy atrás a Rentenstein, no representaría un peligro para la calma de espíritu del bufete: desde el primer momento había tenido claro que la personalidad reservada y calladamente altiva de su protegido, amén de su cortesía, debía de ser mucho más del gusto de las jóvenes que el ostentoso amaneramiento del primer oficial de procurador. En efecto, la señorita Sibculo le entregó inmediata y casi abiertamente su corazón, si bien después de unos meses su reserva la había desanimado. El asunto no pasó de ahí: para las otras dos auxiliares no representaba un peligro. La señorita Te George, silenciosa y correcta, además de ser unos años mayor que él, no era una persona dada a dedicarse a amoríos en una oficina; en cuanto a Van den Born, la joven de la voz ronca, estaba pura y exclusivamente ocupada consigo misma. Y lo principal: Katadreuffe no buscaba amor, seducción ni juego. Si inicialmente resultaba fascinante, a la larga no podía sino provocar rechazo.

Nunca dejaba traslucir quién o qué le estorbaba, pero a la señorita Sibculo le había cogido aún más manía justamente por su enamoramiento. Era casto por naturaleza: el contoneo del cuerpecito rollizo con el cuello demasiado corto le resultaba casi repulsivo físicamente. Cuando veía los blancos deditos acomodándose los rizos, miraba para otro lado. Ella servía a dos señores y no daba abasto, pero aún tenía tiempo para miradas pícaras y posiciones coquetas. Sus ojos eran ciertamente agradables, pero los utilizaba demasiado. En momentos de silencio no tenía empacho en soltar profundos y melancólicos suspiros. Cuando se reía, su cara era puro hoyuelo y, pese a ello, distaba precisamente entonces de ser bonita. Era en verdad una criaturita de nada que sólo sabía mecanografiar con esmero y rapidez. Superficialmente cabría esperar que se hubiera enamorado locamente de Rentenstein, pero al final éste no resultaba ser más que «un homme qui s'aimait sans avoir de rivaux», en palabras de Lafontaine.

Pese a toda su frialdad innata, por el contrario, Katadreuffe sentía verdadera simpatía por De Gankelaar, el hombre que pretendía haberlo «descubierto» y que seguía intentando descubrirlo. De Gankelaar tenía un gran defecto que Katadreuffe, pese a su propia diligencia, le excusaba simplemente por tratarse de él: era francamente perezoso. Era de lejos el que menos hacía de todos; no trabajaba despacio, sino a trompicones, y entre medio fumaba en pipa, soñaba o se entregaba a la conversación con Katadreuffe. Pero también era el más ampliamente instruido entre los juristas (exceptuando quizá a la señorita Kalvelage). Su manera de ser tenía un aire filosófico. Sus reflexiones se orientaban a menudo hacia la melancolía, que ahuyentaba con los deportes. Era el que menos ganaba de todos, pero no le importaba: parecía tener una posición desahogada, practicaba deportes caros. La señorita Kalvelage, la última adquisición jurídica del bufete, ya lo había adelantado en cuanto al sueldo porque Stroomkoning sabía muy bien lo que rendían sus colaboradores; rara vez hacía observaciones, pero pagaba acorde a los méritos. En realidad, debía de haberle dado una señal a De Gankelaar para que se marchara, pero por vanidad prefería mantenerlo vinculado a su bufete. De Gankelaar pertenecía a la nobleza: su padre era un hidalgo de La Haya, sólo que él prefería no usar su título.

Katadreuffe solía tener menos trabajo que hacer para De Gankelaar de lo que deseaba, pero de sus numerosas confidencias no dejaba de aprender alguna cosa.

A De Gankelaar le gustaba hacer alarde de su inercia. Con cierta gracia deportiva, se reclinaba en su silla con las piernas en el tablero del escritorio (aunque nunca de forma particularmente indecente, procurando no molestar a Katadreuffe) y se ponía a filosofar sobre el tema:

«Cuando me reclino así, con las piernas cruzadas, a veces me da por pensar durante una hora si dejarlas tal cual o si, para variar, cruzarlas al revés.»

O bien:

«Los domingos no trabajo, claro está, aunque eso no me da satisfacción. Gandulear sólo da gusto cuando los demás trabajan. Eso explica por qué hago el gandul sobre todo los días laborables.»

Sus ideas sobre cualquier tema las desvelaba con franqueza a Katadreuffe. Había sido franco al hablarle sobre el personal, sus compañeros juristas, su jefe; no le importaba cómo se lo tomaran los otros. También lo era con respecto a sí mismo. Una vez le dijo:

—¿Qué importancia tendría si pusiera en juego mi posición aquí? Sin este trabajo tampoco me moriría de hambre. Tener que vivir de algo y aun así jugar con ello como el gato y el ratón: ser el ratón; eso ya es distinto, eso es sumamente meritorio. Mi caso es distinto: soy un mero diletante.

Katadreuffe reflexionó un momento. Sólo lo entendía a medias. Respondió:

—Me parece que en realidad usted no está del todo hecho para la práctica jurídica.

Ya se conocían demasiado para que De Gankelaar se tomara a mal esa respuesta. Le reviró:

—¡Gracias a Dios! La abogacía significa acción y reacción, alzar la voz ante cualquier circunstancia y, sin embargo, ser más cerrado que una caja fuerte. Pero yo he nacido con un solo interés: el hombre. —No retiró las piernas de la mesa, cargó otra vez su pipa: la reflexión iba para largo—. Y ten en cuenta, Katadreuffe, que me doy perfecta cuenta de que me he embarcado en un estudio que no se acaba nunca, colmado de grandes huecos llenos de enormes interrogantes. ¿Qué es el hombre? No lo sé, pero el tipo me interesa. No tú ni yo, sino ése: el hombre. ¿Qué significa esto? Que cuando te veo a ti o a Stroomkoning, a mí mismo o a la señorita Kalvelage, veo cuatro objetos que el lenguaje cotidiano llama *seres humanos*. ¿Pero por qué?... Son cuatro objetos que no coinciden en nada, absolutamente en nada. Veo en cada uno mil facetas y todas ellas son distintas: veo cuatro mil diferencias. A veces no acabo de entenderlo; en primer lugar, que nunca veamos seres humanos, sino sólo facetas de seres humanos; en segundo lugar, que todas esas facetas difieran; en tercer lugar, que nos sigamos aferrando a un concepto estándar de *hombre*... Y ahora no me vengas con que el hombre es un ser racional, porque eso tampoco lo entiendo, aparte de que enseguida nos encontramos con cuatro conceptos de razón... ¿Has oído hablar alguna vez de Diógenes, que un día fue con una linterna encendida al mercado atestado en busca de hombres? —Katadreuffe había oído hablar de Diógenes—. A mi juicio de lego —dijo De Gankelaar cambiando por fin la posición de sus piernas encima de la mesa—, ese tío ha sido uno de los más grandes filósofos. No tanto por ser el padre del cinismo, aunque debo decir que eso también me atrae en él, sino por sus verdades formuladas en cuatro palabras; sobre todo por esa expresión: «Busco hombres». Porque no es justo, Katadreuffe, tildar ese dicho de desvergüenza. El tío pensaba mucho más allá, más profundamente. Buscaba hombres y sabía muy bien dónde debía buscarlos, si es que existían, pero no sabía exactamente qué buscar. Sólo que esperaba poder descubrirlo con la linterna de su ciencia.

Tales observaciones expandían el espíritu de Katadreuffe, pero no lo apartaban de su objetivo. Cuando había trabajado mucho y no lograba conciliar el sueño, cavilaba sobre lo que habían hablado.

En efecto, ¿qué era en realidad un hombre? No hacía falta más que examinar ese bufete para quedar debiendo la respuesta. Exceptuando a los dos hermanos, las diferencias eran enormes, y aún más entre los juristas que entre los subalternos.

Katadreuffe entendió entonces que con justa razón se hablaba de la «masa gris»: que lo individual sólo existía realmente entre las clases privilegiadas. A los miembros de éstas se les había dado la oportunidad de desarrollarse y cada uno crecía en una dirección propia. Se percató de la importancia formidable de saber mucho: saber mucho suponía desarrollarse enormemente, llegar a mostrar miles de facetas.

El propio Katadreuffe seguía siendo un carácter en ciernes: experimentaba un tardío desarrollo hacia la edad adulta. Estaba dotado de unas cualidades y unos dones llamativos, pero no era ni de lejos un carácter acabado. Sin ser consciente de ello, su personalidad estaba menos desarrollada que la de Jan Maan, si bien prometía más. Era un joven del pueblo, pero con posibilidades; tenía muchos conocimientos, pero estibados sin orden: demasiado abigarrados y, en muchos casos, también trasnochados. Era un batiburrillo que con una tenacidad férrea quería agruparse para formar un todo.

Una de sus virtudes era querer aprender donde pudiera, sin que ello significara asumir cosas sin espíritu crítico. Era cierto: no había dos personas que se parecieran. Ahí estaba el licenciado Gideon Piaat, sagaz litigante en juicios penales, que en la sala de audiencias tanto hacía reír a la gente: un hombrecito con una cabeza sobredimensionada, una cara de niño con gafas, inquieto, de gesto a menudo expansivo. ¡Qué distinto era de su compañero de despacho, el seco de Carlion! Y tenía un corazón débil, en ocasiones se desvanecía. Era sencillo por naturaleza, pero su nombre de pila le parecía demasiado bonito para no mencionarlo con todas sus letras, en todas partes. Y luego la única licenciada mujer: la señorita Kalvelage, que ocupaba un pequeño despacho en la primera planta, justo debajo del gabinete de De Gankelaar. Menudo sable. Joven aún, en nada femenina; casi sin cuerpo: más bien un esqueleto coronado por un rostro cadavérico, pelo oscuro y tupido, corto, que ya empezaba a grisear. Una pequeña osamenta que adquiría cierto encanto cuando se calaba unas gafas redondas y sus ojos de un amarillo tornasolado se agrandaban; una criatura sumamente agresiva que litigaba con una voz muy dura y una lengua muy afilada.

«Y sin embargo —pcnsó Katadreuffe—, lo que dice De Gankelaar tiene sentido, y seguramente será cierto, aunque no sólo es aplicable al concepto de hombre: cuando yo hablo de una mesa me refiero a algo distinto que cuando "ella" habla de una mesa. Bien mirado, todas las personas mantienen diálogos de sordos.»

Así empezó a pensar por sí mismo y a discernir.

Se tumbó de lado para dormirse. Tenía ahora un sofá cama: la lúgubre cama armario había quedado atrás.

MÁS DEL PRIMER AÑO

La salud de su madre se estaba deteriorando últimamente, pero él no lo notaba y ella no lo hacía notar. La tisis a la que sus pulmones se habían resistido durante tanto tiempo empezaba a ganar terreno en el débil cuerpo, aunque podía seguir así durante varios años. Además, le era imposible limitarse en sus labores; al contrario, los tiempos se habían vuelto menos favorables: aun trabajando más duro sus entradas eran menores que poco después de la guerra. Tampoco la tienda estaba ya del todo conforme con su trabajo y ella misma sabía la razón: su originalidad se había desgastado poco a poco; empezaba a repetirse, se notaba. Seguía utilizando colores bonitos, pero las combinaciones se producían con demasiada frecuencia para llamar mucho la atención. Sus temas se agotaron porque, si bien todo se podía dibujar, no todo se podía hacer con nudos de lana. Una manta para diván a cuadros negros y amarillos, empezando arriba por una cuadrícula grande que se iba reduciendo a medida que bajaba, seguía siendo una bonita labor para un moderno jardín de invierno, aunque mejor no preguntar cuánto le había llevado hacerlo, entre sus otras ocupaciones y los quehaceres domésticos. Y al final ni siquiera la satisfacía del todo, y el precio que obtenía parecía demasiado bajo en proporción al número de horas trabajadas y demasiado alto en vista del resultado. En secreto lamentaba haber estado tantos años desprovista de ese verde tan peculiar. Creía vagamente que cuando lo encontrara su inspiración también volvería; rebuscaba cada tanto en los mercados. Una vez encontró en una vitrina unos ovillos de lana que se le parecían, pero cuando cardó la lana en casa no tenía nada que ver: no tenía el matiz del deterioro, el desteñimiento, el decoloramiento del agua de mar. La metió en un baño de sal, pero el único resultado fue que encogió. Podía haberlo previsto. Nada: en definitiva había tirado el dinero.

Katadreuffe sólo los visitaba a ella y a Jan Maan, pero tenía mucho que estudiar. Los paseos de los domingos por la tarde se hicieron menos frecuentes. Su relación había mejorado: ella ya no sentía la inquietud de la época en que él vivía en casa, cuando se pasaba el día deseando, sin decir una palabra, que su hijo saliera adelante, que se esforzara, que se diera prisa, tal como ella lo había hecho... La desasosegaba ver cómo ese grandullón simplemente leía sin avanzar socialmente. No habría sabido explicarlo, pero tenía grandes expectativas sobre ese crío tan especial que ella, una chica de raza, había traído al mundo, que tenía por padre a un hombre como no había dos en todo Róterdam, expectativas que amenazaban con convertirse en decepción. La amargaba no ver al polluelo echarse a volar, utilizar las alas que le habían crecido en los hombros a un ritmo acelerado. En las horas calmas de su labor pensaba a menudo en ello, fantaseaba con decírselo, pero no llegaba a hacerlo. No habría sabido ponerlo en palabras y, para colmo, en su fuero interno pensaba que decirlo muy probablemente no cambiaría nada. Esto había envenenado su relación: había entre ellos una permanente y tácita irritabilidad que sólo mejoró cuando él se fue de casa. La partida supuso una auténtica liberación para el muchacho. Y esta vez, por suerte, era definitiva. Aquella aventura en La Haya había sido una temeridad, una tontería; por suerte ya era cosa del pasado. Esta separación era definitiva y así tenía que ser: estaba en la naturaleza de una verdadera madre renunciar. Querer conservar al hijo era una blandenguería despreciable propia de las señoras: una mujer del pueblo ponía a su crío en la calle a patadas. En fin, a patadas... Aunque acababa siendo eso. Y, naturalmente, el crío debía tener edad suficiente.

De momento estaba contenta, aunque no sabía exactamente cuáles eran los planes de su hijo. Lo que sí sabía era que él no se los revelaría tan fácilmente: su cerrazón característica no le venía de ningún extraño, ella misma era más cerrada que un tarro. Pero sentía que su hijo iba por buen camino. Alzar el vuelo, propiamente, no lo había hecho aún, pero tampoco quería exigirle lo imposible: ese vuelo no era más que el sueño de una madre muy orgullosa. Ciertamente, saldría adelante: lo presentía. Veía cuánto había cambiado. Ese trabajo de oficina por sí solo no podía quitarle tanto tiempo: tenía que estar trabajando para sí mismo. Lo veía: había menos color en su cara, menos grasa aún que antes en su cuerpo, más luz en sus ojos y, sobre todo, una mirada más firme.

Además estaba contenta porque, aunque en muchos sentidos le iba peor, todavía tenía a Jan Maan. Con idéntica vehemencia ansiaba conservar a Jan Maan y perder a su hijo. No era solamente que Jan Maan le significara algo de dinero: lo quería. Lo que ella tenía de suave, que era poco, se lo transmitía a él. En su sentimiento por Jan Maan no había un asomo de sexualidad (eso eran tonterías, eso ya había quedado aniquilado en ella con el nacimiento del niño), pero le tenía cariño como puede sentir cariño por un hombre una mujer sin amor, con una maternidad sublimada justamente por carecer del irritante vínculo de la sangre. Jamás intentaría convencerlo de que no se casase, para eso era demasiado magnánima, pero de todos modos veía que él no estaba hecho para la vida conyugal. Era un chico que besaría a muchas chicas y que probablemente nunca llegaría al matrimonio. Su volubilidad le agradaba, mientras que en su hijo la habría condenado con la mayor determinación. Que hubiera montado y desmontado un par de veces los cimientos de una casa propia dejándosela luego a la chica, la enternecía. Ahora seguro que estaba de nuevo sin novia; al menos cada domingo salía a pasear religiosamente con ella hasta el Mosa, hasta los antiguos viveros o hasta la colina en el parque. Que siguiera todo así. Esperaba no tener que alojar nunca más a su hijo, aunque su gabinete tampoco se lo ofrecía a Jan Maan, ni lo usaba ella misma para dormir: pese a todo se lo reservaba al hijo.

Al llegar el verano, sin embargo, no quiso robarle más los domingos a Jan Maan, despojarlo de su día libre de sol y mar en Hoek van Holland. Rojo como un cangrejo volvió las primeras veces a casa: su blanca piel se quemaba siempre muy mal, causándole mucho dolor.

Si lograba que Katadreuffe lo acompañara, no iban a Hoek. Un par de veces consiguió convencer a su amigo de que abandonara por un día los estudios. Había fabricado una pequeña tienda de lino; con esa tienda atada al portaequipaje de su bicicleta pasó a recogerlo por Boompjes una mañana bien temprano. Cruzaron juntos a pie los puentes del gran río y sólo cuando llegaron a la orilla sur el correcto y recatado Katadreuffe se atrevió: simplemente se sentó en el portaequipaje y dejó que Jan Maan pedaleara con gran ahínco hasta que llegó el momento de intercambiar papeles. Era un buen trecho hasta la última punta de Waalhaven. En ese rincón perdido donde todavía no llegaban los barcos, lindero con el aeropuerto, la corriente había formado una pequeña playa natural.

La Róterdam laboriosa y la ociosa que no optaba por Hoek se habían congregado allí. Montaron su tiendecita y pasaron allí todo el día, entre la áspera arena del río y el agua lodosa, tomando el sol entre las tiendecitas, en medio del chirrido de gastadísimos discos de gramófono. A Jan Maan le gustaba nadar hasta perderse de vista. Katadreuffe se limitaba a chapotear cerca de la orilla. Sabía nadar, pero ni con arte ni por mucho tiempo. Después le agradaba secarse rápido al viento. Y allí se quedaba tan ricamente, entre el pueblo: su pueblo; no estaba en su naturaleza renegar de él. Nadie lo molestaba. El trabajador holandés es recatado: nueve se portan bien, sólo el décimo es ordinario y barullero, pero entre los nueve su reino no dura mucho tiempo. Katadreuffe se había llevado libros y apuntes; estudió un poco en la tiendecita, pero pasó más tiempo observando el cielo, echado de espaldas, su pañuelo de domingo extendido bajo la cabeza. Aunque las chicas se fijaban en él, él no se fijaba en ellas como Jan

Maan, sólo permanecía echado, a sus pies la última punta del gran Róterdam-Sur, carcomida de puertos, y el majestuoso Waalhaven, un verdadero mar interior bajo la inmensidad de un firmamento propio.

Sucedió una vez que ambos volvieron del campamento llenos de piojos, pero «ella» conocía un buen remedio. Sólo queroseno: empaparse la cabellera con queroseno, envolverla con unos paños y a la cama. A la mañana siguiente, lavarse un par de veces con jabón blando y asunto concluido. Así lo hicieron.

En una ocasión, en la playa del puerto, Katadreuffe se fue de la lengua y le contó sus planes al amigo. Se hallaban rodeados de gente del pueblo; justo en ese momento, un niño desconocido estaba metiendo el dedo gordo del pie de Jan Maan en un molde de arena. Pero allí estaban tan seguros como si estuvieran entre cuatro paredes: nadie prestaba atención a su conversación. Katadreuffe boca abajo, el otro boca arriba, las cabezas bien juntas. Fue así como se lo contó: que estaba estudiando para hacer el examen de Estado.

Era muy sistemático: no exageraba con los plazos ni con la carga. Para empezar, había intentado causar una impresión decente como taquimecanógrafo. Y aunque de momento seguro que los había mejores, y sobre todo más rápidos que él, su gran habilidad se había puesto de manifiesto por el poco tiempo en que había aprendido. El tomar notas y pasar a limpio en lenguas extranjeras era todavía una asignatura pendiente. Eso ya se arreglaría solo: dominaría los idiomas en grado suficiente cuando estuviera a punto para su examen.

Había refrescado y ampliado sus conocimientos de la propia lengua. También en eso fue rápido. Ahora estaba tratando de mejorar su caligrafía; no pretendía escribir bonito, no le importaba tener una letra fea, pero que fuera fluida, no la letra infantil y torpe de la gente del pueblo, sino la letra por la que se reconoce de inmediato al hombre instruido. También era la primera vez que tenía una firma de verdad: su apellido escrito de un trazo, sin puntos ni rayas, concisa.

Por lo que respecta a su pronunciación, era un privilegiado de familia. Su madre, si bien a veces podía ser grosera, hablaba la lengua sin deje local. Así lo había aprendido él, y el feo tonillo del habla vulgar de Róterdam, empleado por muchos escolares e incluso por algunos maestros, y sobre todo en la casa de vecindad, no había cuajado en él. Algunas veces llegaba de la escuela con un aire bravucón y soltaba frases en tono popular, pero su madre no tardaba en extirpárselas. Le habló a Jan Maan de la importancia extraordinaria de una pronunciación correcta, o al menos decente, en una carrera profesional; opinaba que en ese punto al amigo todavía le quedaba algo por corregir. Y se lo dijo con tanta seriedad y con tan buenas intenciones que Jan Maan, que en su hablar conservaba algo (aunque no demasiado) del acento de Róterdam y que sólo ahora se daba cuenta de ello, prometió sonriendo enmendarlo, aunque la verdad es que nunca tuvo intenciones de hacerlo: era demasiado comodón para algo así.

Luego había un terreno espinoso: el de los extranjerismos, que en el bufete se empleaban con frecuencia. Términos latinos y otras cosas parecidas. Sobre todo, había que prestar atención a la acentuación correcta, que difería en palabras como *totaliter* y *hectoliter*, o en *res nullius* y *luce clarius*; y luego estaba la palabra neerlandesa *reus*, 'gigante', que se pronunciaba distinto de la *reus* latina. Últimamente estaba entregado a eso: tenía un librito de extranjerismos y marcaba los que podían llegar a servirle.

Todo esto formaba parte de la preparación para el trabajo propiamente dicho, pero además era cuestión de cultura general, sin la cual difícilmente puede hablarse de un hombre verdaderamente instruido.

De sus estudios en sentido estricto no habló mucho: Jan Maan seguramente no lo habría entendido y habría perdido interés en la conversación. Le contó que había comprado a plazos un aparato de radio que nunca encendía para escuchar musiquillas tontas, sino sólo cuando había algo que aprender;

estaba siguiendo en primer lugar un programa sobre los principios de las lenguas extranjeras. Era realmente un invento maravilloso. También tomaba clases por correspondencia y en invierno asistiría a las clases nocturnas en la universidad popular. Además, buscaba un instituto donde se pudiera estudiar por correspondencia para preparar el examen de Estado.

Cuando Jan Maan le preguntó para qué servía todo eso, Katadreuffe se limitó a decir:

—Para ser abogado.

Jan Maan habría querido incorporarse, pero a decir verdad se encontraba demasiado a gusto echado. Sólo abrió los ojos como platos, y volvió a cerrarlos ante el cielo deslumbrante.

Katadreuffe siguió contando que los estudios no necesariamente irían a costarle mucho, al menos no de momento. Y también que le habían aumentado el sueldo gracias a que De Gankelaar había abogado por él. Ya ganaba ochenta y cinco florines al mes, casi tanto como Jan Maan, si sumaban sus cuatro pagas semanales. Pero por el momento nadie debía enterarse de sus planes de estudio, mucho menos«ella».

Era todavía verano cuando, una noche de entre semana, fue a visitarla. La encontró sola: Jan Maan había salido a dar un paseo en bicicleta. Mejor así. Se sentó frente a ella y, sin decir nada, le dejó quince florines sobre la mesa. Ella alzó la vista un momento, luego volvió a bajarla para concentrarse en su labor. Tampoco dijo nada. Él jugó con la cucharilla de su taza de té; la rabia empezó a crecer en su interior porque ella no decía una palabra.

Entonces ella abrió la boca.

—De tu padre nunca he querido aceptar nada, ni boda ni dinero ninguno.

Era su manera de aceptar, y la aceptación escondía su agradecimiento. Él lo sintió, su rabia se esfumó. ¡Por Dios, si eran tal para cual! Hablar les resultaba difícil, y agradecer, el doble. ¿Acaso él no acababa de dejar el dinero sobre la mesa sin decir nada? El dinero seguía allí.

—Ésta es la primera vez —dijo. Quería decir que en adelante podía contar cada mes con ese dinero.

Ella asintió. Y luego, después de un rato, volvió a hablar.

—Tienes una buena sesera, Jacob, puedes estarle agradecido a Dios.

Era su manera de dejarle traslucir que entendía que estaba estudiando para progresar, y él se dio cuenta. Pero no entendió lo de «Dios». ¿Era religiosa? Nunca había notado nada, aunque era cierto que venía de una familia protestante. Quizá fuera la vejez. De Gankelaar había dicho que, bien vista, la religión era un achaque de la vejez: tal vez tuviera razón.

Sobre sus planes no dijo una palabra. Estuvieron así sentados un rato más, diciendo algo cada tanto. No hacia falta que dijeran mucho: se entendían con pocas palabras. En realidad, ésa era su tragedia: se conocían demasiado, tenían demasiado en común. No se complementaban: se ponían uno al otro de los nervios.

La duda de si su madre sería religiosa había despertado por un momento su curiosidad, pero nunca se lo preguntaría, jamás de los jamases. La examinó; hacía varios años que tenía el pelo blanco como una paloma. Últimamente llevaba gafas cuando hacía sus labores. También tosía mucho. El color de su piel no era pálido, sino amarillo lavado; los pómulos le brillaban como pulidos por el tiempo, como de mármol.

—Deberías descansar un poco más, madre.

—No te preocupes.

No sabía que sus entradas habían mermado: ella nunca se lo diría.

Ella le sirvió otro té y después de una hora él se fue. Hacia su cuarto, sus estudios. El dinero permanecía sobre la mesa exactamente como él lo había dejado.

Una vez fuera le volvió la rabia. ¿Por qué, si ya había entendido que tenía planes, no le preguntaba nada al respecto? Dos veces aquel invierno ella había estado en su casa y nunca le preguntó qué hacía en sus ratos de ocio. En la vida había visto tal portento de tozudez. Pero, ayudar, la ayudaría. Con quince florines al mes, de momento.

Lo hizo una sola vez.

DREVERHAVEN

Las calles y callejas al este de Nieuwe Markt son en gran parte sombrías. Pero hay una, con mucho tránsito de peatones, que destaca por su algarabía y vivacidad. Está llena de tiendecitas y es tan estrecha que no pueden circular coches. Se llama Korte Pannekoekstraat, y allí había dos tiendas, en dos esquinas enfrentadas, que llevaban más de un año reclamando especialmente la atención del público. Vendían las mismas alegres baratijas, en particular pantallas de lámparas, y sus escaparates solían parecerse como dos gotas de agua, si bien en una los precios eran considerablemente más elevados que en la otra. La más cara tenía un nombre pretencioso: Au Petit Gaspillage, la otra se llamaba simplemente La Competencia.

Entre ambos negocios se libraba desde hacía más de un año una guerra entre competidores. En los aparadores había carteles desdeñosos en los que una ostentaba sus precios elevados como prueba de mayor solidez mientras que la otra se jactaba de su mayor solidez pese a los bajos precios. A veces las invectivas impresas o escritas eran de un carácter tal que la policía tenía que retirarlas. La tiendecita cara y la barata se copiaban alternativamente los escaparates, pero los tribunales no tenían razón para intervenir: ambos negocios eran propiedad de Dreverhaven.

La tiendecita barata no era en esencia tan barata, sólo lo parecía por el contraste con la otra. No había realmente una guerra: la contienda no era más que una forma de propaganda. La tiendecita barata atraía a mucha gente; la cara, como es natural, a bastante menos, aunque muy de vez en cuando entraba algún cliente pensando que allí, en efecto, compraría mercancía de mejor factura. La barata arrojaba beneficios, la cara daba pérdidas. Los beneficios eran hasta ese momento algo más elevados que las pérdidas; no obstante, no justificaban en absoluto el extravagante, complicado y riesgoso montaje. A nadie sino a él se le habría ocurrido montar algo semejante, si bien precisamente Dreverhaven era un hombre dado a regodearse íntimamente en esa clase de cosas, que mantenía bien escondidas. Estaba más interesado en la puesta en escena que en los beneficios. Con todo, éstos no suponían para él un factor desdeñable; en breve se desharía de la tiendecita costosa: la representación habría durado lo suficiente y con toda probabilidad la barata ya estaría lo suficientemente establecida. Y ésta más tarde seguro que también la traspasaría. Mientras tanto, se daba el gusto de combatirse a sí mismo.

Pese a todo, lo que más lo atraía eran empresas que no tenían nada que ver con su despacho; así, por ejemplo, prestaba dinero en condiciones sumamente onerosas. En la guerra había hecho transacciones comerciales en sociedad con Stroomkoning. Él le pasaba los datos y Stroomkoning, que le tenía una gran confianza, se dejaba llevar. Habían ganado mucho dinero en la compraventa de azúcar, pero habían vuelto a perder todo y más en la de melaza. El peor golpe lo habían recibido con su participación en el saladero de verduras cuando (como se decía entonces) «estalló la paz», pero previamente ese mismo negocio les había reportado pingües ganancias. Si Dreverhaven hacía balance de sus especulaciones, resultaba que no había avanzado nada con ellas. Tampoco el préstamo de dinero arrojaba beneficios: había que untar tantas manos para no dar lugar a murmuraciones ni poner en juego su cargo que la administración y los riesgos se llevaban todo el provecho. Y a pesar de todo muchos sabían, incluido el bufete entero, de los negocios de usura de Stroomkoning.

Si Dreverhaven hacía balance de los últimos años, ante sus ojos se erigían unas pérdidas que le hacían sangrar el corazón, pero tenía alma de especulador, no podía dejar de jugar. Era a la vez avaro en extremo y en extremo temerario. Le costaba trabajo desnudarse: siempre que podía, se quedaba con el sombrero calado y el abrigo puesto, pues tenía el alma del avaro que cree que por desnudarse se roba a sí mismo. Había épocas en que se entregaba a la bebida y a las mujeres, pero nunca salía de juerga en Róterdam; para eso viajaba a Bruselas, donde se paseaba en un taxi lleno de féminas, ordinario, rufianesco, repulsivo. Era generoso con ellas; se gastaba una buena suma y luego armaba una bronca por unos céntimos de más que pretendían cobrarle en el guardarropa de un cabaret.

Era agente judicial en el juzgado de distrito. Dos veces por semana se deshacía allí, entre suspiros, de su ropa de abrigo y hacía lo que fuera de allí no habría hecho ni ante Dios: se descubría, porque en ese lugar imperaba la ley. Entonces, con voz poco clara y gruñona declamaba la agenda programada para la pequeña sala en que se celebraban los pleitos civiles, atestada de citados y donde los bellacos abogados habían ocupado rápidamente los mejores asientos. Instalado en su tarima, al cuello la cinta naranja con la medalla de plata en la que podía verse el escudo nacional, iba enumerando con voz atronadora los nombres de las partes, pronunciados con descuido. Muchos citados inexpertos pensaban que como mínimo sería el fiscal.

Era más que puntual, llegaba siempre una hora antes de la sesión. Se apostaba en lo alto de la escalera envuelto en su abrigo de vestir y recorría con la mirada el gentío que, por toda clase de motivos, primero se arremolinaba abajo y luego empezaba a subir. Él se encargaba de indicarle a cada uno su sala de espera.

—¿Tú de qué eres? ¿Jura de sucesión?

—No señor, vengo por una cita.

—Se dice «citación», y hay que decir que se viene como citado. ¡Esa puerta!

Hombres de tez variada, las gorras girando entre sus manos tatuadas con grandes anclas azules, la ropa impregnada con el aroma de la pez y el mar y, a menudo, la hinchazón costrosa típica del mal francés en las mucosas labiales, subían las escaleras. Eran los hombres de las protestas de mar; siempre iban acompañados de un oficial de procurador o de un notario con los papeles y de un intérprete. Dreverhaven pasaba de ellos: los oficiales conocían el camino.

Los abogados hacían corro zarandeando sus mugrientas carpetas de las que en breve, durante la sesión, extraerían sus escritos de contestación, papeles a menudo manchados, llenos de los peores errores gramaticales, escritos en un estilo de novela rosa y plagados de chicanas desconcertantes. Trataban a Dreverhaven con respetuosa confianza.

A veces también venía alguien a susurrarle algo al oído.

—¡Esa puerta! —ladraba.

Porque el ambiente del palacio de justicia produce a veces en los novatos el efecto de un laxante.

Se acercó un juez, la toga ondeando holgadamente a su alrededor; todos se apartaron. Su secretario iba ondeando detrás exactamente igual que él. El juez le dio al agente judicial un golpecito en el hombro.

—¿Muchos asuntos extrajudiciales esta mañana antes de la sesión, señor Dreverhaven?

Se dio la vuelta.

—Sí, señor, tres protestas de mar, y allí hay seis esperando para jura de sucesión. Pero antes el notario Noorwits quería hablar un momento con usted sobre un acta de separación de bienes. Lo he dejado pasar a la sala.

A las nueve y media comenzaba el trabajo que se trataba a puerta cerrada, las protestas de mar, etcétera. Y cuando concluía, sonaba estridente el timbre. Dreverhaven abría de par en par la puerta de la sala de audiencias y por todo el pomposo cubo de la escalera resonaba su voz atronadora: «¡Audiencia pública!»

Los bellacos abogados ya se habían instalado en los mejores asientos: eran la lepra de la administración de justicia. Detrás de ellos se agolpaba una gente en su mayoría pobretona, repulsiva y maloliente que venía a escuchar que la condenaran al pago de deudas, la compensación de daños, el desahucio de su vivienda.

Entre ellos había algún que otro señor; alguien que, para variar, venía a reclamar su derecho en persona. Pero muy rara vez se oía a alguno alegar ante el juez: «Es mi derecho». Al contrario, en cada sesión el magistrado tenía que oír al menos diez veces de boca de los citados: «No es mala voluntad señor, sino pura impotencia». Porque entre los deudores ninguna fórmula es más popular que ésta, y sin embargo cada uno de ellos cree que dice algo nuevo.

Así pues, dos veces por semana Dreverhaven ejercía su cargo durante toda la mañana, a menudo también en parte por la tarde. Lo que se trataba otros días les tocaba a sus colegas. El tiempo restante lo pasaba en su despacho o deambulando por la ciudad, los bolsillos interiores llenos de sobres alargados, entregando cédulas de citación, realizando embargos, secuestrando bienes. Muchas veces lo seguían sus dos testigos: el seco oficial Hamerslag y el siniestro engendro Den Hieperboree. Quien se topaba con él por la calle mientras estaba en funciones no lo olvidaba fácilmente: venía siempre con el abrigo y el cuello de la camisa abiertos (hiciera el tiempo que hiciera) y con los múltiples sobres de servicio formando dos hileras en orden de batalla en el pecho temible. Tras él, completando una imagen de pesadilla, el gigante de cuello fino con la gran cabeza ladeada y la enorme bocaza dispuesta a abrirse y abrirse y abrirse para devorar a sus presas. A los ojos atemorizados de éstas, semejaba una inmensa grua de la que pendiera, atada a un fino cable de acero, una pesada pala, por eso Dreverhaven le había puesto un sobrenombre: siempre lo llamaba Pala de Carbón.

Este Pala de Carbón prestaba un servicio estupendo en los desahucios de familias con niños pequeños, pues con sólo asomar su cabeza encima del chiquillerío y abrir las fauces, salían disparados. Él los seguía balanceándose y arrastrando los pies y, entre chillidos, los empujaba a la calle. Y con las madres sucedía algo muy parecido: más de una mujer, ya de por sí atacada de los nervios, ponía pies en polvorosa sollozando y gritando, escapando al tremendo Pala de Carbón y refugiándose en la seguridad de la calle.

Pero fuerza no tenía: era pura presencia; también relativamente simple, en esencia bueno. Cargar cosas pesadas le estaba reservado al forzudo Hamerslag. Y cuando alguien oponía resistencia (rara vez, y por lo general los hombres), entraba en acción Dreverhaven. Pesado y fuerte, los cogía por el cogote y en dos patadas los empujaba fuera de la casa. Si no salvaban a toda prisa sus enseres, Hamerslag (un hombre con los músculos de una bestia de carga) los lanzaba sin más ni más a la calle, bajo la lluvia, sobre el barro.

Y el triunfo de Dreverhaven era que nunca necesitaba ayuda de la policía para ejecutar una sentencia: cada puerta cedía ante su timbrazo, el redoble de su puño, su voz atronadora por la ventana o el buzón. Una sola vez había hecho falta, en una casa llena de comunistas, una casa convertida en una fortaleza para la ocasión. Con ayuda de dos agentes logró penetrar también ese fuerte en el que se habían atrincherado doce revoltosos. Y él mismo fue el primero que, con el hacha en la mano, entró luego de hacer trizas la puerta de la calle y las trancas que debían asegurarla.

La época en que tenía su despacho en uno de los puertos había quedado muy atrás. Seguía teniendo su local de subastas en Hooimarkt, seguía viviendo en la misma casa en Schietbaanlaan donde lo había abandonado Joba, pero hacía más de una década que había trasladado su despacho a Lange Baanstraat, en el corazón de la zona más pobre del casco antiguo. Allí se sentía cómodo.

Años más tarde, un cansancio de vivir se adueñó de él (en la medida en que puede decirse que él tenía dueño). Pero en esto mostró una cierta grandeza. Porque, en las naturalezas débiles, el cansancio de vivir se traduce en melancolía, mientras que, en las fuertes, lo hace como indiferencia: tal era su caso.

Cuanto mayor se hacía, tanto menos clemente. Provocaba actos de violencia dirigidos contra él y respondía luego con un aire de superioridad e indiferencia. Instalado en el corazón de la pobreza, era el verdugo de los pobres. Sabía que nunca se atreverían a atacarlo de frente y, aunque consideraba posible el navajazo en la espalda, no tomaba precauciones. Quién sabe si incluso deseaba que lo mataran, pero hacia fuera parecía que le resbalaba soberanamente.

Cuanto mayor se hacía, tanto más inquieto. Cogía un coche sólo en caso de extrema necesidad: solía ir andando al juzgado, a Hooimarkt, a su domicilio, a su despacho, atravesando Róterdam-Norte y Róterdam-Sur. Las zapaterías obtenían más provecho de él que las tiendas de ropa. A veces, por la noche, sentía la necesidad de ir a su local de subastas. Éste se encontraba detrás de una hilera de casas; era una sala con una cúpula de cristal y un estrado para el subastador. Encendía un par de luces y deambulaba sin rumbo entre las sombras de los artículos más heterogéneos, baratijas y fruslerías en su mayoría, perfectamente ordenados en filas, con caminos en el medio.

En su casa no hacía más que comer y dormir; donde más horas pasaba era en su despacho. No tenía un horario fijo; si estaba, recibía a todo el que quisiera verlo. En ocasiones en vez de ir lo llamaban por teléfono, pero aunque no acudiera nadie él estaba siempre allí. A veces, cuando estaba solo, se quedaba dormido, aunque sólo a medias: tenía el sueño de los depredadores, nunca perdía el contacto con su entorno.

La finca donde se encontraba su despacho era bastante excepcional en Róterdam: por eso había captado su atención. Había encontrado en él, por fin, a su verdadero dueño. Exceptuando la planta que utilizaba como despacho, la tenía alquilada de arriba abajo, incluidas las buhardillas. Estaba plagada de inquilinos, todos pobres de solemnidad, algunos casi fantásticos de tan ausentes, algunos fotófobos. Pero estaba construida para él, como una piel de ladrillos; sin él, carecía de alma. El barrio hablaba de la finca del señor Dreverhaven como los turistas hablan de la pirámide del faraón Keops.

Estaba allí sentado esa noche a su escritorio, el abrigo puesto, el sombrero calado. En su mente había vuelto a hacer balance de sus negocios: no le salían las cuentas. Había sido muy acaudalado, había sufrido golpes, pero la cuestión era: ¿tenía todavía dinero o era más pobre que las ratas? No lo sabía. Sus negocios eran bastante confusos. Por suerte, conservaba su trabajo como agente judicial, pero el número de asuntos que atendía había disminuido bastante. Ciertamente, tenía aún subastas de carbón donde ganaba mucho; sin embargo, últimamente todo eran contratiempos. Naturalmente, podía ser que su situación de repente se revirtiera, pero los tiempos empeoraban. Todos los años tenía problemas con Hacienda. Un balance bien hecho sin duda se habría saldado con números rojos. Lo único que le quedaba era una renta poco firme, irregular. Esa tiendecita, Au Petit Gaspillage (un nombre leído alguna vez en Bruselas, pero que en Holanda carecía de gancho), era hora de liquidarla. Su corazón de avaro estaba dolido por las pérdidas, pero éstas no impidieron que se durmiera sentado a su mesa; ambos ojos bien cerrados, el ojo de su atención bien abierto.

Sonó muy brevemente una campanilla; la oyó, pero no abrió los ojos. Un paso ligero se fue aproximando por los cuartos. Pensó: «¡La navaja!» El sonido se extinguió; el silencio era tal que percibió la respiración del otro. Mantuvo un momento más los ojos cerrados, luego los abrió despacio y, sin sorpresa, se topó con la mirada de su hijo.

No se inmutó.

—¿Y? —preguntó.

La primera palabra entre padre e hijo. Una palabra carente de significado, mortalmente sencilla, aunque también fuera de lo común: una palabra que determinaba una relación hasta en sus matices más mínimos, cargada de historia, pronunciada con la voz de un césar.

KATADREUFFE Y DREVERHAVEN

Era hacia finales de agosto, una mañana temprano.

Katadreuffe había estudiado una hora en su cuarto. Bajó la escalera; el buzón estaba lleno. Como siempre, depositó la correspondencia en la mesita de la señorita Te George, pues ella abría todas las cartas, se quedaba con las suyas y luego Rentenstein distribuía el resto. Eran todavía vacaciones, algunos señores tenían licencia, aunque Stroomkoning ya había vuelto, y también ella, y De Gankelaar.

Como siempre, pasó revista a las señas: a veces había algo para el conserje Graanoogst y también a menudo los trabajos corregidos de los cursillos que seguía, y nuevos deberes. Esta vez para él sólo había una carta del juzgado.

Un presentimiento lo angustió: ya casi sabía de qué se trataba antes de haberla leído. Y, sin embargo, la lectura le provocó el más absoluto desconcierto.

Solicitaban su quiebra. Lo instaban a presentarse en el juzgado el miércoles próximo por la mañana porque la Sociedad de Crédito Popular había mandado solicitar su quiebra a través del licenciado Schuwagt. Le quedaban cinco días.

Se arrastró escaleras arriba, la cara cenicienta, hacia el despacho de De Gankelaar. Allí enterró toda su atención en el texto de la ley de quiebra. A estas alturas ya sabía lo suficiente al menos para saber dónde buscar.

Y encontró un artículo que rezaba: «En caso de que, tras una clausura, se presente una nueva solicitud de declaración de quiebra, el solicitante estará obligado a demostrar la existencia de suficientes activos para combatir los costes de ésta».

Leyó y releyó la disposición, tres veces, hasta empaparse completamente del sentido. Movido por una inexplicable y desesperada miopía, nunca más había vuelto a pensar en sus deudas. Había razonado como sólo puede hacerlo un ignorante: cancelada la quiebra, canceladas también las deudas. Ahora sabía que no era así, que las deudas seguían existiendo mientras no se hubiera pagado hasta el último céntimo. Y lo que lo enfurecía era que él tendría que haberlo sabido: era lógico que un deudor no pudiera deshacerse de sus deudas así como así, únicamente quebrando. Obviamente, la única manera de deshacerse de una deuda era pagarla.

Ceniciento, aunque sereno y lúcido, examinó la situación. Recordó las palabras de De Gankelaar en la época en que éste era todavía su síndico: con quince florines no se sostenía ninguna quiebra. Tal era su situación *entonces*. *Ahora* tenía una entrada fija, ochenta y cinco florines por mes. ¡Con eso sí que se sostenía una quiebra! Ahora la cosa se ponía seria. ¡La eterna deshonra! ¡Cómo le había podido dar igual alguna vez! Era como si sólo el roce cotidiano con la ley le hubiese inculcado la consciencia de lo que significaba una quiebra para sus estudios, para su nombre, para su futuro.

Guardó la carta. No fue a desayunar, pero para entonces su autocontrol era tal que cuando el bufete se puso en movimiento nadie notó nada. Esperó con impaciencia la llegada de De Gankelaar porque tenía que contárselo a alguien, y ese alguien sería él. Pero precisamente esa mañana el otro llegó tarde. Seguro que antes había ido a remar o a nadar. Apareció alrededor de las once sin dar mayores explicaciones.

Katadreuffe no encontró enseguida la ocasión para hablar con él; hacia las doce, pudo enseñarle la carta. De Gankelaar hizo un gesto de desaprobación.

—¡Pero qué torpeza, cómo es posible que no hayas vuelto a pensar en ello! Aunque lo cierto es que yo también lo había olvidado ya. Sube un momento al archivo y bájame tu expediente, que ya no recuerdo los detalles.

Katadreuffe salió rápido del gabinete. Un rubor le había subido a la cara: el expediente se encontraba en su propio cuarto. Había esperado poder enterrarlo allí para siempre. Ahora tenía que volver a sacar a la luz los malditos papeles.

Manteniendo su gesto de desaprobación, De Gankelaar los examinó un momento.

—¿Todavía no has pagado ni un céntimo?... ¿No?... Pues es una lástima, una lástima... La Sociedad de Crédito Popular... Trescientos florines como deuda principal más comisión, a lo que ahora naturalmente se añade un año de intereses del diez por ciento, sin olvidar los costes de cobranza; luego tu casero, según veo, dos meses de alquiler; treinta florines tomados en préstamo de un tal Maan... Pues sí, hombre, son muchas deudas. Debo decir que me temo lo peor... Tratar con Schuwagt nunca es fácil: a ese canalla hace rato que tendrían que haberlo borrado de la lista de letrados, pero es demasiado astuto. Al menos una vez al mes el decano lo emplaza, pero es más listo que todo el consejo de vigilancia junto. En fin, lo peor de lo peor. No te permitirán un pago a plazos: esa gentuza no regatea. Y tú ahora estás en una situación muy distinta: ya no se puede pedir una cancelación por falta de activos. Simplemente se incautarán de tu sueldo, o al menos de una parte.

—Lo sé, señor —dijo resuelto Katadreuffe.

—Pues nada —dijo vacilante De Gankelaar—. Aunque aquí, entre nosotros, tal vez aún podríamos...

—No señor, de ninguna manera; nunca. Le agradezco de antemano, pero no quiero pedir prestado, ni a usted ni a nadie. Aunque de todos modos se lo agradezco.

Sin saberlo, pronunció las mismas palabras que su madre cuando ésta rechazó la ayuda de terceros en la sala de parto. La respuesta agradó a De Gankelaar. Si bien con respecto a los demás era parco por naturaleza (un joven de trato muy cordial, muy servicial, aunque también algo tacaño), había querido adelantarle a su taquimecanógrafo el dinero necesario. Al final se alegró de que éste declinara la oferta. No podía sospechar que Katadreuffe, más allá del orgullo que le hacía rechazar cualquier ayuda, sentía necesidad de flagelarse, mediante esa declinación, por su torpeza. De Gankelaar dijo entonces:

—Pues entonces es un caso perdido. Incluso si el propio Schuwagt se aviniera a llegar a algún arreglo, lo que yo excluiría de antemano, Dreverhaven no aceptaría en ningún caso.

—¿Dreverhaven? —preguntó Katadreuffe—. ¿Él qué tiene que ver con esto?

De Gankelaar se reclinó en la silla con cara de asombro.

—¿Cómo? ¿Acaso no sabes que la Sociedad de Crédito Popular es de Dreverhaven? ¿No lo sabes, cuando lo sabe el bufete entero?... Por Dios, lo sabe todo el mundo.

El prestamista de Katadreuffe era su padre, y éste estaba a punto de mandar a la quiebra a su hijo por segunda vez.

—Disculpe, señor, ¿me permite salir un momento?

Salió del despacho sin esperar respuesta. «Algún problema de intestinos», pensó De Gankelaar, y sintió una vaga decepción, un atisbo de desprecio hacia su protegido. Pero éste volvió enseguida: había ido a beber un vaso de agua, había dado unas caladas a un cigarrillo (él, que tan rara vez fumaba) y había vuelto tranquilo al despacho de De Gankelaar, bloc y lápiz en mano. Recogió la carta del juzgado, que seguía encima de la mesa, y dijo:

—Ya veré cómo me las arreglo.

También eso le agradó al abogado.

—Cualquier cosa que pueda hacer para retenerte aquí, no dejaré de hacerla.

—Muchas gracias. Espero que, llegado el momento, pueda volver a ser mi síndico.

Lo dijo sonriendo con aquella sonrisa suya, peculiar y encantadora. De Gankelaar también sonrió, pero luego agregó con cautela:

—Lo dudo. Las probabilidades son pocas. Y en realidad sería mejor que no fuera así.

Pero Katadreuffe ya había trazado su plan. Esa misma noche fue a visitar a su padre. Previamente había estudiado la ubicación de la calle en el plano: no la conocía con exactitud. El plano de una ciudad es su radiografía y Katadreuffe había encontrado una parte enferma entre Goudse Singel y Kipstraat, repleta de pasillos y callejones: allí se encontraba el despacho de Dreverhaven.

Esa tarde de verano enfiló la Lange Baanstraat a la altura de su desembocadura en Goudse Singel. La vieja calle olía a pobreza. Había gente por doquier. En medio de la calzada conducían un caballo de tiro con una cuerda, uno de esos magníficos productos de cría de las Ardenas, cabeza pequeña, la tripa como un tonel, mechones de pelo alrededor de unas patas magníficas. Había cumplido su tarea del día; meciéndose muy despacio, sacándoles chispa a los adoquines en el crepúsculo, avanzaba junto a su acompañante.

Y ahí, en la esquina de Lange Baanstraat y Brede Straat, Katadreuffe vio la finca de su padre: una finca levantada como una casa cuartel, de un siglo de antigüedad. La pared que daba a Lange Baanstraat, de ocho ventanas de profundidad, se extendía, algo abombada, hacia arriba; tenía un frente de cinco ventanas y, coronando todo el bloque de ladrillos de un marrón oscuro, una pesada cornisa apuntalada por vigas cortas, y encima un doble tejado. Debajo de la octava ventana, la más apartada de la esquina, el único acceso hacia las plantas superiores: una puerta entornada que daba a una escalera de caracol. Junto a la puerta, una placa: A. B. DREVERHAVEN, AGENTE JUDICIAL. Estaba cubierta de rayones y tachaduras; no obstante, las grandes letras negras grabadas en la madera pintada de blanco seguían claramente legibles. Docenas habían descargado en vano su ira en esa placa.

Katadreuffe no entró enseguida. Se detuvo en la esquina y desde allí contempló la finca. No sólo se inclinaba hacia un lado, sino que tenía la fachada abombada. Amenazaba tanto Brede Straat como Lange Baanstraat: el peso de su sombra en el pavimento infundía temor. En eso se abrió una doble puerta y el caballo ardenés fue conducido a su cuadra.

Katadreuffe se encontraba rodeado de pobreza. Era como otrora en la casa de vecindad, o aun peor, pues se había desacostumbrado. Además, aquella pobreza, acorralada en un barrio donde se había construido a lo alto, parecía aún más gris. A sus espaldas, la callejuela Vogelenzang, que se alejaba zigzagueando hacia un punto invisible; a su derecha, la Korte Baanstraat; y un poco más atrás una calleja negra como el carbón y con un nombre deprimente: Waterhondsteeg, el 'callejón de los perros de aguas'. La finca estaba densamente poblada. Había oscurecido, vio luz por todas partes: luces de lo más variadas. En la casa quemaban de todo. Había cuartos donde estaba encendida la luz eléctrica y otros con la incandescente luz de gas, con su toque lívido; también vio lámparas balanceándose con el amable, antiquísimo resplandor del queroseno. La puerta lateral en Lange Baanstraat era la única que conducía a las viviendas. Estaba entornada y cada tanto entraba y salía gente paupérrima.

Katadreuffe se dio cuenta de que estaba parado allí como muchos otros que venían a implorarle algo al agente judicial y que dudaban ante la mera visión de ese inmueble. Volvió sobre sus pasos y entró por la puerta. La escalera de caracol era de piedra hollada por millones de pasos. Encontró un pequeño portal. La escalera de piedra seguía girando hacia arriba como la escalera de un campanario: el final no se veía, pero en el portal había una puerta y además una placa igual que la de fuera: A. B. DREVERHAVEN, AGENTE JUDICIAL. Una gruesa puerta de madera vieja, pintada de blanco. No había timbre ni picaporte, solamente el ojo de una cerradura, pero al empujarla la puerta cedió y, al mismo tiempo, en la lejanía sonó muy brevemente un timbre. Se hallaba ahora en un recinto alto, de enlucido blanco, suelo de tablas, un techo de pequeñas vigas pintadas de blanco con muy poco espacio entre sí y por único adorno una bombilla encendida colgada del centro del techo; alta, fuera del alcance del visitante. Por lo demás, en el cuarto no había nada. Pero al fondo había una segunda puerta igual que la primera, sin picaporte, sólo con un pequeño cristal. La empujó. Detrás había un segundo recinto que se distinguía del primero sólo porque a lo largo de las paredes tenía unas estanterías llenas de expedientes. También allí, la única y diminuta bombilla, y una puerta, al final, que daba a un tercer recinto: una puerta con un cristal más grande. Tras ésta, en el centro de la estancia, sentado a su escritorio, estaba su padre.

Allí, parecía que la finca estaba desierta. El grosor de las viejas paredes y los suelos amortiguaba el ruido de los demás ocupantes. El rumor de la calle apenas penetraba por las ocho ventanas, cinco al frente, tres laterales, tapadas con dobles cortinas descoloridas y pesadas. Pero no fue esto lo que le llamó la atención, sino el silencio del despacho en sí. Sintió de inmediato la enorme diferencia con el ajetreo que reinaba en su propio bufete, si bien no fue consciente de ello hasta que recapacitó: toda su atención estaba acaparada por el hombre allí sentado. Lo había visto a menudo, pero nunca lo había examinado bien. Reconoció el sombrero y el abrigo más que las facciones. Ahora lo veía como bajo una lupa, bien nítido, pues en el alto y oscuro recinto el hombre estaba sentado bajo un haz de luz resplandeciente. En una esquina, la chimenea de hierro, tan grande como para calentar la sala de espera de una estación, nunca ennegrecida, roja de óxido; aquí y allá, unos muebles de oficina indefinidos; expedientes, registros; una prensa para copiar; una máquina de escribir; pero sobre todo el enorme escritorio, algo deslucido, y el busto del hombre intensamente iluminado. De igual modo que, a veces, en el oscuro rincón de un museo, una única luz alumbra un cuadro; tal como una alhaja destaca en una vitrina bajo el resplandor de una lámpara cubierta, así, de la variedad de tonos oscuros del cuarto, emergía el busto. Una lámpara de techo con pantalla verde vertía la luz perpendicularmente sobre él. Estaba sentado allí como quien invita al otro a agredirle. La navaja o la bala de un deudor enfurecido no podía errar ese blanco.

El hijo se detuvo y observó al viejo. Vio la cabeza pesada y fofa encima del pecho, los ojos oscurecidos por la sombra proyectada por el ala del sombrero. Los tenía cerrados: su mirada de hierro no brotaba amenazante de la oscuridad. Las fofas mejillas estaban cubiertas de una barbita gris, como si no se hubiera afeitado en un par de días. La mitad inferior de la cara tenía, pues, un halo de plata. El sensual labio superior también estaba cubierto de ese vello que no podía llamarse un bigote. Tenía las velludas manos pacíficamente dobladas sobre el vientre: parecía dormido. Quizá no lo estaba. Tan pronto podía estar sumido en una oración como pergeñando una blasfemia.

Los ojos se abrieron, la mirada semejaba un punzón.

—¿Y? —preguntó la voz. En la hipersensibilidad de su nervosismo, Katadreuffe entendió de inmediato esa palabra que tendía un puente sobre el vacío en una conversación que había comenzado hacía mucho tiempo. No era un saludo dirigido a una nueva presencia, a un hijo al que nunca se ha hablado. Como la cosa más natural del mundo, una conjunción que denotaba: seguimos aquí, juntos. Una palabra, una letra: todo. Y esa palabra desconcertante, allí, entonces, de esa boca; la absurdidad de esa palabra lo cogió desprevenido y lo desconcertó por un momento. De golpe se percató de que el viejo lo reconocía, aun antes de que la voz prosiguiera—: Jacob Willem, ¿has venido a pagar?

Había pensado que con sólo presentarse personalmente ante su padre todo se arreglaría. No se había planteado otra posibilidad: un padre no manda a la quiebra a su hijo. Y ahora, de repente, descubría lo contrario. Ridícula, disparatadamente, como un imbécil, como un chiquillo, había pensado que ese hombre se dejaría convencer. Cualquier palabra pronunciada allí era un desperdicio: para su padre, allí delante sólo había un deudor.

El viejo pareció impacientarse.

»¿A qué has venido? ¿A pagar principal, intereses y costas?... Ella no te ha enviado, ni siquiera hace falta que me lo digas: lo sé perfectamente, ése no es su estilo.

«Ella»: también él hablaba así de su madre. De golpe sintió establecerse un vínculo; sintió que, pese a todo, ese hombre era su padre; no valía la pena razonar: se sometió al clamor de la sangre. Ese hombre siempre sería su padre; en sus pensamientos y en sus palabras jamás sería otra cosa que su padre: siempre había sido su padre. Pero, entonces, de la oscuridad de su sangre emergió también su furia hasta alcanzar su punto máximo. Porque el respeto y aun el miedo al padre tienen límites: en los casos extremos, el hijo ama u odia.

—¿Pagar? ¿Que si vengo a pagar? —tartamudeó hirviendo de rabia. Le temblaban las piernas. Tenía las manos apoyadas en el tablero del pupitre, pero aun así las muñecas le temblaban también visiblemente. Apenas podía pronunciar palabra—. ¿A pagar?... Lo que usted me ha hecho es una vergüenza: primero me presta dinero en condiciones de estafa, después me obliga a quebrar y luego, justo cuando empiezo a forjarme un futuro, quiere hacerme quebrar otra vez... ¡Dónde se ha visto, por el amor de Dios, que un padre le haga eso a un hijo...! Me han prevenido contra usted; De Gankelaar me ha dicho: «Estás loco si vas: no conseguirás nada...». No he querido creerle porque he pensado: De Gankelaar no sabe que es mi padre... Pero usted es un monstruo, aunque sea cien veces mi padre; no: precisamente porque es mi padre.

—Escucha —respondió impaciente el viejo—: aquí no viene a cuento lo de padre e hijo. Si llega a caer en mis garras el mismísimo presidente del Tribunal Supremo, su casa también va a subasta. ¿Qué te has creído? ¿Que contigo voy a hacer una excepción? Eres un deudor. Si no pagas, no quiero verte más por aquí.

Y, como si estuviera solo, se puso a escribir un memorándum con su letra lenta y pesada de gigante, con tinta negrísima, provocando que la furia del hijo se redoblara.

—¡Monstruo, verdugo, cabrón: eso es lo que es! —chilló Katadreuffe, y siguió gritando de todo: mencionó a su madre, su bastardía… y una y otra vez mencionó su quiebra, su quiebra. Dreverhaven no le hacía caso—. ¿Me ha oído? ¿Me ha oído? —gritó, la voz convertida en un alarido.

¿Consideraba el viejo que estaba yendo demasiado lejos? ¿Pasarían de las palabras a los hechos? Dreverhaven se puso a rebuscar algo a tientas en un cajón; se oyó un chasquido de acero, luego alzó la vista y habló, manteniendo siempre escondida una de las manos.

—A otro lo habría cogido ya del pescuezo hace tiempo. Como eres mi hijo, prefiero no hacerlo; al menos, no todavía. Existe otra manera de librarte de mí. Fijo tu deuda con los intereses y los costes en quinientos florines, lo cual se corresponde más o menos con la realidad. Pero presta atención. Me has llamado «estafador», pues voy a comportarme como tal: no voy a darte ni un céntimo, pero tú vas a firmarme un pagaré por ochocientos florines a un interés del doce por ciento, ¿me has oído? Al doce por ciento, y vas a liquidarme a razón de cuatrocientos florines por año, ¿me has oído bien?: cuatrocientos florines por año.

Ahí Katadreuffe se calmó y recobró la lucidez. Le pareció que se veía a sí mismo como a través de un cristal: la bola de cristal de su propio futuro.

—Ajá —dijo con malicia—. Así que ésa es su intención. Una jugada muy hábil, debo decirlo: prestarme ahora de nuevo para más tarde poder estrangularme mejor. Pero paso de su humanismo: ya me ha enseñado suficiente.

El viejo, como si nadie hubiese pronunciado una palabra para contradecirle, siguió:

—Y naturalmente me cederás parte de tu sueldo… Y si mi propuesta no te agrada, ¡coge esto! —Y deslizó sobre la mesa una navaja grande de dos filos, abierta. La curiosidad refulgía en sus ojos.

Katadreuffe cogió mecánicamente la navaja. Pero entonces recapacitó y, ciego de furia, la clavó con toda su fuerza en el tablero.

—¡Aquí tiene! ¡Es usted un cabrón! ¡Un cabrón!

Hecho un energúmeno, salió de la casa corriendo. Tranquilo como si nada hubiera pasado, el padre extrajo la navaja de la madera. No la había dañado: era resistente.

POR SEGUNDA VEZ

Katadreuffe tardó en dormirse. De sus palabras no se arrepentía, sí del gesto con la navaja; aún más: se temía a sí mismo. Era colérico e impaciente por naturaleza, pero había aprendido a contenerse desde muy pronto; la mano dura de su madre había ayudado. Recordaba cómo una vez había echado a patadas a ese chico de la casa de vecindad, pateándolo en la parte blanda del vientre, inadvertidamente, como un relámpago. Fue en defensa propia, pero había sido una vileza, sin duda. Su madre lo había visto y no había dicho nada, pero había pensado en las consecuencias: hubo que marcharse de la casa de vecindad. Aquella vileza seguía persiguiéndolo muchos años después.

Y ahora la navaja. De haberse ofuscado un poco más, de haber golpeado un metro más adelante, se habría convertido en un parricida. Inducido, es cierto, pero parricida al fin. De eso se arrepentía.

Y se avergonzaba, también, porque su actitud le parecía ridícula. De golpe vio claramente la diferencia entre la ira y la furia: la ira impone, la furia compromete.

Pero ahora al menos sabía qué clase de padre era Drevenhagen. Lo rehuiría eternamente. ¿Pedirle otra vez dinero prestado, pagar dinero sucio? Se negaba en redondo. Mejor quebrar, saldar esa deuda hasta el último céntimo, con todos los intereses y toda la usura y todos los gastos, y luego quedar definitivamente libre de esa sanguijuela.

Mañana sería un nuevo día. Con un gran esfuerzo de voluntad, se obligó a dormir.

Pero al día siguiente amaneció preocupado. ¿Podría conservar su empleo? Si Stroomkoning lo ponía en la calle ,estaba perdido. Si no, el mal se podía remediar y tan sólo se aplazarían sus estudios hasta que estuviera todo pagado.

De Gankelaar le aconsejó conversarlo con el jefe en persona. Era un hombre de humores, y de momento su interés en el chico había menguado: tampoco podía seguir protegiéndolo eternamente. Aunque no lo habría reconocido ni siquiera ante sí mismo, se le hacía cuesta arriba pedirle un favor a Stroomkoning, ni siquiera en beneficio de otro. Últimamente había roces entre ellos. Se había negado rotundamente a hacerse cargo de un pleito en el que no veía ninguna posibilidad de éxito. Lo único que se podía hacer era chicanear, y eso no era lo suyo. Puede que bromeara con teorías destructivas, pero en la práctica era recto. Procedía de un medio (su padre era un aristócrata y su madre, si bien no lo era, provenía de una buena familia inglesa) donde nadie se comportaba jamás de otro modo que correctamente. En realidad, se había esperado más del bufete de Stroomkoning, que, aunque no era malo, no pertenecía a la primera línea. Tenía clientes de categoría de los que era posible alardear, pero también los tenía menos buenos. De un modo enfermizo, Stroomkoning conservaba e intentaba ampliar su cartera: le costaba trabajo rechazar pleitos. De la época inicial aún sobrevivía un manojo de clientes de segunda categoría que le endilgaba a sus colaboradores... No, no iba a pedirle ningún favor, que el chico se las arreglara solo por una vez.

A medida que avanzaba el día, Katadreuffe se sentía cada vez más nervioso. Se mantenía atento a los movimientos del jefe buscando pillarlo en un momento en que estuviera libre, pero hasta entonces no había tenido éxito. Tampoco se atrevía a entrar así como así en la sala, donde no había puesto pie jamás. Y no quería que nadie notase nada.

Para colmo, la señora Stroomkoning pasó a recoger a su marido en coche. Eran casi las seis. Katadreuffe oyó los bocinazos insistentes fuera. Cuando Stroomkoning pasó corriendo por el corredor de mármol con gran estrépito, se armó de valor, lo interceptó en la puerta de entrada y le pidió hablar con él un momento. Stroomkoning vio que el chico tenía el rostro gris y chupado de la aflicción. Su primer pensamiento fue: «Éste me ha saqueado la caja». Recordaba sólo vagamente a Katadreuffe, nunca había cambiado una palabra con él, pero sabía que era el protegido de De Gankelaar y le constaba que éste hablaba muy bien del chico. Y ahora resultaba ser un saqueador. En fin, ya vería.

—Vamos a mi despacho—le dijo. Abrió la puerta de entrada y le gritó a su mujer—: Iris, dame un momento... O, espera: mejor pasa.

Y pensó: «Así, de paso, habrá un segundo testigo por si se produce alguna confesión».

Encendió de nuevo la luz de la gran sala trasera. Para tranquilizar al chico le indicó una silla y él mismo tomó asiento. La señora Stroomkoning se sentó a un lado, algo detrás de Katadreuffe, que a ratos oía el frufrú de su ropa; sin verla, sentía que lo observaba. El color le volvió poco a poco a la cara.

—¿Cómo te llamas? —preguntó Stroomkoning.

—Katadreuffe, señor.

Le contó que tenía que volver a quebrar, por segunda vez, aunque por la misma deuda. Le habló del licenciado Schuwagt, pero ocultó su relación con Dreverhaven. Esperaba que no lo despidieran. Su sueldo le alcanzaba para liquidar su deuda y luego retomar sus estudios.

—¿Qué estudios? —preguntó Stroomkoning.

—Quisiera preparar el examen de Estado, señor.

Stroomkoning lo miró. Ahora recordaba: algo le había contado De Gankelaar. El chico había aprendido solo, con una vieja enciclopedia incompleta.

—Ya... El examen de Estado... ¿para luego convertirte en mi competidor?

Soltó una risa de león canoso.

—Eso no lo sé todavía, señor —dijo con cautela Katadreuffe.

Stroomkoning se puso serio. En su fuero interno era un hombre legal. Al igual que De Gankelaar, pensaba que había que darle una oportunidad a ese chico. Pero iba más allá: él también había se había abierto camino desde abajo. Procedía del pueblo: su padre había sido un oficial de aguas bastante normalito, pero los suyos habían hecho un gran sacrificio y el hijo talentoso había podido estudiar y convertirse en un hombre de prestigio. En su casa, dos pequeños retratos de sus padres adornaban las hermosas repisas de mármol de la chimenea de la sala, si bien algo ensombrecidos por los dos grandes retratos de sus suegros: la familia de Iris daba lustre.

—¿Cuánto ganas? —preguntó.

—Ochenta y cinco florines.

—El señor De Gankelaar está muy contento contigo, me lo ha dicho varias veces... Puedes quedarte, claro está. Mi bufete no se irá al diablo por contar con un auxiliar quebrado. Aprecio que me lo hayas informado de antemano... Pero quedemos en lo siguiente: cuando se declare tu quiebra y haya pasado cierto tiempo, y el síndico haya determinado el importe que deba retener de tu sueldo, te lo aumentaré a cien florines. Eso no hace falta que lo sepa el síndico, y tú tendrás mayor libertad de movimiento. ¿De acuerdo?

Se puso de pie sin esperar respuesta. Katadreuffe se incorporó de un salto. No encontraba las palabras, la señora Stroomkoning lo notó en su cara.

—Tiene usted un nombre curioso —le dijo al joven—. Nunca antes lo había oído.

Lo miró sonriente: una señora salida de otro mundo, vestida con elegancia deportiva. Nunca antes una mujer tan escultural le había dirigido la palabra. Su marido le sacaba una cabeza, la rubia cabellera bajo su sombrero era tan ligera que parecía flotar.

De pronto se sintió fuerte. Estuvo a punto de decir: es el nombre de mi madre, pero se contuvo.

En el coche, Stroomkoning dijo:

—Primero pensé que el muchacho venía a decirme que se había mangado varios miles de florines de mi caja y que no sabía qué hacer, pero por suerte la cosa no era tan terrible.

Esa noche, Katadreuffe se puso otra vez a estudiar como si no tuviera una espada de Damocles sobre su cabeza. Intentaba en lo posible acumular conocimientos antes de que su quiebra le imposibilitara seguir estudiando.

La noche siguiente, sin embargo, ya no pudo persistir en su actitud. A su pesar, una y otra vez invocaba la imagen de la inminente deshonra. Tenía un humor profundamente sombrío, aunque su furia había remitido.

En esa tesitura fue a ver a su madre. Jan Maan estaba sentado en el salón leyendo un folleto. Desde que Katadreuffe se había ido, él procuraba hacerle compañía por las noches.

—¿Otro té, Jan?

—No, madre.

Tocaron a la puerta, él abrió, subió Katadreuffe.

No se le notaba nada en especial: no era infrecuente que estuviera callado. Jan Maan continuó leyendo.

—El miércoles voy a «rodar» —dijo Katadreuffe, utilizando un término que había aprendido de Rentenstein. Éste lo empleaba mucho; solía decir: «Primero cobrar la pasta y luego ¡a rodar!», queriendo decir: primero el adelanto y luego el pleito. O bien decía: «Ése cualquier día va a rodar», lo que significaba: ése va a acabar en un juzgado. Katadreuffe prosiguió—: Sigue siendo la misma vieja deuda de esa apestosa La Haya. Han vuelto a solicitar mi quiebra. Pensaba que ya me había librado, pero resulta ser todo lo contrario. Como ahora tengo una entrada, mi quiebra ya no puede clausurarse a falta de activos.

La miró: ella parecía tomárselo todo con mucha calma, aunque al cabo le preguntó:

—¿Entonces, te embargarán todo el sueldo?

—De Gankelaar espera que no. Pero no hay duda de que «rodaré». Podría pedir un préstamo, pero eso es llenar un hueco con otro: me niego.

Jan Maan había escuchado sólo a medias. Ahora que ya no tenía novia, estaba completamente entregado al Partido

Comunista de Holanda. Sin embargo, vio en la cara de Katadreuffe que se trataba de algo serio. Se levantó.

—Quédate, Jan —dijo Katadreuffe—. No tengo secretos para ti.

Pero el joven se excusó diciendo que tenía un asunto que atender y se marchó.

Katadreuffe se sintió más libre en ausencia de su amigo. Había algo que quería decirle a su madre en privado. Jan Maan sabía que él era un bastardo y no le importaba, pero no sabía quién era su padre. Como buen chico del pueblo, nunca se lo había preguntado: el pueblo rara vez muestra curiosidad por los asuntos familiares ajenos. Pero el caso es que Katadreuffe tenía algo que decir:

—¿Sabes de lo que me he enterado? Esa Sociedad de Crédito Popular que en su día me prestó los trescientos florines es de mi padre. Clama al cielo que tu propio padre te mande a la quiebra y, para más inri, dos veces.

Ella tardó en responder. Él ya empezaba a ponerse susceptible: callar era tan fácil. Al cabo, ella dijo:

—Ante la ley no importará que sea tu padre o cualquier otro. Una deuda es una deuda.

Menudo consuelo. Podía haberlo visto venir. Era siempre igual. Una deuda es una deuda, claro que sí, y la deuda de un hijo le da al padre el derecho a destruir su futuro. Para eso venía él aquí, para oír algo semejante.

Mientras, la madre pensaba en su libreta de ahorros. Pero no, no señor: no la tocaría, el chico también en esta ocasión tenía que salvarse solo.

Él ya había vuelto a ponerse de pie sin tocar su té. Alcanzó a decir:

—Lo siento, pero de momento tampoco podré darte esos quince florines.

—No te preocupes —fue su respuesta.

Aquel miércoles por la mañana se presentó en Noordsingel. De Gankelaar se lo había desaconsejado: no tenía sentido, podían declarar su quiebra también en rebeldía. De acuerdo, lo sabía: lo recordaba de la vez anterior, pero estaba tan enfadado consigo mismo que no quería ahorrarse ninguna flagelación. Una vez frente al tribunal, reconoció la deuda y aun admitió que tenía otras dos. Detrás de él, un poco hacia un lado, estaba el licenciado Schuwagt. Un momento antes lo había estudiado detenidamente. Había esperado ver una cara que irradiara vileza, pero el licenciado Schuwagt resultó ser un señor muy normal, con una toga y un alto copete entre rubio y gris. Todavía tenía mucho que aprender: un abogado de causas de dudosa moral no tenía por qué tener un aspecto desfavorable. El presidente le dijo al letrado:

—La última vez, la quiebra se clausuró. ¿Esta vez hay suficientes activos?

Katadreuffe no quería ahorrarse nada, así que dio la respuesta él mismo:

—Sí, su señoría, ahora tengo un empleo. Gano ochenta y cinco florines por mes.

El presidente volvió a dirigirse al licenciado Schuwagt.

—¿No es posible llegar a un arreglo?

—Mi cliente insiste en la liquidación inmediata, señor presidente.

—¿Se opone usted a la solicitud de quiebra?

Esto se lo preguntó a Katadreuffe, que respondió:

—No, su señoría, en absoluto.

—Pues puede marcharse, hemos terminado.

Permaneció una hora más en el edificio, esperando. Al cabo se dictó la sentencia, designándose como su síndico a un tal licenciado Wever. De Gankelaar le dijo esa tarde:

—¿Wever? Tienes suerte: lo conozco, con él no será tan difícil llegar a un arreglo.

Apenas lo conocía: lo dijo únicamente para animar al quebrado. A posteriori, se arrepentía de no haber insistido en que Katadreuffe le aceptara un préstamo. Era impulsivo, ahora de pronto se arrepentía.

Katadreuffe le contó enseguida a Rentenstein que había quebrado, pero también que el jefe ya estaba al tanto y que no había puesto reparos a su permanencia en el bufete.

El licenciado Wever vino a la mañana siguiente. Era un hombrecito tieso con una mirada fija que lo atravesaba todo, incluso el granito. De Gankelaar le había pedido que, antes de ver a Katadreuffe, pasara un momento por su despacho, y así lo hizo. Escuchó impasible, en silencio, mientras le hablaba del auxiliar. De Gankelaar y él no eran tipos para congeniar, les quedó claro a ambos ya en esa primera conversación.

«Tanta alharaca por un auxiliar —pensó Wever—: un quebrado es un quebrado.»

Con contenido desprecio observó a su colega, cuya nariz se llenaba de pecas en el verano. Adivinó en él una especie de distinguido gandul.

«Eres un mezquino burro de carga, un reglamentista: contigo no llegaré a ninguna parte», pensó De Gankelaar, pero igualmente le ofreció un cigarrillo. El otro lo rechazó con una sonrisita cortés que cambió muy brevemente su cara y puso al descubierto sus minúsculos dientecitos de ratón.

Se reunieron con Katadreuffe y lo siguieron hasta su cuarto. Hubo que encender la luz. Una vez allí, mientras miraba a su alrededor por primera vez, De Gankelaar sintió crecer su lástima por aquel joven que pasaba sus ratos libres en ese espacio tan desagradable empollando para su examen. ¡Y cuán apartado se encontraba aún de ese objetivo! ¿Lo conseguiría algún día? No lo tenía claro, precisamente ahora.

Entretanto, Wever también recorrió el cuarto con la mirada. De Gankelaar se anticipó a Katadreuffe.

—Todo esto es del conserje o de la madre de mi mecanógrafo.

—Salvo la radio y el sofá cama —corrigió Katadreuffe—. Ésos son comprados a plazos. —El síndico pidió ver los contratos, que parecían en regla: aquello aún no le pertenecía—. Pero los libros sí que son míos —añadió Katadreuffe.

—¿Hay algún contrato entre usted y su madre? —preguntó el síndico.

—No —respondió Katadreuffe.

De Gankelaar sintió que la cosa acabaría mal: ese individuo era capaz de apuntarlo todo y disponer su venta, así que intervino:

—Oye, Wever, ¿por qué no haces venir al tasador? Quisiera hablar un momento contigo, acompáñame por favor al despacho.

Hablaron. Le costó muchísimo trabajo convencer a Wever de que no tocara los muebles de la madre, por poco que valieran: éste no hacía más que repetir «una quiebra es una quiebra. Si encuentro algo en la casa del quebrado, que el verdadero dueño me demuestre que es suyo».

A la postre, De Gankelaar consiguió que el síndico dejara el asunto esgrimiendo un argumento que, para su sorpresa, dio en el blanco. Dijo:

»Hombre, ten en cuenta la pésima impresión que causaría que se llegara a saber que tú has apuntado cosas que yo en su día dejé fuera simplemente porque no tenía ningún motivo para no creerle a la madre del chico. En el juzgado podrían pensar que yo entonces falté a mi deber, con lo que acabarías perjudicándome a mí personalmente.

Wever resultó tener un alma corporativista. Al fin y al cabo, no era para tanto, sólo que a él le costaba renunciar a sus principios.

No obstante, con respecto a los libros fue implacable. Ahora que la quiebra seguía adelante, pasaban a inscribirse en los activos y habría que venderlos. A De Gankelaar se le ocurrió una idea: podía quedar bien con el quebrado.

»En su día los tasaron en quince florines. Yo te ofrezco un veinte por ciento más: te los compro por dieciocho. ¿Qué me dices? —Wever reflexionó un instante y De Gankelaar lo malinterpretó—. ¿Quieres ver la tasación? Tengo el expediente aquí en el archivo.

No era necesario. Wever extendió un recibo y obtuvo dieciocho florines.

Entonces vino lo principal: la retención sobre el sueldo. Wever no quería dejarle al quebrado más que cuarenta de los ochenta y cinco florines que ganaba. Tras mucho insistir, De Gankelaar logró que le permitiera conservar cincuenta y cinco florines, pero no más. Con afán de mostrarse implacable, Wever añadió:

—A reserva de que el juez de instrucción lo apruebe.

Esto significaba que en adelante Katadreuffe tendría menos para vivir que cuando empezó.

De Gankelaar acabó agotado de tanto abogar por su protegido: no era lo suyo. Al despedirse, le dijo al colega:

—Tienes una cabeza increíblemente dura.

Wever esbozó una sonrisa y volvieron a aparecer esos minúsculos dientecitos de ratón.

—Ya me lo han dicho otras veces, pero lo considero un cumplido.

Más tarde, De Gankelaar le dijo Katadreuffe lanzando un suspiro:

—Pues sí, hijo, hay síndicos y síndicos.

NEGOCIOS Y AMOR

Los primeros días de su quiebra fueron para Katadreuffe de lo más dolorosos, mucho más por su propio carácter que por motivos externos. En realidad, nadie hacía la menor referencia a su situación; sólo Rentenstein, con su actitud, dejó traslucir algo.

Éste no estaba muy contento con la marcha de las cosas: empezaba a ver a un competidor en Katadreuffe. Le sorprendía, le desagradaba, que ese muchacho quebrado supiera mantenerse allí. Stroomkoning ya no era dueño de su bufete: se dejaba convencer. Cuatro palabras bonitas y ya lo tenían ganado; incluso había accedido a aumentarle el sueldo. Y, sin embargo, no había en Katadreuffe nada de especial: ya quisiera ver él que intentara redactar una cédula de citación judicial común y corriente. ¿Qué le veían los otros? Sea como fuere, su ambición empezaba a convertirse en un peligro. Y a eso se sumaba que Rentenstein no tenía, últimamente, la conciencia tranquila.

La tarde en que Katadreuffe volvió del juzgado, lo primero que hizo fue llevar a un aparte a Rentenstein y decirle que había quebrado. Y más tarde, aprovechando un momento en que no había nadie en la sala de espera, lo anunció al resto de compañeros:

—He quebrado.

Algunos estaban de vacaciones (la señorita Sibculo y también los Burgeik), pero el resto se encontraba en ese momento en el despacho del personal. Katadreuffe lo dijo bien alto. Se produjo un silencio, las máquinas callaron. Sonó casi ridículamente desafiante: «He quebrado». Sin embargo, nadie se rio ni dijo una palabra, salvo la señorita Van den Born:

—¡Pues conmigo que no se atrevan!

Era típico de ella decir la mayor tontería imaginable; aun así, sus palabras traslucían cierta solidaridad.

La señorita Te George se volvió un momento hacia él; el muchachito Pietje puso cara de compungido; Kees Adam, que a todas luces dudaba sobre cuál sería la reacción correcta, se rascó tímidamente la nariz. Katadreuffe percibió que aquellas reacciones no eran del todo espontáneas: alguien debía de haberles informado acerca de su inminente solicitud de quiebra.

Cuando unos días después el bufete estuvo al completo, la señorita Sibculo encontró en lo sucedido un motivo para que su amor por Katadreuffe se reavivara. Solía lanzarle una mirada anhelante cuando él pasaba a su lado antes de subir a la planta de arriba, o cuando, bloc y lápiz en mano, ella era la que salía, moviendo las caderas con rumbo al despacho de alguno de los abogados.

La noticia de la quiebra, en cambio, no produjo la menor reacción en los hermanos Burgeik: su actitud siguió siendo adusta y pasiva. Siempre se iban de vacaciones juntos (no podía ser de otro modo, según decían, aunque nadie sabía por qué) y regresaban del pólder con una renovada desconfianza hacia la ciudad. Se miraban entre ellos y después a Katadreuffe: eso era todo. Sus caras se mantenían de piedra. Ambos pensaban exactamente lo mismo: quebrar era algo feo, muy feo; cosas de la ciudad: en el campo no sucedía así.

Rentenstein asumió una actitud grosera e irritante al pagarle a fin de mes sus cincuenta y cinco florines. Al mes siguiente, cuando le tocaba cobrar su aumento, Katadreuffe se adelantó a cualquier comentario del jefe de sección:

—Deme sólo cincuenta y cinco. Y le voy a agradecer que en adelante le gire cuarenta y cinco florines por mes al señor Wever.

Lo había meditado mucho: consideraba que el aumento de sueldo también debía inscribirse en su quiebra; así se lo había comunicado al licenciado Wever. Su rectitud podía haberse confundido con frialdad: en esas cosas era idéntico a su madre. Wever le contestó secamente por teléfono:

—Mucho mejor: tanto antes habrá terminado de pagar sus deudas.

Con la misma determinación rechazó también la oferta del conserje de reducir un poco el precio de la pensión. Doce florines por semana no era una cantidad para nada excesiva a cambio de una buena comida elaborada siempre con mantequilla. En sus años mozos, en casa de su madre, no siempre había tenido tan buen pasar: entonces, sobre todo en los años más difíciles de la guerra, incluso la margarina era una buena noticia. Era un chico del pueblo: sabía lo que costaban las cosas. Doce florines no suponían ni un céntimo de más. La segunda intención era, desde luego, flagelarse; esta vez, sin embargo, acertó a no ocultárselo a sí mismo.

No trataba apenas a la familia del conserje, pero habían convenido en que compartiría la mesa con ellos. Más tarde, la señora Graanoogst le propuso servirle la comida en su propio cuarto, pero él no quiso aceptar. Era callado y discreto; estudiaba: todo eso la impresionaba. Cuidaba mucho su ropa; se preocupaba de que su ropa interior (de colores siempre serios) estuviera siempre impecable: también eso le causaba impresión. Veía en él a un futuro señor que, sin embargo, declinaba comer solo.

Ella también era una mujer callada. Debía de haber encanecido pronto, porque su hija era todavía joven. Era una especie de fantasma descolorido y con gafas, pero guisaba bien. Como tantas, lo había aprendido de su madre. Con elementos sencillos se daba maña para hacer que la comida fuera del gusto de un hombre. Por las mañanas distribuía café o chocolate entre todo el personal, y otra vez a las doce y media. Por las tardes servía té. Su chocolate, servido en bonitas tazas azules y coronado con una gruesa capa de espuma marrón y burbujas tornasoladas, era muy apreciado. Llamaban la atención sus faldas, largas hasta los dedos de los pies, absolutamente pasadas de moda. Probablemente escondía alguna malformación, aunque en su andar no se notaba.

En las comidas, Graanoogst daba cuenta de un portentoso apetito. Su mujer era ante todo su cocinera. Levantaba curioso las tapas de las fuentes y su nariz se rizaba de pura anticipación. La comida era siempre de su gusto. Era más joven que ella, el pelo todavía rubio, una generosa tonsura que durante las comidas se ponía colorada. Estaba por lo general de buen humor, pero sus ojos oscuros miraban a veces con la conmovedora melancolía que caracteriza a aquellos que no son conscientes de su melancolía.

Juntos se encargaban de la limpieza de toda la finca, si bien el hombre también tenía otras ocupaciones. No podían vivir de la modesta paga que recibían, pese a recibir sin cargo la vivienda, la calefacción y la luz. Él hacía de mensajero y andaba siempre de aquí para allá. Tenían una chica de día: Lieske. Por las noches, él mismo hacía los trabajos de limpieza más duros.

La chica Lieske comía en la cocina y les servía la mesa a los cuatro.

«Está bien de carnes», solía decir Graanoogst.

Pero no hablaba de ella con más interés de lo que lo hubiera hecho de un jugoso muslo de pollo en un plato, y su mujer lo sabía. Katadreuffe sentía por Lieske una secreta aversión. Afeaban su cara unos ojos de lo más extraños; turbios, casi velados, aunque no era ciega. La mirada de las chicas lo incomodaba: ya lo había experimentado con la señorita Sibculo. En el caso particular de Lieske, le molestaba esa mirada turbia y silenciosa que parecía entrañar un reclamo. Después de una o dos veces, procuró no mirarla más. En cambio, la pequeña hija de los patrones le parecía simpática. Desconocía su nombre de pila: la llamaba Pop, igual que todos. Distaba de ser fina, pero era muy pizpireta y quizá con los años terminara por convertirse en una auténtica belleza popular. Una pena que sus blancos dientes estuvieran tan torcidos.

De haber tenido un gusto más formado y más exigente, aquella chiquilla no le habría llamado la atención en absoluto, pero Katadreuffe no era ningún experto en lo que a jovencitas se refiere. La niña conocía sus relativos encantos, pero él no se daba cuenta. Las risitas y miraditas seductoras a la mesa le divertían. Como suele suceder, el padre solía echar por tierra alegremente lo que la madre intentaba construir en cuanto a modales y educación, pero Katadreuffe no se daba cuenta. A él sus berrinches, caprichos e impaciencia lo hacían sonreír: le traían a la mente su propia infancia. La niña tenía largas pestañas tupidas que serían la envidia de cualquier estrella de cine; era capaz de entornar los ojos lánguidamente como una pícara, pero él no se daba cuenta. En ocasiones jugaba un rato con ella después de comer, pero enseguida tenía que volver al trabajo.

No tardó en sobreponerse a su depresión y en retomar los estudios. No podía continuar sus estudios formales (su quiebra duraría por lo menos un año), pero alguna cosa podía hacer. En la universidad popular lo eximieron de pagar la matrícula, Jan Maan se hizo cargo de los cursos por correspondencia.

A éste le había asaltado de repente un gran afán de conocimiento y, casualmente, sus intereses coincidían con los de su amigo, así que le pasaba todos los ejercicios diciendo que él ya los había estudiado. Katadreuffe no le creía, pero aceptaba esta ayuda. Al final su amigo quizá estuviera aprendiendo algo, con lo que prefirió dejarlo así. Lo único que pensaba era: «Espera a que acabe mis estudios, entonces veremos». Mientras tanto, podía seguir ampliando las bases de su cultura general. Pese a todo, los cursos no acababan de satisfacerlo: quería estudiar más intensamente. Ansiaba dedicarse a las materias de verdad: griego, latín, matemáticas. Tenía que dominar seis idiomas. En los cuatro modernos al menos se las arreglaba, y lo mismo en historia, pero avanzaba demasiado lento, con cuentagotas, semana a semana: su quiebra a veces lo desesperaba. Un año de remoloneo no se pasaría nunca. Repasó su viejo material de estudios, pero aún lo dominaba desesperantemente bien, su memoria era demasiado buena, no le resultaba de provecho. Su alemán era decente, al menos la lectura. Entonces, por cuatro cuartos, compró en el mercado material de lectura viejo en francés e inglés, cogió los diccionarios de uno de los juristas y con gran ahínco dio cuenta de aquellas novelitas. Tenía ahora al menos algo con lo que ejercitar su cerebro.

La quiebra lo afectó más de lo que hubiera sospechado. Cierta noche de invierno se llevó un susto de muerte cuando se encontró de pronto en pijama en el gran corredor de abajo, sumido en la más profunda oscuridad. El mármol helado a sus pies descalzos había acabado despertándolo. Durante ese invierno le sucedió en varias ocasiones, pero lo que le daba escalofríos era pensar cuántas veces habría abandonado su cama y vuelto a ella aún dormido.

Sin embargo, su firme voluntad nunca le dejaba mucho tiempo para darle vueltas al asunto ni para autocompadecerse. Cuando la quiebra terminara, eso también se acabaría. Se dio cuenta de que, sin el elevado objetivo que se había impuesto, la quiebra resultaría mucho más soportable. Había muchos que tenían que arreglárselas con menos. Pero él, él quería progresar, a pesar de la quiebra.

Lo sucedido trajo consigo algunas cosas buenas que él no veía: lo hizo más humano; casi parecía que sus ojos brillaban distinto que antes. Su madre lo notó.

Era una noche de primavera. Acababa de cenar y se dirigía a su cuarto cuando sonó el timbre. La niña Pop bajó corriendo las escaleras y abrió. Oyó una voz en la profundidad y un ruido metálico, pero no les prestó atención.

Poco después bajó al despacho del personal para terminar de pasar a máquina un alegato de De Gankelaar. El trabajo era urgente y De Gankelaar tenía una caligrafía difícil de leer. Lo sorprendió el sonido de una máquina de escribir: la señorita Te George estaba sentada detrás de su mesita, la lámpara de escritorio encendida.

La saludó y se sentó él también. Lo hizo en el extremo opuesto del despacho, a espaldas de ella. Rentenstein era el jefe de todos de nombre, por lo demás no había categorías, pero él consideraba a esa chica como su superior: pasaba todo el día en el despacho de Stroomkoning, se ocupaba de los grandes pleitos, asistía a todas las reuniones para levantar las actas en francés, inglés o alemán. Todo lo hacía rápido. También debía de tener un buen sueldo, poco menos que Rentenstein, que a lo sumo era su jefe de nombre. Éste nunca le encargaba nada: su trabajo venía directamente de Stroomkoning.

Nunca habían cambiado más que fríos saludos. Él aún deseaba a veces ocupar su lugar, codearse con los grandes hombres de negocios, pero el deseo era más vago que antes: sus aspiraciones se orientaban ahora en otra dirección, esperaba llegar a ser más que eso.

Durante un rato cada uno mecanografió bajo su propia lámpara, produciéndose una pausa en el sonido cada tanto. Él la veía inclinarse y leer muy concentrada: su trabajo parecía difícil. En determinado momento se dirigió a la sala de atrás, luego regresó con un expediente, mecanografió unas frases, se dio la vuelta y dijo de golpe:

—No se mate estudiando.

Él alzó la vista: se había roto el hielo.

—¿Qué quiere decir?

—No tiene muy buen aspecto.

Naturalmente, no se tuteaban. Entre el personal adulto, masculino y femenino, todos se trataban de usted. La excepción eraRentenstein. Él mismo lo había instituido así, no por principio, sino por contraste: sonaba muy bien que él tuteara a todos, mientras él mismo se hacía tratar con la forma de cortesía. Pero a ella, y sólo a ella, Rentenstein le hablaba de usted. La señorita Te George era una persona discreta y digna. Jamás hablaba de los asuntos del bufete, aunque era la única que conocía todas las causas importantes, las que tenían que ver con la caja grande.

»Estudia demasiado... Está muy bien que estudie, pero no debería exagerar.

Katadreuffe no supo qué responder. Sintió que se ruborizaba. Por fin, avergonzado, dijo:

—No estudio lo suficiente, ni de lejos, y todo por culpa de esa maldita quiebra. —Por un instante, ella pareció cohibida. Él preguntó—: ¿Y cómo sabe que estoy estudiando?

—¡Pero si eso aquí lo sabemos todos! Se va a presentar al examen de Estado, ¿verdad?

Siguieron mecanografiando y un rato después retomaron la conversación: tanto lo uno como lo otro avanzaba a trompicones. Ella le preguntó qué trabajo estaba haciendo. Ella misma tenía que traducir un contrato al inglés, un asunto del que se ocupaba Stroomkoning (al que se refirió como «el señor Stroomkoning») en sociedad con C., C. & C., un *gentleman's agreement*. No dio más detalles. Él pensó en lo que podían significar esas palabras, ella las había pronunciado sin ostentación, ¡si supiera que él no las entendía!

—¡Qué maravilla que haga todo eso sin diccionario!

—Oh, sí, pero a veces lo necesito.

Ella le preguntó si su cuarto era de su gusto. Él a su vez preguntó si quería verlo, a lo que ella respondió:

—Después.

El trabajo de la señorita Te George estaba listo, el suyo todavía no. Subieron.

A ella el cuarto le pareció mortalmente lúgubre, pero no dejó traslucir nada. Hacía frío, era grande y estaba casi vacío. Delante de la cama armario había colgada una tela más que espantosa. Siguiendo su mirada, él le explicó:

—No ha sido elección mía, sino de Graanoogst.

Se sentó en el sofá cama y él frente a ella. Lo venía observando desde hacía tiempo, ya desde el primer día, con ese misterioso talento de la mujer para sondear al hombre en una fracción de segundo, antes incluso de que él se dé cuenta de que lo miran.

Aquel primer día él también la había observado, y bien, y con agudeza, cuando se habían cruzado en la escalinata viniendo ella de la sala. Pero la había mirado como suelen hacerlo los hombres: examinado su aspecto de la cabeza a los pies, ni más ni menos. Y luego se la había sacado de la cabeza impulsado por un temor vago y extravagante.

Volvió a sentir ese temor: se vio empujado hacia algo oscuro que, al mismo tiempo, resultaba innegablemente agradable.

Llamaron a la puerta: la señora Graanoogst le traía su té. Se lo dio a ella. Poco después la casera le trajo otro. Él se preguntó si esto no daría lugar a habladurías, pero enseguida se despreocupó: Stroomkoning no era estrecho de miras. Sin embargo, sentía un ligero temor de otra cosa, no sabía de qué. Era como si estuviera tomando el camino equivocado.

—¿Le apetece un cigarrillo? —preguntó ella—. Por las noches suelo fumarme un par.

Sus cigarrillos eran bastante mejores de lo que los de él habían sido jamás, y entonces no tenía dinero ni para comprar los de peor factura.

Sin ser fluida, la conversación avanzaba a buen ritmo. De vez en cuando, él la miraba a través del humo. Era una muchacha alta, unos seis años mayor que él, quizá demasiado delgada, las piernas un poco enjutas, los pies llamativamente pequeños y gráciles. Se vestía con buen gusto. Su cara llamaba de inmediato la atención por su singularidad y al poco también por su encanto. Partiendo de una frente alta y sin arrugas, se hacía más ancha a la altura de los pómulos y remataba rápidamente en una barbilla pequeña y redonda. Dos finas líneas que iban de la nariz a las comisuras de los labios la hacían parecer algo mayor: era como si estuviera triste en secreto. Tenía la boca entreabierta y tras sus labios asomaban unos dientes blancos; los incisivos superiores eran grandes y cuadrados.

Katadreuffe pensó de pronto: «Soy igual que los zoólogos: yo también miro primero la dentadura».

—¿De qué se ríe? —preguntó ella.

No se lo quiso decir. Su pelo era de un rubio bronceado; sus ojos, entre gris y azul, miraban amablemente. Su cuello no le pareció lo bastante modelado, sobre todo comparado con la hermosa forma de su cabeza; sus manos, delgadas y huesudas, evidenciaban carácter. La examinó con detenimiento y ella, naturalmente, lo notó.

Le preguntó por su familia, él le habló de su madre y de Jan Maan. Del bufete no hablaron. Ella vivía con sus padres en el sur. ¿Conocía la Franja Verde? No, no la conocía. Era por esa zona, agradable para vivir, soleada, tranquila, pero relativamente apartada. Venía siempre en bicicleta. Podía correr un fuerte viento, sobre todo en el puente sobre el Mosa y en el del puerto Koningshaven. Le encantaba el viento; cuanto más, mejor.

Esa predilección por el viento fuerte, viniendo de una chica de aspecto más bien frágil, sorprendió a Katadreuffe. Le vino a la mente el ruido metálico que había oído antes.

—Seguro que ahora también ha venido en bicicleta. —La vio temblar ligeramente—. ¿Tiene frío?

—No —mintió, pues en ese cuarto deslucido y poco iluminado estaba empezando a enfriarse.

Como no quería parecer un pobretón sin calefacción, él atinó a decir:

—En invierno pongo aquí una estufa de queroseno.

Acto seguido la acompañó hasta la puerta de la calle, sacó su bicicleta del bicicletero debajo de la escalera y la vio alejarse en la noche bochornosa. En Boompjes había a esa hora poco movimiento. El haz de luz de su linterna fue deslizándose suavemente, acompañándola. En un momento dado ya sólo pudo ver la luz, a ella no.

Luego se quedó un rato en el corredor, pensativo, inmóvil, poco contento consigo mismo.

Aquélla fue la única conversación íntima entre ambos. No dieron la menor señal de que hubiera tenido lugar, ni siquiera uno al otro. Lo cierto es que no había pasado nada, pero a Lorna te George las primeras semanas se le hicieron muy difíciles. Sus pensamientos escapaban hacia aquel cuarto, al momento en que él había sonreído. Había mirado su boca y había sonreído. No pensaba en su rostro expresivo y apuesto, ni siquiera en sus ojos oscuros, sino en esa sonrisa que volvía extraordinariamente encantadoras sus facciones precisamente porque éstas nunca denotaban otra cosa que seriedad. El recuerdo la atravesaba, produciéndole placer y desdicha. No debía pensar demasiado en ello. Sería una locura: ella era al menos seis años mayor, el chico no pensaba más que en su futuro. Era una suerte que no supiera cuán cautivadora resultaba su sonrisa, pues habría arrojado decenas de víctimas. No: era desafortunado porque, de haber conocido su encanto, su sonrisa habría sido insoportable, igual que la menor desafinación en una música celestial, y entonces a ella no la habría impresionado.

Mientras tanto, ella siguió haciendo normalmente su trabajo; en el bufete no había nadie que pudiera sospechar: no corren tiempos sentimentales, la mujer lánguida es cosa del pasado. (Aunque quizás algún día vuelva para derretirse ante miradas futuras.) La humanidad va creando distintas épocas y el individuo hace lo que su tiempo le exige. Lo mismo sucedía con esta chica. Sin embargo, y pese a la obligada estandarización, ella seguía siendo una criatura aparte. Llamaba la atención, aunque no se supiera de inmediato por qué: simplemente emanaba encanto. Ahora bien, con Rentenstein era demasiado flemática e inabordable como para que él se permitiera las bromas que solía hacerle a la señorita Sibculo. Se trataba de bromas relativamente inocentes, pero aun así ella no se las habría tolerado.

Todos los grandes clientes de Stroomkoning la conocían: sus miradas a menudo la buscaban. Se sentaba a la izquierda, algo detrás del letrado, a una pequeña mesita arrimada al paño verde de la gran mesa de reuniones. No perdía detalle de la conversación; si alguien decía algo gracioso, ella también se reía un momento. Por lo demás, permanecía siempre correcta y recatada, ni tiesa ni estirada. Muchos se sorprendían de que no llevara alianza: era impensable que esa chica nunca hubiera besado. Pero la rodeaba un misterio que la protegía más que el símbolo de un compromiso. En ocasiones, alguno hacía una alusión más personal, a la que ella no reaccionaba nunca, y Stroomkoning se divertía en secreto. Era para él absolutamente imprescindible: siempre sabía dónde estaban todos sus documentos; pero no la trataba con excesiva familiaridad. Trataba a todas las jóvenes de «señorita», seguido del apellido, cuando lo recordaba. No obstante, los únicos que existían realmente para él eran ella y Carlion, ni siquiera Rentenstein.

Stroomkoning sentía gran admiración por Carlion. Era el especialista en asuntos de navegación interior, aunque era mucho más que eso. Stroomkoning conocía bien la ley y la jurisprudencia, pero Carlion las conocía aún mejor. Era capaz de evocar sentencias del Tribunal Supremo de decenas de años atrás y sabía cuándo ese órgano había cambiado de criterio. Habría sido capaz de escribir casi de memoria toda la historia de la administración de justicia holandesa. Sin embargo, no era un abogado completo. Pese a su admiración por esa enciclopedia ambulante, Stroomkoning conocía sus limitaciones. Carlion sabía lidiar con sus asuntos de manera excelente, pero no era capaz de aportar clientes a la cartera: no tenía el talento para atarlos al bufete, inspirar su confianza. Era demasiado especulativo y demasiado seco. Un abogado completo sí lo era el propio Stroomkoning, de lejos el que más, pero era también, y con mucho, el mayor, y además debía mucho a su personalidad: ésta bastaba para atraerle clientes.

Carlion le había dado a entender a Katadreuffe, a su manera seca, que se solidarizaba con su quiebra. Sentado a su escritorio, sin dejar de trabajar y casi sin alzar la vista, simplemente había dicho:

—Has quebrado, ¿verdad?

Y asimismo sin apenas alzar la vista, le había tendido la mano por encima de la mesa, una mano nervuda que sabía dar un buen apretón.

Piaat, en cambio, no había reaccionado en absoluto. Era muy inquieto y, al mismo tiempo, muy voluble. Tenía que apuntarlo todo para no olvidarlo, a no ser que tuviera que ver con la práctica judicial, y no había apuntado que le debía muestras de simpatía a Katadreuffe. Estaba siempre sumido en el hervidero de los juicios penales, un trabajo desagradable para la mayoría, pero que a él le gustaba. Era muy agudo y disponía de un gran arsenal de bromas; en la sala de audiencias casi siempre encontraba algo apropiado para la ocasión. Su fe en las bondades de la risa era inquebrantable. A los jueces les gustaba escucharlo: en sus caras se dibujaba una sonrisa cuando su birrete aparecía en la sala penal. Era tan popular que la gente solía reírle las gracias, por cortesía, hasta cuando hacía chistes malos. Incluso entonces lo respetaban, cuando a otros solamente les habrían dispensado una frialdad glacial.

Estaba tan lleno de bromas que no tenía tiempo de pensar en Katadreuffe. A la hora del café de mediodía, en la bolsa de los juristas, no dejaba de comentar sus propios pleitos y de lanzar sus bromas. Entonces se sentía en su elemento. Una vez contó (Katadreuffe lo oyó desde el otro despacho) sobre una complicada malversación que precisó un exhaustivo examen de los libros y el recurso a peritos:

—¡Eh!, escuchad, os vais a reír. Resulta que esta mañana había una enorme pila de libros contables sobre la mesa del juzgado. Cojí el de arriba y enseguida nos pusimos a examinarlo. En eso, uno de esos bestias peritos dio con el codo en la pila y todos los libros se fueron al suelo. Entre el barullo que se armó, se me ocurrió decir: «¿Han visto, señores? ¡Ya sabía yo que la sentencia estaba *al caer*!». La sala por poco se derrumba de la risa: el enlucido se desprendía del techo, la tribuna se torcía como un tirabuzón, os lo juro.

La anécdota era verdad: la habían publicado los vespertinos, pero su jovialidad era en parte fingida. Tenía un corazón débil: litigar le hacía daño. Solía hacerlo con el birrete calado: tenía la ingenua sensación de que así parecía más alto, pero últimamente transpiraba como un condenado bajo el birrete.

Le preocupaban su corazón y su escasa estatura. Parecía un niño cabezón, miope y con gafas. De Gankelaar lo dibujó de pies a cabeza cuando dijo:

—¡Tú y tu dichoso nombre de pila! ¡Sólo escribes Gideon Piaat con todas sus letras para parecer más alto!

—Bueno, bueno —respondió el bajito—, y si mis padres me hubieran bautizado Theodoor, ya verías.

Porque Theodoor era el nombre de pila de De Gankelaar. Todos rieron, pero lo cierto es que a Piaat le preocupaba su corazón y, más que un payaso, estaba convirtiéndose poco a poco en un pierrot.

La bolsa de los juristas se celebraba a las doce y media en la sala ocre, una sala con forma octogonal (las cuatro esquinas originales estaban cubiertas por armarios empotrados formando chaflanes). Por la claraboya, donde la lluvia y el viento frecuentemente se dejaban sentir, se filtraba la luz incolora. Desde lejos, daba la impresión de que la luz entrara por unos feos cristales de color ocre; sin embargo, el color procedía de las propias paredes: un papel pintado sin dibujo, sólo color, extraño y feísimo, parecía dar a todo y a todos un brillo irreal, particularmente desagradable cuando se trataba de comida.

A las doce y cuarto la encargada, Lieske, ponía la mesa; a las doce y media traía café y chocolate. Rentenstein le decía entonces a la señorita Van den Born: «Avisa, que las cosas se enfrían».

Y ésta, con su voz ronca, anunciaba por el interfono: «Señor tal, se le enfría el café; señorita cual, se le enfría el chocolate», como si la gente estuviera haciéndose esperar.

Era una pequeñez, pero a Katadreuffe lo irritaba siempre. Algo así no tenía cabida en un bufete de categoría: se debía a que Rentenstein no sabía cuál era su sitio, con lo que tampoco era capaz de señalar a los otros el suyo.

La bolsa de los juristas no siempre podía empezar a tiempo y no estaba al completo más que uno de cada dos días. Carlion y Piaat se ausentaban a menudo ambos, sobre todo el último, que viajaba mucho, litigando desde Groninga hasta Middelburgo. De Gankelaar era más asiduo, lo mismo que la señorita Kalvelage. La puerta hacia el despacho del personal quedaba habitualmente abierta, incluso la que daba al corredor, de modo que cuando Piaat empezaba, las bromas y las risas resonaban por todo el edificio.

Cuando Katadreuffe bajaba de tomar el café del mediodía, una vez instalado en el despacho del personal, solía escuchar grandes retazos de lo hablado en la bolsa. Allí, en efecto, todos discutían sus pleitos, hasta que De Gankelaar, que se aburría el primero de todos y prefería filosofar, daba un giro a la conversación. Una vez dijo:

—No hay que tomárselo siempre todo tan en serio. Por mí, que todos los juicios se vayan a la mismísima etcétera, etcétera. En mi opinión, en el mundo hay un solo fenómeno interesante: el hombre. Los juicios no son más interesantes que el hombre, que ha creado algo tan ingenioso como el derecho y el procedimiento judicial.

La señorita Kalvelage intervino secamente:

—Pues a mí ninguno de los que estamos sentados aquí me parece especialmente interesante.

—Tiene usted toda la razón, pero es que debe mirar al hombre como fenómeno, en vez de a los individuos. —Sacaba así a colación su tema favorito: el de las facetas de las personas, que eran todas distintas. La frase contradecía hasta cierto punto su afirmación anterior, pero dio pie a algunos planteamientos francamente originales—: El ser humano es un todo confuso, por eso nos conformamos con algunas facetas. Ojalá tuviéramos los ojos de una mosca, que miran para todos lados al mismo tiempo. Para todos, Napoleón es un bicornio, un vistoso perfil griego, una mano deslizada entre las solapas de una chaqueta, dos piernas embutidas de blanco a ambos lados del cuerpo de un caballo; pero puedo asegurarles que en algún lugar del mundo existe un viejísimo libro para niños, un libro muy pequeño con una dedicatoria autógrafa escrita con la letra de un chiquillo, donde pone: «Tu amiguito, Napoleón». Sin duda existe, al menos en teoría. —Ya nadie escuchaba. Él se rio con un asomo de irritación—.Es que sois todos juristas, no sabéis lo que es un hombre. Y encendió un cigarrillo.

La única que había estado escuchando, aunque haciéndose la desentendida, era la señorita Kalvelage. Era una criatura arisca, pero después de De Gankelaar era la persona que mejor le caía a Katadreuffe. Ella tampoco había comentado nada a raíz de su quiebra, pero igualmente, de un modo indefinido, por su mera actitud o precisamente por su silencio, él había entendido que ella lo tenía presente, que al menos no lo ignoraba sin más ni más, como Piaat. Y esa manera de callar, delicadamente femenina, había aumentado su simpatía por ella. Por lo demás, en ella había poco de femenino, al menos en el limitado sentido antiguo. Ocupaba el gabinete que daba a la calle, justo encima de la puerta de entrada. El recinto junto a esa puerta en la planta baja lo tenía en uso otro inquilino. Como en muchas fincas antiguas de Róterdam, había allí un almacén, y como en todos los almacenes, había ratas. Un verano, una gran rata parda había trepado hacia arriba desde el almacén colándose por un hueco en el enmaderadoy se puso a husmear por el linóleo detrás de su silla. Ella la sintió. Se oyó un chillido, pero provino de la rata. Kalvelage la había neutralizado rápida y efectivamente, antes de que pudiera saltar, de un golpe certero y definitivo en la cabeza. Luego llamó por el interfono a Lieske, que casi se desmaya del asco. Graanoogst, que fue a limpiar, se lo contó a todo el mundo, pero la propia señorita Kalvelage no dijo una palabra. Daba la impresión de que era imposible que perdiera la calma; era sin duda muy arisca, pero también tranquila. Nunca se enfadaba, nunca estaba de mal humor. Katadreuffe, pues, le tenía simpatía. Ella de vez en cuando le encargaba algún trabajo: tenía claro que era más eficiente que los Burgeik pese a que De Gaankelar a menudo lo entretenía con su cháchara.

Katadreuffe se sintió ligeramente humillado la primera vez que lo llamó para tomar notas, pero la sensación desapareció de inmediato, pues no se trataba de acatar órdenes de una chica, sino de una criatura asexuada: una especie de duende. Kalvelage le dictó con formalidad y parsimonia un par de cartas de cierta extensión, reflexionando cada tanto, pero nunca corrigiendo. Cuando él alzaba la mirada, veía sus grandes ojos amarillos tras los reflejos tornasolados de las gafas redondas, el tocado del tupido pelo corto ya parcialmente encanecido rodeando aquel rostro huesudo y sin edad. Se sintió casi cautivado, no por algo femenino, sino por algo curioso, y tuvo que contenerse para no reír cada vez que ella alzaba inconscientemente su voz aguda y cortante para enfatizar lo que iba dictando. Cuando fustigaba a alguien sobre el papel, su voz lo reflejaba: ascendía y descendía, ascendía y descendía, según los diversos énfasis que quería darle al asunto. Era una abogada de pura cepa: libraba en aquel pequeño despacho su batalla con el invisible adversario. Al finalizar, su voz siempre sonaba sosegada: había salido victoriosa.

Cuando Katadreuffe regresó de la primera visita al despacho de la señorita Kavelage, en lo más profundo de su ser se sintió realmente muy humilde, y también algo derrotado.

«Tengo mucho que aprender —pensó—, muchísimo que aprender». No sabía lo útil que era darse cuenta de ello.

A sus propios ojos estaba ocioso. No tenía con qué llenar sus noches. Le habían quitado la radio, aunque a través de ese medio tampoco habría aprendido nada: eran cosas que ya sabía. Seguía yendo a la universidad popular, si bien espaciadamente. Lo que allí aprendía podía llamarse relleno o salsa, en ningún caso era carne.

Veía a su padre cada tanto en el bufete. Se ignoraban igual que antes. Su furia se había disipado completamente: ya no sabía si lo odiaba. A su pesar, cuando se topaba con él siempre sentía algo parecido al respeto. Pero también beligerancia. Pensaba: «Ya verás: no lograrás someterme, algún día nos encontraremos frente a frente». No obstante, se sentía insatisfecho. Por las noches, su desazón lo impulsaba con mayor frecuencia hacia su madre, y más aún hacia Jan Maan, cada vez más entusiasmado con las ideas del comunismo. La proclamación de teorías subversivas en la fábrica ya una vez le había supuesto el despido de su patrón, pero como era un fresador capaz, pronto encontró un nuevo empleo. Katadreuffe notó que su amigo no tenía un carácter tan suave y amable como antes; tal vez al hacerse mayor su carácter había cambiado, igual que algunos animales que si se les aísla se vuelven peligrosos. Sin embargo, ante Katadreuffe y su madre Jan Maan seguía siendo el mismo. Lenin no se interponía entre los dos amigos: Katadreuffe era demasiado leal para eso. De hecho, por aquella época empezó a simpatizar otra vez con los principios del amigo. Iban más seguido al rojo Caledonia, en el puerto. Una vez, el propio Jan Maan tomó la palabra, y lo hizo bastante bien. Katadreuffe aplaudió. Poco después llegó la policía: habían ido demasiado lejos al repartir volantes sediciosos. La reunión se canceló. El desalojo de la sala se llevó a cabo con tranquilidad, sin ningún incidente. Katadreuffe fijó su mirada desafiante en los ojos de un policía. Antes habría muerto que bajar la mirada.

Después del verano se liquidó su quiebra. Los tres acreedores obtuvieron el ciento por ciento cada uno. Katadreuffe se alegró por Jan Maan, que recuperó la pequeña suma prestada. Wever lo citó y le presentó la liquidación. Sobraba dinero: casi cien florines. El síndico lo miró fijamente: aquella mirada lo atravesó como si horadara un bloque de granito.

—Cuando firme este recibo, el asunto quedará concluido.

«Adivinará tus intenciones —le había dicho De Gankelaar a Wever por teléfono—. Eres un buen hombre, pero ya verás que adivinará tus intenciones y se negará en redondo: es demasiado orgulloso.»

Pero Katadreuffe no adivinó nada. Simplemente era imposible: no podían sobrar cien florines. A lo sumo podía sobrar algo de la retención sobre su última mensualidad. Le dijo a Wever:

—Debe de estar usted equivocado. Hay una diferencia de alrededor de setenta y cinco florines: es demasiado. De ninguna manera puedo aceptarlo. Su cálculo tiene que ser erróneo.

El pequeño Wever lo miró fijamente por encima de su escritorio.

—No me equivoco, no hay ningún error. Aquí tiene, firme y llévese el dinero.

Entonces Katadreuffe entendió: era su propio sueldo, el sueldo del síndico, setenta y cinco florines, lo que Wever quería regalarle. Katadreuffe había visto esa cifra en la lista de reparto. Se ruborizó hasta las orejas y, sin saber por qué, se puso de pie. Cogió una parte del dinero, dejando exactamente setenta y cinco florines.

—No —dijo.

Lo que no añadió fue: «Pero de todos modos muchas gracias».

Wever se rio poniendo al descubierto sus minúsculos dientecitos de ratón.

—Quebrado es quebrado, pero los estudios son los estudios.

—¡No!

Wever se impacientó.

—No seas tonto, hombre: esos billetes significan más para ti que para mí. Es tu dinero: tú mismo te lo has ganado.

Pero Katadreuffe no tenía la magnanimidad del que acepta un regalo oportuno. Le parecía una limosna: lo consideraban un mendigo. Casi hervía de la rabia.

—No, señor Wever, de ningún modo. No, no y no.

Su autocontrol se estaba agotando, lo sintió y partió precipitadamente.

Katadreuffe no habló del incidente. De Gankelaar poco a poco había ido adquiriendo cierto respeto por la intransigencia de su protegido y no quiso interrogarlo. Lo supo por Wever, y entonces temió que Katadreuffe descargara por segunda vez su ira en él. Él le había comprado sus libros a Wever, pero Katadreuffe no había reparado en ese extremo en la lista de reparto. Con buen tino, guardó silencio.

Al final de ese mismo mes apareció en el bufete, por poco tiempo, una nueva cara. El joven Countryside, procedente de Londres, era el más joven de la sociedad Cadwallader, Countryside & Countryside. En realidad ya no era tan joven, y resultaba difícil imaginar un individuo más feo. Pero no era ordinariamente feo, sino civilizadamente feo: un hombre de mediana edad que a muchas mujeres les resultaría incluso atractivo. Alguna vez tenía que venir a echar un vistazo a ese bufete amigo del continente: su padre también lo había hecho en su día. Tenía el aire de distinción que caracteriza a los inglese y, además, trataba a todos con cortesía.

—*How are you?* —les preguntó a los subalternos, estrechándoles las manos—. *How are you?* —le preguntó a la señorita Te George apretándole la mano demasiado tiempo para el gusto de Katadreuffe—. *How are you?* —le preguntó a Katadreuffe.

—*Yes, thank you* —le respondió éste, y enseguida se dio cuenta de que ésa no era la respuesta correcta.

La única del personal que podía conversar decentemente con él era la señorita Te George. Katadreuffe se quedó observando a una distancia prudencial, a las claras enfadado y celoso, a la espalda del británico. Era para ella un pequeño triunfo que disfrutó y al que se aferró el mayor tiempo posible. Su relación con Katadreuffe no avanzaba un ápice: nunca llegarían a nada, pensaba a veces con cierta amargura. Esto constituía una pequeña compensación.

Y Countryside había notado de inmediato que sólo ella era capaz de sostener una conversación en inglés. Siguieron hablando un poco, riendo incluso, hasta que llegó Stroomkoning. A los ojos de todos, esa conversación hizo ascender a la señorita Te George, porque hablar una lengua extranjera está muy bien, pero poder bromear y reír en ella es de otro nivel. Ella sintió la admiración y acabó sentándose a su mesita con una sonrisa.

El joven Countryside acusaba en su cara las huellas de una vida disipada en forma de ojeras y arrugas. Pese a su amabilidad, tenía aspecto de estar cansado; su voz sonaba honda y fatigada. Un vello negro le crecía en las manos y los nudillos, aunque sin resultar desagradable ni vulgar. Incluso en eso se notaba su alcurnia. Su dentadura ya no era buena: las caries empezaban a horadarla; cuando se reía, asomaba el oro por todas partes. Sus cigarrillos destilaban un aroma intenso, dulce y penetrante. No llevaba ni cinco minutos con Stroomkoning cuando ya había pedido que le sirvieran auténtica ginebra holandesa.

Stroomkoning nunca tenía bebidas alcohólicas en su despacho, así que mandó a Pietje a buscar una botella de la más añeja y mejor. Volvió con una que llevaba una etiqueta negra y estaba cubierta de polvo y telarañas.

Se alojaba en la mansión de Stroomkoning, a orillas de los lagos de Berg. La señora Stroomkoning estaba encantada con él: remaban y practicaban vela juntos. Pero Countryside venía también mucho al bufete, a la gran sala trasera o al despacho de De Gankelaar, y se paseaba por el barro, en la acera de Boompjes, con un clavel rosa en el ojal. Le agradaba aquella calle animada, cerca de la firma. Allí, donde se situaba su propio bufete, Grays Inn, al final de Chancery Lane, reinaba un silencio eterno; era sobria, pero aburrida y siempre sombría.

También con De Gankelaar Countryside hizo muy buenas migas. De los otros se desentendió rápidamente, pero De Gankelaar hablaba un inglés fluido: era, en realidad, su lengua materna, o sea: la lengua de su madre. No adelantaba a Stroomkoning en fluidez, pero sí en pronunciación. En el gabinete de De Gankelaar, él y el británico se reclinaban a cascar con las piernas encima del escritorio, cada cual a un lado, viéndose solamente las suelas de los zapatos. Las volutas de la pipa y los cigarrillos pintaban de azul el escaso aire; la ginebra holandesa cumplía también su papel.

En una ocasión, Katadreuffe vio a los tres andando por delante de él: Stroomkoning espléndido en el centro, De Gankelaar atlético y deportivamente relajado, Countryside vistiendo un traje plateado y contoneándose como un gibón gris y, sin embargo, en absoluto ridículo. Entonces le vino a la cabeza la siguiente pregunta: «Si yo fuera abogado, ¿cuál de ellos me gustaría ser?».

La respuesta no se hizo esperar: ninguno de los tres; yo mismo.

Después de un mes, el joven Countryside partió con un par de zuecos llenos de heno en su maleta a modo de souvenir de los Países Bajos. Katadreuffe hacía tiempo que se había sumergido en su trabajo.

Fue entonces cuando se desató una revuelta inexplicable para Róterdam. Existe una importante diferencia entre los pobladores de las dos principales ciudades de Holanda: el roterdamés es más tranquilo, más equilibrado, que el de Ámsterdam. El periódico más popular, de lejos, es el neutral *Diario de Noticias* de Róterdam: casi todas las familias del pueblo lo leen; lo llaman simplemente el *Diario*. Los periódicos políticos vienen detrás. Por su carácter tranquilo, el roterdamés también es fiel: es absolutamente leal al *Diario*, absolutamente leal a la Caja. La Caja, sin más, no es para él lo mismo que la Caja Nacional de Ahorro Postal. Es la caja preferida de la calle Botersloot, la otra viene detrás. La señora Katadreuffe leía el *Diario* y tenía su dinero en la Caja.

Pero, inexplicablemente, una parte de la población se dejó azuzar por un viento comunista, nada menos que a raíz de un acontecimiento político acaecido en el extranjero. El populacho del centro, donde Dreverhaven sentaba sus reales, se sublevó. Por esa época estaban mejorando un largo tramo del pavimento de Goudse Singel. Había baldosas y adoquines sueltos por doquier. Levantaron pueriles barricadas en los callejones. Por la noche hubo disparos, la señora Katadreuffe los oyó en la lejanía mientras a su alrededor había un gran silencio.

A su mesa estaba sentado Jan Maan. Nunca lo había hecho con tanto desparpajo: los codos encima de la mesa, bien alejados del borde, las manos en el pelo, haciendo como que leía, aunque ella vio cómo apretaba las mandíbulas, cómo hinchaba los carrillos y sus dedos se enredaban nerviosos en su rubia cabellera. En el fondo se compadecía de él: le tenía mucha simpatía, pero era severa. Su discurso subversivo la traía sin cuidado, pero que no pasara de ahí a los hechos porque ella cogería de nuevo el timón.

Siguió una breve, pero significativa conversación.

—¡Jan!

—¿Sí, madre?

Levantó la vista de mala gana y su mirada se cruzó con dos ojos que ardían como los fuegos de unos altos hornos.

—¡Ni se te ocurra! —Él volvió a bajar la cabeza—. ¿Y?

Hubo un silencio. Siguió un desganado:

—No, madre.

Un momento después se dirigió a su cuarto, enfadado, silbando para demostrar de algún modo su independencia, pero ella respiró tranquila: en ese crío ya no había peligro.

Mientras, en lugar de aplacarse, los disturbios se propagaron desde el centro hacia el norte, hasta los alrededores del matadero, saltándose el barrio de la señora Katadreuffe. Ella también había vivido allí antes, si bien no en el sector más pobre. Se trataba ahora de una revuelta generalizada en ese sector, un conjunto de callecitas muy estrechas. Un destacamento de tropas acudió a asistir a la policía. Acordonaron el barrio entero. Los bienintencionados que por la mañana habían salido de casa para trabajar no pudieron regresar a sus hogares. La señora Katadreuffe empezó a oír los disparos del otro lado.

En una de las callejuelas, Dreverhaven debía desahuciar a una familia. Era en Rubroekstraat, en el corazón de la revuelta. Dentro de un día o dos se restablecería también allí el orden: la policía había adoptado medidas extremadamente severas. Dreverhaven habría podido esperar, pero no era su estilo. Se presentó allí esa tarde, con Hamerslag y Pala de Carbón, una tarde desapacible y ventosa. Ya desde lejos se oía el repiqueteo de las balas.

Arribaron a la zona peligrosa. En cada esquina, en los tejados, se habían apostado soldados que cubrían los cruces con ametralladoras. En cuanto en el interior de alguna finca una mano se acercaba demasiado a una ventana cerrada, en cuanto en una casa se movía levemente una cortina, silbaban las balas.

Dreverhaven se acercó al cordón policial. No querían dejarlo pasar, pero él, enseñando la cinta naranja y la medalla de plata con el escudo nacional colgada en el pecho, dijo:

—¡Vengo en nombre de la ley! —Lo dejaron pasar, a él y a sus compañeros. Poco después, en el propio campo de batalla, se topó con una patrulla comandada por un teniente—. ¡Vengo en nombre de la ley! —dijo haciendo el mismo gesto que antes. El teniente se limitó a responder:

—Usted se hace responsable.

Y nuevamente lo dejaron pasar. Anduvo entonces por el sector más desolado de la ciudad; las calles plagadas de tejas rotas, por todas partes orificios de bala en los cristales y esas astillas afiladas que producen los proyectiles cuando raspan la madera. Allí iban los tres. Pala de Carbón no parecía percatarse del peligro mortal: caminaba encorvado al lado del oficial mientras el repiqueteo de la artillería se intensificaba. En los astilleros había oído muy a menudo la incrustación de los remaches en los cascos de barcos, el repercutir de taladros neumáticos: era exactamente lo mismo. Hamerslag, por su parte, asumía un papel muy distinto: el del cómico inexpresivo. Se limitó a decir:

—¡Mecachis, qué viento más frío!

Deteniéndose en medio de la calzada, con gran aspaviento, se sonó la nariz. Sonó como una trompa de caza.

Dreverhaven veía cómo los cañones de los fusiles giraban en su dirección, pero una majestuosidad emanaba de ese hombre marchando pesado y tranquilo con una cinta y una medalla cruzándole el pecho, el cuello de la camisa abierto, lo mismo que el abrigo, henchido por el viento como las velas de una fragata en alta mar. Ése no era un revoltoso; iba con un largo puro que le salía de la boca inclinado hacia arriba, soltando humo como una chimenea, y al mismo tiempo protegía a los dos rezagados que seguían sus pasos.

Se detuvo frente a la casa de Rubroekstraat. No se molestó en llamar al timbre: con una patada de su piernaza desquició la puerta, que se estrelló contra la pared del portal; el enlucido soltó una lluvia de escamas y la casita se sacudió. Resonaron gritos de auxilio. La mujer se encontraba en el centro del cuarto rodeada de su numerosa prole, hacía más de veinticuatro horas que no comían. El hombre llevaba dos días desaparecido: uno de los peores insurgentes; se había refugiado en una casa amiga. El agente judicial lo lamentó: le hubiera gustado encontrar allí al marido. El asunto se liquidó en un santiamén. Ya Pala de Carbón arreaba a la tropa de niños hacia la calle mortífera. Salieron pitando, pero el más pequeño, un chiquillo de un par de años, lo había cogido de una pernera, a la altura de la rodilla y sonreía impávido y alegre alzando la vista. Miraba a Pala de Carbón con esa vaga sonrisa del pequeñajo que no sabe bien qué es lo que le agrada tanto. La madre lo arrancó de allí. Parecía diminuto ante aquellas fauces.

Mientras, dos soldados habían estado hablando con Hamerslag. Uno delante, uno detrás, la mujer lastimosa con el chiquillerío en medio: así se marchó la tropa, las puntas de dos bayonetas en alto, cada cual provista de un pañuelo ondeante. En un abrir y cerrar de ojos sacaron a la calle las cuatro cosas, el viento empezó a jugar libremente con los míseros visillos remendados.

Esa noche, Dreverhaven se sentó a rememorar el desahucio más limpio de su vida. Pensó en el niño risueño que se había aferrado a los pantalones de Pala de Carbón: ese pequeño bribón. Pero él no sonrió: estaba pensando en que aquello había merecido la pena por el arrojo con que lo habían llevado a cabo, mucho más que por el dinero. Ya no recordaba, o casi no recordaba, si había deseado que una bala perdida lo alcanzara. En cualquier caso, su deseo no habría pasado de ser borroso: para eso tenía demasiada indiferencia atascada, pero de una cosa estaba absolutamente seguro, y saber eso le bastaba: que nunca, nunca se permitiría caer enfermo. Era un destino: se ahorraría un atardecer de la vida achacoso, un lento deterioro. Como fuera, por violencia exterior o por una devastadora fuerza interior, él caería redondo, de repente, inesperadamente, y el suelo crujiría donde cayera.

Recorrió con la mirada el recinto espacioso y vacío, bárbaramente vacío, de su despacho, y pensó en su hijo. El bufete del hijo vibraba de vida, el despacho del padre era una tumba. No era el silencio del sosiego, era como esa tarde en el barrio sublevado: el silencio asfixiado del miedo. Con el correr de sus años había ido diseminando el terror a su alrededor; sus propios clientes apenas pasaban ya a verlo: era demasiado tremendo, demasiado grosero, preferían comunicarse con él por teléfono. Se mantenía a flote merced a algunas cualidades; de no haberlas poseído, su despacho ya habría decaído hacía tiempo.

Y en el recinto sin calentar, sentado a su escritorio con el abrigo puesto, el sombrero calado, vio desfilar como un paisaje su larga vida. Ésta, cada vez más a menudo, se extendía a sus pies como un paisaje: los vigorosos ojos de su memoria veían, como en el horizonte, los más pequeños detalles. ¿Vendrían más tarde las frágiles nubes de de la vejez a borrar partes enteras? No, nada de eso, para entonces ya no existiría.

Últimamente había vuelto a beber mucho; tenía rachas, igual que en su hábito de frecuentar mujeres. Tanto le daba entregarse como abstenerse, tenía una sola adicción: el dinero. Pero la ginebra últimamente le sabía especialmente bien. De uno de los cajones de su mesa extrajo una botella y un vaso. El primero se lo bebió de un sorbo, el siguiente en dos, el tercero no lo tocó: simplemente lo dejó ahí.

Acto seguido hurgó en un cajón y se puso a escribir un par de memorándums con su estilo temible y sucinto y su letra negra. No conservaba copias de esas cartas, en años no había usado su prensa para copiar. De todos modos, no olvidaba lo que había escrito, y si lo olvidaba tampoco le importaba. Nunca firmaba las cartas, sólo los requerimientos judiciales. Su lengua escrita por antonomasia eran esos requerimientos: «En el año tal, a tantos del mes tal y cual, yo, Arend Barend

Dreverhaven, agente judicial en el juzgado de Róterdam, *he notificado por vía judicial...*»

O mejor: «... yo, Arend Barend Dreverhaven, *he requerido...* O aún mejor: ...*he emplazado...*»

O, por encima de todo: «... *he dado orden* de abonar de inmediato a mí, agente judicial...», etcétera.

Pero no eran esos requerimientos (ganaba algún dinero con ellos, pero no más que eso) la razón de su vida, sino la ejecución, el embargo, la venta pública, el desahucio, el forzamiento de cerraduras, la remoción de obstáculos en los interiores de las casas, el echar el guante a los deudores para conducirlos al centro de detención de preventivos; todo ello en nombre de la ley, en nombre del rey, en nombre del Dios Supremo: el dinero.

Sonó el teléfono, cogió el auricular. Era el licenciado Schuwagt, el abogado de sus negocios sucios, de los créditos, grandes y pequeños, de su pequeño banco usurero. Si bien era el agente judicial del bufete de Stroomkoning, éste no era su abogado. Sabía perfectamente que Stroomkoning se excusaría ante esa petición: el despacho de Dreverhaven tenía siempre un lado turbio, con ello cargaba el leguleyo rastrero de Schuwagt, al que a la vez detestaba por su miserable servilismo. Schuwagt era el espécimen más miserable de todo el foro de Róterdam. El foro gozaba de respeto en general, pero él iba, de lejos, a la zaga: todos lo habían escupido. Dreverhaven, que podía usarlo, que debía usarlo, no dudaba en tratarlo como una piltrafa. Berreó su respuesta por el auricular, colgó el aparato de un golpe, bebió su última copa y se durmió enseguida, pero el puro siguió ardiendo en la comisura de sus labios y el ojo de su atención continuó abierto.

Así oyó aquel paso ligero, nervioso y sin embargo decidido, que conocía igual que el depredador reconoce a la distancia al cachorro propio. Uno de sus ojos se abrió, luego el otro: el hijo se encontraba del otro lado del tablero. Estaba tranquilo y, en un tono igualmente tranquilo, le dijo:

—Padre, vengo a pedirle un préstamo.

—¿Para qué, Jacob Willem?

—No puedo aprobar mi examen de Estado sin tomar clases privadas. Para las lenguas modernas quizás haya cursillos, pero para la historia, las matemáticas y sobre todo para las lenguas clásicas...

Dreverhaven había cerrado los ojos hacía mucho, pero Katadreuffe ya conocía al viejo: supuso que estaba meditando. A veces se le hacía como si lo hubiera conocido desde siempre, pese a que se trataban como extraños.

Dreverhaven no estaba meditando sobre el préstamo, sino pensando: «Vaya raza que tiene este crío; mira que venir a buscar al león en su guarida». Ese muchacho espigado y peculiar, que en sus facciones sólo recordaba a la madre, siempre le había inspirado el mismo pensamiento: «Ése es mi hijo». Había reconocido en él a su propia sangre cuando entró a trabajar al despacho de Stroomkoning. Enseguida reflexionó: «El chico sigue los pasos de su padre, busca la práctica del derecho, quiere vivir del derecho, pero también quiere llegar más alto que yo». Y ahora, ahora que el muchacho daba de nuevo el paso cuyas consecuencias conocía de antemano, ahora que venía a pedir que le prestara dinero, nuevamente se sentía unido a él desde lo más secreto y más preciado que tenía: la sangre. Pero la sangre también plantea numerosos y misteriosos problemas; sintió una mala gana crecer en su interior y dijo con ironía:

—Ajá, parece que el señor ha cambiado de idea. ¿Ahora quiere pedirle un préstamo al usurero?

—Sí —dijo Katadreuffe. Reflexionó un momento y después prosiguió—: Quiero hacerle frente a usted. Deme la oportunidad de hacerle frente.

Dreverhaven cerró otra vez los ojos. Eso era raza: el chico mostraba verdadero carácter.

Le preguntó en voz baja, como hablando en sueños:

—¿Cuánto? —Katadreuffe había calculado que con dos mil florines se arreglaría. Dreverhaven volvió a mirarlo, la punta encendida de su puro le cayó en el pecho abriéndose paso entre las numerosas manchas que le ensuciaban la ropa. Katadreuffe, de nuevo hipersensible, temió el fracaso inminente. Dreverhaven dijo—: Ten en cuenta que si hoy te presto, mañana puedo torcerte el pescuezo.

—Lo sé.

—Lee esto —y le alargó un formulario impreso—. Presto exclusivamente en esas condiciones y, si firmas, al mismo tiempo te expones a la horca.

Katadreuffe rechazó el papel con indiferencia.

—Ya lo sé.

En realidad estaba diciendo: no le tengo miedo.

Dreverhaven había vuelto a cerrar los ojos.

—Pues entonces mañana por la mañana en el banco, a las once.

Al día siguiente le entregaron el importe del préstamo, ni siquiera sometido a unos plazos exorbitantes de devolución. El interés era del ocho por ciento. El único peligro residía en la posibilidad de rescisión inmediata en todo momento. También había firmado al banco, como garantía, una autorización de que le retuvieran el sueldo.

Se había propuesto hacer el examen en dos años, a contar a partir del siguiente verano. Había encontrado a un joven doctor en letras clásicas dispuesto a prepararlo en griego y latín por setecientos cincuenta florines anuales. Por esa suma le impartiría clases nocturnas de dos horas tres veces a la semana, lo que equivalía a tres florines la hora. No le pareció caro, teniendo en cuenta que las horas de clase iban a ser muy intensivas, pues durante el día lo absorbían otras ocupaciones y no tenía tiempo de estudiar.

El ambiente en el que Katadreuffe se movía le había enseñado a ser providente. Le pagó al profesor un año entero por adelantado. A éste le pareció una extravagancia y de inicio no quiso aceptar, pero Katadreuffe insistió con gran determinación. Pensó: «Si el banco me llega a rescindir el préstamo, al menos ya habré pagado por adelantado este año. Yo seguiré tomando mis clases un año entero y que me quiten lo bailado».

En cuanto se puso a ello, empezó a progresar a pasos agigantados: los idiomas no le planteaban especial dificultad. La base de su cultura general, combinada con su capacidad de comprensión y un nivel de madurez por encima de lo normal para un bachiller, le ayudaban a salir adelante. Era un buen año el que corría, los idiomas le atraían, igual que su talento atraía al docente.

Katadreuffe había reanudado desde hacía unos meses los pagos a su madre; cada mes, religiosamente, sin decir nada, le dejaba quince florines encima de la mesa. Incluso supo hacerse tiempo para alguna diversión que, por otra parte, sentía que realmente necesitaba. Jan Maan lo llevó otra vez al rojo Caledonia, donde desde hacía algún tiempo proyectaban algunas buenas películas rusas para la célula comunista. Y se admitían invitados. Así, pues, allí iban. También «ella» en ocasiones quería verlas, e iba andando entre los dos.

Un recinto vacío, frío y pobre, aunque muy tranquilo; las mujeres incluso llevaban a sus bebés, y biberones y frascos de leche. Vieron *El camino a la vida* de Nicolai Ekk y *Tres cantos a Lenin* de Dziga Vértov.

Jan Maan estaba extasiado. La sala aplaudió ruidosamente en cada final, él también, y también Katadreuffe se sintió arrebatado, pero se contuvo: nunca llegaría a ser un comunista, al final la realidad holandesa siempre lo conducía con mano fría al camino de la moderación.

La menos conmovida era «ella». Seguro, seguro, las películas se dejaban ver, y algunas partes eran realmente bonitas, no iba a negarlo. Pero enseguida, de pronto, se oía desde detrás de la pantalla una voz de hombre o de mujer soltar una perorata en ruso. Ella no entendía una palabra y sin embargo lo captaba todo: esa voz peroraba sobre los ideales comunistas. En realidad, le daba la risa oír esas voces exaltadas que no tenían nada que ver, pues la película continuaba como si nada. Dijo, apenas consciente de la mortal certeza con la que percibía la situación:

—Estos rusos son como niños grandes.

Con eso ofendió profundamente a Jan Maan. ¿Niños? ¿Niños? No exactamente. Y evocó a propósito los hechos más sangrientos del movimiento comunista. ¿Había oído de la ejecución de toda la familia del zar en los Urales, de la República Soviética Húngara bajo Béla Kun y Tibor Szamuely, de las cárceles rusas? Si no era el caso, en casa él podía dejarle algo para leer, sobre las prisiones de Moscú por ejemplo, Lubianka 2 y Lubianka 13, las historias al respecto daban escalofríos: no era lectura amena para antes de irse a dormir, de ningún modo.

»A los niños no hay que dejarles jugar con cosas peligrosas —añadió ella brevemente.

Jan Maan se rindió, desesperado, Katadreuffe ya estaba pensando de nuevo en sus estudios: más tarde tocaba estudiar un poco.

También vieron *Cama y sofá* de Abram Room, y fue curioso, porque a Katadreuffe esa película le pareció chocante: su castidad era a veces mezquina; pero a ella le gustó, le gustó sin más, fue la película que más le llegó, ella era amplia de criterio.

Ese invierno, una plácida tarde de domingo, estaba sentada con Jan Maan en la colina del parque. Le agradaba sentarse allí, el agua en movimiento la serenaba.

En eso se acercó un cacho de carne humana totalmente cuadrado y se sentó junto a ella. Era Harm Knol Hein, el barquero de la grúa. No lo había visto más después de aquella carta. Le dio un apretón de manos, también a Jan Maan.

—No ha cambiado usted nada —le dijo ella.

Y era cierto: lo había reconocido enseguida.

—Pues usted sí, señora, usted sí que está muy cambiada —dijo él con ingenuidad—. Y sin embargo la reconocí enseguida.

Estaba sentado a sus anchas, pesado y más sano que una manzana: la viva imagen de lo mejor de Róterdam.

—¿Se ha casado? —preguntó.

Echó un vistazo a Jan Maan. Ése no podía ser fruto de un matrimonio. Era muy mayor para ser su hijo y muy joven para ser su marido; tal vez fuese un hijo prematrimonial.

—No —dijo ella—. Éste es mi inquilino. Y usted, ¿está casado?

El hombre escupió una hoja de tabaco. Se secó los labios con el dorso de la mano y se quedó mirando el agua, cavilando.

—No, no exactamente —dijo—: estoy arrejuntado, por decirlo así, con una mujer. —Soltó un suspiro y miró otra vez brevemente a Jan Maan. Entonces prosiguió—: Ahora me hablan de casarme. Puede ser, puede ser, aunque esto tampoco me convence.

Ella, de un modo típicamente femenino, sintió en esas palabras que él seguía interesado. No tenía más que extender un dedo y él mordería. Pero no se le pasó por la cabeza ni un momento; continuaba sin entenderlo e, igual que años atrás, se preguntó qué diablos le veía él a esa vieja, un hombre tan sano, sobre todo ahora que ella se había vuelto tanto mayor y tanto más ajada que entonces.

Mientras tanto él, a su manera ruda e ingenua de hombre del agua, le habló de su vida. Hacía unos tres años había ido con un par de amigos a una tasca. Allí, en la barra, trabajaba una gorda, un hembrón. Todo Róterdam-Sur hablaba de ella. Era del este, en fin, rebosante de salud, ninguna pipiola: entrada en la cuarentena y aún dedicada a servir cerveza y ginebra. Y él se quedó colgado de esa hembra con un humor de perros: tres años de martirio. Y ella cada vez más pesada y cada vez más gorda. La dejaba en tierra: si llegaba a subirse a la grúa ésta se hundía; no, ni hablar. Ella quería casarse, pero él se negaba de plano. Ahora él había llevado a un amigo, un hombre de mar, igual de alto y de ancho que él, que había empezado a frecuentar la casa. Él tenía la esperanza de que...

Y añadió:

—El resto ya lo entiende, señora. Buenos días.

Y partió con el paso lento y desgarbado del marinero roterdamés, no sin antes pedirle su dirección.

Unas semanas después pasó a visitarla sin ningún motivo especial. Y sin pedir permiso posó sus majestuosos jamones en una silla.

—Puede venir las veces que quiera —le dijo ella—, con tal de que no fume: me lo ha prohibido el médico.

—¡Qué más me da! —dijo él —. Yo por lo general masco. Pensándolo bien, fumar es una tontería.

Cortó con mucho cuidado una tirita de tabaco negro y se lo metió con tiento entre quijada y mejilla.

Siguió viniendo de vez en cuando. A ella ese hombre llano le caía bien: era un pedazo de agua salobre, un trozo vivo del puerto. Nunca se casaría con él, pero si hubiese sido joven y virgen, no estaría tan segura. Limitado, pero no tonto, sólo un poco lento, pero tan franco, tan firme: lo mejor del hombre del pueblo. Y un hombre de ese río que tanto la fascinaba.

En una ocasión lo llevó al rojo Caledonia, con Jan Maan del otro lado. Fue una casualidad: estaban a punto de salir cuando apareció. Y nada, a él también le apetecía ver aquella película. Pero la cosa no salió bien; de hecho, resultó un desastre. Y sin embargo ella no podía estar enfadada, Jan Maan sí. El de la grúa reaccionaba mal a todo: cuando no había nada de qué reírse, soltaba una carcajada ingenua e indisimulada, pese a las protestas y el siseo en la oscuridad. Además, en una escena sangrienta, en medio del silencio mortal soltó dos veces un «¡Caramba!».

El primer año, Katadreuffe avanzó hacia Leiden por un camino de rosas. Tenía una enorme facilidad para los idiomas, lo que ahora se demostraba. Su joven profesor se entusiasmó. Había muchos que lo intentaban, pero casi todos terminaban renunciando: las dificultades parecían insalvables, ya desde el comienzo. El docente no tenía mucha experiencia, pero todo el mundo se lo decía: muy rara vez alguien del pueblo resultaba tener cabeza para los estudios. La facilidad para el estudio era hereditaria, por lo general. Los niños de las clases más elevadas venían mejor equipados al mundo: sus cabezas eran más redondas, sus frentes más altas; entre ellas, los cráneos estrechos y las frentes hundidas eran la excepción.

Pero éste estaba en ascenso. Era una *rara avis*: con sus cualidades, a su edad, llegaría lejos.

De las lenguas modernas se ocupaba Katadreuffe personalmente, pues lo único que se exigía en el examen era traducir al neerlandés un fragmento en prosa. Compraba libros. Ahora estaba en condiciones de adquirir material de lectura de mejor calidad. En las subastas se conseguían paquetes de treinta libros franceses, alemanes e ingleses por unos pocos florines. Esos paquetes nunca contenían las ediciones más modernas, pero ¿qué más daba? A menudo incluían libros muy buenos. De vez en cuando traducía por escrito un documento cualquiera. Le salía cada vez mejor, los diccionarios le hacían cada vez menos falta. Entendía muy bien que no era más que un primer acercamiento a lenguas extranjeras: más tarde también debería saber escribirlas decentemente, hablarlas con fluidez y entenderlas a la perfección; entender perfectamente hasta las palabras pronunciadas a un ritmo acelerado o con descuido. Sin eso no sería un buen abogado, y sin eso se encontraría todavía muy por detrás incluso de la señorita Te

George. Debía superarla. Ya no tenía la ambición de ocupar su lugar, había sido un arrebato, como también el de escalar al puesto de Rentenstein. Poder sentarse junto a Stroomkoning supondría ascender, pero dejó de aspirar a ocupar ese puesto permanentemente: le bastaba con poder hacer alguna suplencia. Su ambición iba más allá y no pasaba por el puesto de su compañera, sino por encima.

Con respecto a Rentenstein era distinto, en la medida en que seguía teniéndole manía. Ese sentimiento le parecía justificado porque el hombre simplemente no cumplía con su deber. En resumidas cuentas, no daba ni golpe. Y cada vez menos porque, a medida que Stroomkoning avanzaba, las sesiones del juzgado se hacían cada vez menos importantes para dar paso al *big business*. Rentenstein era incapaz de organizarse: las cosas se hacían de forma igual de desordenada que antes. Solamente los expedientes del propio Stroomkoning estaban en orden, pero eso tenía poco que ver con Rentenstein: de eso se ocupaba la señorita Te George. En realidad, no había motivo para que Katadreuffe no intentara desplazar a Rentenstein. En cuanto a la organización, bajo su dirección ésta sería mucho mejor, y las sesiones del juzgado no precisaban mucho conocimiento: él, por las noches, muchas veces revisaba los expedientes, por lo general asuntos de poca monta que requerían aplicar el sentido común más que conocer la ley. Con estudiar un poco la legislación laboral y las disposiciones relacionadas con el alquiler ya avanzaría un buen trecho.

Naturalmente, si le proponían ocupar el lugar de Rentenstein como jefe de sección y primer oficial de procurador, aprovecharía la oportunidad. Pero, de nuevo, para él supondría acceder temporalmente a un puesto más alto. A fin de cuentas, su ambición pasaba por encima también de ese cargo. Entretanto, no tenía la intención de socavar la posición de Rentenstein, por poco que simpatizara con él, por más convencido que estuviera de su propia excelencia: aquello chocaba con sus principios de chico del pueblo que no puede sino mostrar solidaridad con otros de su especie.

Dedicaba algún tiempo a estudiar matemáticas, pero no mucho. De momento sólo tenía una hora de clase por semana. No le parecían demasiado importantes: ya se dedicaría un poco más en su segundo año de estudios. Lo mismo sucedía con la historia.

La jovencita Van den Born se había revelado como una dactilógrafa de extraordinaria rapidez. Cuando no atendía el teléfono, su máquina de escribir escupía las hojas mecanografiadas a un ritmo vertiginoso, y todo eso posando con descaro ante cualquier exponente del sexo opuesto y, al parecer, con la mente puesta absolutamente en otro lado. Ello trajo consigo un pequeño cambio en la organización de los trabajos de oficina: a los Burgeik se les encomendó mecanografiar un poco menos y pasaron a tomar más notas. Eso suponía que a Katadreuffe le quedaba muy poco que hacer y, para colmo, cosas de escasa importancia.

Fue nuevamente De Gankelaar quien salió en su auxilio. Él mismo no le daba suficiente trabajo pero, hacia el verano, sintió reavivarse su entusiasmo por su protegido. Fue entonces cuando Katadreuffe le contó que había empezado a leer los *Cármina* de Horacio, aunque aún sin entender gran cosa. De Gankelaar se sorprendió tanto que bajó las piernas de la mesa y corrió a estrecharle la mano.

—Gracias —dijo Katadreuffe—, pero lo cierto es que todavía no entiendo absolutamente nada.

—Da igual, muchacho: que te atrevas con ello sin haber estudiado ni siquiera un año es increíble. ¡Horacio! ¡Válgame Dios! Esos eran mis poemas predilectos. Y sin embargo me parece que ahora mismo también entendería bastante poco. ¿Has leído ya aquel verso sobre la prostituta que camina por los portales solitarios? Ya no recuerdo en qué parte aparece. Empieza diciendo: «Parcius junctas quatiunt fenestras»… el resto lo he olvidado. ¿Lo conoces? —Katadreuffe, que era muy mojigato, negó firmemente con la cabeza—. Una mujerzuela ya no tan joven en un callejón de Roma —masculló De Gankelaar—. Cuando puedas, trae el libro.

En cuanto se quedó solo decidió, a su manera impulsiva, ayudar a Katadreuffe a que progresara en el bufete. El chico sabía hacer de todo: tenía que dedicarse más a la práctica judicial. Así, De Gankelaar «descubrió» a la señorita Van den Born, igual que antes había descubierto a Katadreuffe; el trabajo de oficina se reorganizó y a Katadreuffe le encomendaron su primer juicio.

—Sólo tienes que pedirle a Rentenstein que te pase un juicio suyo —le dijo De Gankelaar—. Si se presenta alguna dificultad, ven a verme.

Pero Katadreuffe no quiso pedírselo: daría demasiado la impresión de que quería hacerle sombra al jefe de sección. Así que el propio De Gankelaar fue a hablar con Rentenstein.

Éste se sorprendió, pero no se atrevió a negarse. Empezaba a odiar a Katadreuffe, si bien de manera impotente y mezquina; Katadreuffe ni siquiera lo notó. Siempre había sido un hombre de poca voluntad, pero últimamente ya no mostraba voluntad en absoluto. Tenía la conciencia intranquila: temía ser descubierto; su mirada se había vuelto esquiva y vil. Todo era culpa del maldito Dreverhaven y sus compinches.

El primer juicio de Katadreuffe era una de esas ridiculeces que tanto abundan en la vida y de las que están plagadas las sesiones de cualquier juzgado. Una señora que llevaba una prótesis en la dentadura tenía por costumbre ponerla por las noches en un vaso. Pero un buen día resultó que el diente había desaparecido. La señora culpaba a la empleada de servicio de haberlo tirado por descuido; la empleada lo negaba. Esto dio lugar a un altercado y éste a la rescisión del contrato de trabajo. La empleada pedía una indemnización por despido injustificado. La señora acudió al bufete con los papeles del juzgado. En un escrito de contestación a la demanda, Rentenstein había defendido la posición de la señora pero, en opinión de Katadreuffe, había puesto demasiado énfasis en determinados extremos. Así, por ejemplo, el escrito discutía largo y tendido sobre el diente en sí. Según la señora, se trataba de una prótesis muy normal, pero para la empleada era un modelo gigantesco con un gancho tal que era imposible que se hubiera escurrido por la cañería: por su tamaño desmedido, se habría quedado atascada en la rejilla del lavabo.

Katadreuffe vio enseguida que ese tira y afloja debía dejarse en un segundo plano; obviarse, incluso. Lo apropiado era hacer una pregunta sencilla: ¿la señora había despedido a la chica o, como afirmaba la primera, ésta se había marchado por su propia voluntad? La obligación de la prueba recaía así en la chica: ella debía demostrar que había sido despedida. Katadreuffe recordaba bien un dicho de De Gankelaar: en un juicio no cuentan los hechos, sino únicamente las pruebas de los hechos. Desde el primer momento había captado la importancia de aquella verdad, que se le había quedado grabada en la mente. Si la chica no era capaz de aportar testigos del despido, su causa estaba perdida.

Al tiempo que empezaba a trabajar en distintos casos, Katadreuffe empezó a interesarse por los clientes. Ya no era el autómata que tomaba nota y entregaba. Exceptuando las causas particulares de Stroomkoning, que incluso el propio Rentenstein desconocía, estaba ya al tanto de un gran número de causas. Aprendió a vincular las caras con los expedientes. Kees Adam, que era el encargado de buscar los expedientes en el archivo tenía poco cerebro: no se sabía ningún número de expediente de memoria, así que cada vez se veía obligado a buscar en el registro. Katadreuffe, en cambio, que no tenía necesidad de ponerse a observar a los clientes en la sala de espera, recordaba las caras de meses atrás y era capaz de asociarlas con tal o cual causa y a veces incluso con el número de expediente.

Aprendió también a ver las diferencias entre los clientes: entre más alta era su posición, más pragmáticos se volvía. Los grandes hombres de negocios iban al grano; los clientes de oficio se extendían en explicaciones innecesarias. Esa regla no admitía excepciones. Y había otra regla, bastante útil, aunque menos precisa: los grandes hombres de negocios eran fáciles de tratar y los clientes de oficio no tanto. Los primeros no se hacían problemas cuando hablaban sobre toneladas de oro, los últimos discutían entre ellos por una tetera abollada que formaba parte de una herencia compartida. Los clientes de oficio por lo general se quejaban de que en la sala de espera se los relegaba con respecto a los de pago y solían alegar que, al fin y al cabo, sus abogados cobraban sus sueldos (es decir, los sueldos que ellos no pagaban) gracias a sus impuestos; los grandes hombres de negocios no se metían en esos embrollos.

Entre la clientela podían distinguirse, naturalmente, varias categorías más; así, por ejemplo, Katadreuffe dividía a los clientes en aquellos que visitaban el bufete una sola vez, los que lo hacían más de una y los que no lo hacían nunca porque trataban todo por teléfono o por correspondencia. Entre los grandes bufetes, los mejores eran, según le había dicho De Gankelaar, aquellos donde jamás se ven clientes en la sala de espera, a excepción de alguno de oficio. Y lo dijo un poco dolido, pues a él no le había tocado en suerte trabajar en un bufete así.

La categoría de clientes que más visitaban el bufete, Katadreuffe la subdividía a su vez en clientes que aparecían de forma regular o irregular. De los últimos, el bufete de Stroomkoning contaba con un ejemplo palmario: un caso que Katadreuffe consideraba muy fuera de lo común, pero que no lo era tanto. Se trataba de la señora que se estaba divorciando y a la que había visto con ocasión de su primera visita, cuando él mismo había tenido que sentarse en la sala de espera. Por aquel entonces, él aún no sabía que venía por un divorcio: un abogado experimentado lo habría detectado a la primera.

Ella era la llamativa figura de pelo teñido; elegante, pero demasiado recargada para ser *every inch a lady*, que siempre se sentaba en el único sillón de terciopelo rojo. Se abalanzaba sobre él cuando estaba desocupado y, si no lo estaba, hacía que se lo cedieran. Era la esposa de un estibador de apellido Starels. Cada tanto se le metía en la cabeza que su esposo le era infiel, además de tener otras quejas, como que su marido la llamaba «tonel pinchado» y cosas por el estilo. Tras seis meses de litigar, el esposo acudió para pagar la minuta: se habían reconciliado. No pasó ni un año hasta que la señora apareció de nuevo diciendo que su marido la engañaba, etcétera. Mostraba una marcada tendencia a pelear, aunque esto felizmente nunca se volvía contra Stroomkoning: le era completamente fiel al bufete y el esposo pagaba religiosamente las minutas.

Los abogados se turnaban para atenderla. Se sentaba frente a ellos, les clavaba sus anhelantes y dramáticos ojos oscuros y les contaba los más terribles pormenores, que por lo visto eran falsos de cabo a rabo, pero que aun así avergonzaban a cualquiera. En algún momento fue a caer en manos de la señorita Kalvelage. Allí no tuvo suerte, pues a ésta no había forma de avergonzarla. No paraba de decirle: «Al grano, señora, al grano», dando al mismo tiempo golpecitos con la regla en el tablero, como si la mujer del estibador fuera una niña traviesa en el aula.

En la primavera, Katadreuffe empezó a mostrar signos de fatiga. Su organismo no era fuerte tras padecer viruela, sarampión y otras enfermedades en sus años mozos. Incluso su dentadura, si bien impecable, era débil: el dentista opinaba que ello podía estar relacionado con la pérdida demasiado temprana y demasiado violenta de su primera dentición, y es que de niño, en una disputa callejera, le habían sacado a golpes todos los dientes de leche.

Katadreuffe era todo menos miedoso, si bien ocasionalmente podía tenerse miedo a sí mismo: miedo a las consecuencias de su tendencia a perder el control. A veces se imaginaba que volvía a padecer sonambilismo, aunque había oído de un remedio eficaz: depositar un paño empapado en el suelo, delante de la cama, para que el contacto de los pies descalzos con la humedad y el frío lo despierte. Aplicó este remedio y, para su alivio, resultó que no abandonaba su cama: de otro modo sus pies tendrían que haber dejado huellas. Y no: los paños mojados seguían allí por la mañana, exactamente iguales, con todos los pequeños dobleces que les había hecho a propósito y que recordaba perfectamente.

De todas formas no se sentía bien. Tenía mal aspecto. La interrupción de sus clases durante Semana Santa supuso un alivio. Bajó un poco el ritmo: decidió pasar media hora cada día, después de comer, con la niña Pop en el salón de Graanoogst. La chiquitina llevaba en casa una vida bastante solitaria. La madre era muy callada, propensa a la depresión. Él no adivinaba el motivo: tal vez lamentara en silencio alguna malformación de la pierna, aunque le era imposible averiguarlo. El padre era bullicioso a rachas, pero incapaz de fijar por mucho tiempo su atención en la niña: enseguida se dispersaba, la apartaba aburrido; había comido bien y se iba a fumar en pipa junto a la ventana, mirando hacia fuera con ojos oscuros llenos de una ligera melancolía. A la niña le encantaba esa media hora con Katadreuffe, aunque él rara vez hiciera exactamente lo que ella quería. Porque si ella prefería jugar, bromear, bailotear, pasearse por el salón, a Katadreuffe le gustaba coger un libro y ponerse a mirar las ilustraciones con ella. Y estaba tan poseído por el afán de enseñar (lo había intentado también con Jan Maan, aunque en vano) que prestaba más atención a lo instructivo que a lo divertido, sabiendo destilar de cada lámina una lección. No entendía absolutamente nada del alma infantil. Pese a todo, Pop disfrutaba su media hora e intentaba en lo posible excederla porque en casa no tenía nada, salvo a él. Katadreuffe, además, había despertado algo de la mujer que, pese a su corta edad, habitaba en ella. Con él procuraba mostrar siempre su lado más encantador, dejaba caer sus rizos sobre las láminas del libro, sobre sus manos, intentando captar su atebnción con pequeñas coqueterías infantiles. Cerraba lánguidamente los párpados para mostrar sus largas pestañas, aunque debajo su mirada azul seguía siendo tan egoísta como la de cualquier niña. Evitaba dejar al descubierto sus dientes, blancos pero también torcidos. Katadreuffe no veía nada de eso, pero la chiquilla no se daba cuenta: era aún demasiado infantil: creía que él posaba su seria mirada en su personita, mientras que él, en verdad, la enfocaba más allá, en la expansión de su mente.

Por lo que respecta al alma infantil, Katadreuffe no estaba capacitado para juzgar; de hecho, era completamente ciego a los niños en su conjunto. En otras cosas era mucho más observador, incluso en lo relativo a las mujeres. Así, por ejemplo, tenía una pequeña aflicción relacionada con la sirvienta del matrimonio Graanoogst, esa Lieske de los ojos velados que, según el patrón, estaba tan bien de carnes. Sentía un instintivo rechazo por esa chica que siempre le clavaba la vista al servir la mesa. Nadie lo notaba, más que él, pero le resultaba de lo más embarazoso. Cada día era lo mismo: sin alzar la vista, notaba la intensa mirada de Lieske. Tiempo después empezó a sentir compasión y curiosidad. En una ocasión se puso a observarla sin que ella se diera cuenta. Hacía meses que no la miraba a la cara: una grosería que ahora lo hacía sentir culpable. Bien de carnes, en efecto, pero hasta ahí llegaba: tenía una palidez desagradable, la cara llena de sombras. Una palidez de claroscuros. Y tras esa cara pálida se atisbaba una tristeza que esta chica primitiva tal vez no entendiera y que, por tanto, la carcomería más profundamente. Él había hecho su primera víctima sin darse cuenta y, sin embargo, se sentía profundamente culpable. Al comienzo del verano, ella se esfumó.

—Creo que le tenía echado el ojo —dijo la señora Graanoogst a la mesa—. ¿No lo había notado?

—No —mintió Katadreuffe—. No, por suerte.

Y enseguida se avergonzó de esas últimas palabras, que había soltado de forma tan grosera y tan brusca. Sin embargo, a la señora Graanoogst le parecieron muy normales.

—Natural: esa chica no está a la altura de un caballero, y un caballero que se precie tampoco va a meterse en aventuras... De todos modos, yo ya quería deshacerme de ella. Alguien que después de varios años no ha aprendido a guisar un miserable estofado, nunca aprenderá.

Así pues, lo único que quedó de Lieske fue el conocimiento, bochornoso para Katadreuffe, de que las tácitas y atropelladas insinuaciones de la empleada no habían pasado inadvertidas en el seno de la familia.

En ese año se produjo otro cambio en el bufete: el mayor de los Burgeik renunció a su empleo. Su única explicación fue que ya no podía ausentarse de casa por más tiempo: era demasiado desconfiado para dar más explicaciones. Con sus pequeños ojitos pétreos mantuvo a raya la curiosidad de los demás. Si no soltaba prenda ante la gente de ciudad, ésta no podría abusar de su condición de campesino.

El que se iba era el mejor de los dos hermanos, el mayor, el de la mano deforme. El menor se quedó solo: ya no tenía de qué reírse. Aquella risa silenciosa y absurda que parecía surgir de un secreto que sólo los dos hermanos compartían no volvió a aparecer jamás. El que se había quedado se sentaba a su escritorio en el centro del despacho del personal, triste, la cara cuadrada con el pelo negro corto y ralo hundida en un mar de confusión inexpresable. No era difícil adivinar que pronto seguiría los pasos de su hermano.

Entretanto, la señorita Van den Born tomó el relevo del hermano mayor ocupando su lugar delante del otro. Éste tuvo, a partir de ese momento, aún menos motivos para reír: la chica tenía una actitud tan descarada y desafiante, tan extraña a un hombre de campo, tan poco femenina en el sentido tradicional, que procuraba no mirarla siquiera. Se encerraba en su natural reserva como en una caja fuerte.

A Kees Adam se le asignó el puesto al teléfono: su voz ya había adquirido una sonoridad lo suficientemente masculina. Lo probaron por el interfono. Stroomkoning, escuchando del otro lado, se mostró satisfecho. En esto, la prerrogativa era del jefe supremo: la voz al teléfono era de capital interés para el bufete. A Rentenstein jamás se le ocurriría actuar con independencia en un asunto así.

Algunos miembros del personal ascendieron, como es habitual, excepto Pietje: éste, que no quería crecer, siguió siendo el chico de los recados para todo y para todos.

Un novato ocupó el antiguo puesto de Kees Adam: un muchachote que se presentó como Ben, recién salido de la casa de sus padres. Creía que en todas partes lo llamarían por su nombre de pila, como en casa. Al principio, su exagerada cortesía resultaba irritante para todos. Cuando veía a los abogados salir del bufete les decía siempre «hasta luego, señor» (o, si se trataba de Kalvelage, «hasta luego, señora»). Estaba claro que su madre le había inculcado la necesidad de portarse educadamente. El tiempo le enseñaría a exagerar menos.

Ese año, Katadreuffe se llevó una fuerte impresión por un hecho en sí mismo insignificante. Había que llevarle un mensaje urgente a Stroomkoning a la hora del café de mediodía. Hacía años que éste no asistía a la bolsa de los juristas; en cambio, si se encontraba en la ciudad, iba siempre a comer al mismo restaurante. Rentenstein no estaba: se había ido al juzgado, o al menos eso se suponía. Katadreuffe consideró tan importante el mensaje que fue a llevárselo en persona a Stroomkoning.

El restaurante estaba en el corazón de la ciudad y era muy exclusivo. Stroomkoning tenía allí una mesa siempre reservada para él. A menudo iba acompañado de clientes o de amigos vinculados con el mundo de los negocios. El local se hallaba en una primera planta a la que se accedía por una escalera tapizada con un grueso camino de color rojo vino. El camarero dejó entrar sin más a Katadreuffe, creyendo que ese joven vestido con esmero, aunque con sencillez, era un conocido.

Katadreuffe divisó enseguida a su jefe, a lo lejos, solo, de espaldas a él. Pero antes quiso hacer suyo por un momento el restaurante: por primera vez estaba en contacto inmediato con un mundo superior. Por unos segundos sintió que él, de algún modo, pertenecía a esa clase de lugares, lo que le produjo una sensación de paz extraordinaria; no percibió la menor incomodidad o timidez. Todo aquello parecía hecho para él.

El sitio estaba lleno de hombres de negocios. Se oían muy pocas conversaciones. Muchos de ellos estaban, de hecho, sentados solos a sus mesas, con la indolencia que corresponde tan sólo a los grandes hombres de negocios, tan firmes y tan ensimismados que, de espaldas a él, parecían fortalezas comiendo.

Katadreuffe lo registró todo en un instante: su manera de comer rápidamente pero sin avidez; sus gestos rápidos, pero sin apresuramiento. Los únicos apresurados eran los camareros, pero en eso consistía su oficio: lo hacían civilizadamente. Todo en aquel restaurante parecía acompasado al ritmo de los hombres de negocios: las porciones eran pequeñas porque éstos suelen ser por naturaleza robustos y deben cuidar su peso; servían rápidamente porque los hombres de negocios no sólo viven a un ritmo veloz, sino que viven de la velocidad; era caro, pero para el hombre de negocios eso no cuenta si la comida y el servicio son buenos; era sencillo (casi nadie estaba bebiendo nada que no fuera agua) porque el hombre de negocios no se entrega a un festín en horas de trabajo.

Lo que más impresionó a Katadreuffe, sin embargo, fue el hermetismo que aquella gente mantenía durante la media hora que permanecería allí, con quince minutos dedicados exclusivamente a su comida: el aspecto de fortaleza de todos ellos. Esto no le parecía de ninguna manera ridículo, antes bien tenía un aire de grandeza.

Entonces pensó que él quería sentarse allí, como ellos, algún día: era la continuación de la visión que había tenido aquel primer día, cuando se había plantado frente al bufete, sin haberse incorporado todavía a él, todavía en Boompjes, todavía sobre los adoquines. No había visto cinco placas brillantes como soles clavadas junto a la puerta, sino seis, y la sexta llevaba su nombre. Nunca le había hablado a nadie de aquella visión, ni siquiera a Jan Maan, y ahora se le presentaba de nuevo, asociada a otra: veía su nombre junto a la puerta de un bufete importante y, a la vez, se veía a sí mismo sentado en aquel restaurante, protegido por las imponentes murallas de su hermetismo. Las visiones se solapaban, pero las imágenes se mantenían nítidas.

Al cabo, Katadreuffe se dirigió al lejano Stroomkoning. Sólo ahora lo había visto realmente, durante un instante, ocupando su lugar entre los grandes de la ciudad. Aquella impresión fue imborrable.

El segundo año, el camino de Katadreuffe no estuvo exclusivamente tapizado de rosas. Las cosas no fueron del todo bien antes aun de que hubiera comenzado el nuevo año laboral, ya en la época de vacaciones, incluso antes.

Sin tener ninguna culpa, la señorita Te George fue la causa de una secreta inquietud en su corazón. Creía haber renunciado a ella de manera definitiva, resultó todo lo contrario. Fueron dos episodios. El primero tuvo aún un carácter exclusivamente placentero, aunque al evocarlo lo invadía la vieja insatisfacción.

Después de aquella breve conversación en su cuarto, apenas había intercambiado saludos con ella. Era una tarde a finales de junio, poco antes de la hora de cierre. Se topó con ella en la escalinata, igual la primera vez. Salía de la sala. Stroomkoning no había ido a trabajar aquel día. Katadreuffe sintió ganas de hablar con ella y sólo se le ocurrió preguntar:

—¿Podría ver la sala? Es que en realidad nunca he estado dentro.

Ella se detuvo en la escalinata.

—¿Nunca? —preguntó con sorpresa—. ¿Lo dice en serio?

—Pues sí. Una sola vez hablé brevemente aquí con el señor Stroomkoning, pero lo que es verla, nunca la he visto.

—¡Y vive aquí!

—Sí, pero arriba: no tengo a qué venir a esta zona.

Ella se quedó mirándolo. La situación hizo que, de algún modo, volviera a sentirse triste: él vivía allí y nunca había entrado en el despacho de su jefe. Estaba segura de que decía la verdad; aun más: sabía que aquello no denotaba humildad, sino orgullo: no quería entrar subrepticiamente, sin que nadie lo invitara, en un sitio donde no pintaba nada. Pero ella sí tenía derecho a entrar: si ella lo invitaba sería distinto. ¡Cuán lejos era capaz de llegar una persona con un carácter así! Le resultaba triste: seguía enamorada de él.

Con una sonrisa, lo invitó a entrar, y ella misma cerró la puerta.

Tuvo que volver a encender la luz, porque la luz del día apenas entraba en la sala: el antiguo predio del fondo se había llenado de almacenes.

—Al señor Stroomkoning no le gusta tener que estar siempre con la luz encendida —dijo ella—. No puede ser sano, pero no hay opción.

—Sí, pero lo de esa araña —dijo él señalando la lámpara— es una lástima.

La gran araña eléctrica colgaba de un rosetón ricamente pintado; la barra que la sostenía atravesaba la espalda de un Sileno.

Katadreuffe tenía ojo para esas cosas. La señorita Te George alzó la vista y suspiró sonriendo.

—Es verdad, pero seguro que tampoco habría podido ser de otra manera.

Se abrió la puerta. Apareció Rentenstein.

—Perdona... —empezó a decir, pero la señorita Te George, alta, delgada, distinguida, le volvió la espalda y él decidió marcharse sin más.

—No me parece —comentó Katadreuffe— que Rentenstein tenga buen aspecto últimamente.

Era la primera vez que hablaba de alguno de sus compañeros: lo hacía porque estaba con ella.

—Tal vez no se encuentre bien —respondió la señorita Te George con prudencia. Hacía tiempo que lo había notado.

Allí quedó la cosa. Él recorrió la sala con la mirada. Los muebles y tapices de colores oscuros eran ricos, no exuberantes; cálidos, no opulentos. Una sala pensada para los grandes clientes: sillones oscuros y cómodos, un gran escritorio en un rincón, un gran espejo encima del hogar (un toque de claridad), cuatro retratos en la repisa de la chimenea (dos muy grandes, dos pequeños), un armario holandés antiguo con jarras azules, y otras dos jarras, majestuosas, a ambos lados de los retratos.

Notó sobre todo la gran mesa de reuniones, en el centro, con el paño verde y las sillas dispuestas con cuidado alrededor; la de Stroomkoning, en la cabecera, igual que las demás, y a su lado una pequeña mesita de color marrón oscuro.

—Allí es donde se sienta usted —dijo.

Lo presintió. No se equivocaba. Ambos sonrieron: allí estaba de nuevo esa sonrisa suya.

Pero enseguida recobró su seriedad y se puso a contemplar los cuadros en la pared. Un plano detrás de un cristal fue lo que más le gustó; no de los puertos, como los que había en tantos despachos de hombres de negocios, sino una carta antigua de la ciudad, de siglos atrás: una ciudad pequeña, con los viejos puertos diminutos todavía en uso. A Katadreuffe encantaron aquellas tonalidades: las casas color terracota, las calles amarillo óleo, el fondo gris piedra pómez, el agua azul nomeolvides y, cubriéndolo todo, la pátina marrón de más de dos siglos.

—Es muy bonito, bellísimo: quisiera tener uno así —dijo con entusiasmo infantil. Ella estaba de pie tras él, mirándolo.

Pero por lo demás, él no era infantil: era un hombre con un sólo objetivo, y ese objetivo no era una mujer.

Tarde esa noche volvió a tener la sensación de estar a punto de pecar contra sí mismo. Esa relación era desacertada y ahora él había dado el primer paso. Lo cierto es que estos dos jóvenes estaban predestinados a atraerse uno al otro.

Todo el mes de julio ella tenía asignadas vacaciones, Rentenstein se cogería todo agosto. Sólo ellos dos disponían de un mes entero, los otros, dos semanas únicamente. Katadreuffe nunca se había pedido un día libre. Vivía allí y las vacaciones le parecían una tontería: nunca salía de la ciudad. Si se quedaba en casa, cada día sus piernas lo llevarían solas al despacho del personal. Para eso mejor no tener vacaciones. Y sólo los sábados por la tarde o los domingos Jan Maan lograba convencerlo de que lo acompañara a la playa natural de Waalhaven, o a Hoek.

Poco después, Katadreuffe tuvo un nuevo encuentro con la señorita Te George, pero éste fue menos inocente. Pensar al respecto no le producía más que amargura.

Una mañana de domingo, él y Jan Maan se habían ido juntos a Hoek. Hacía calor, la distancia era considerable, el camino estaba muy transitado, pero ahora Katadreuffe al menos tenía bicicleta propia.

Se pasearon entre las numerosas tiendecitas en la playa. Un poco más allá, Jan Maan se bañaría; Katadreuffe no: había dejado su traje de baño en casa, no era tan amante del baño de mar como su amigo. Jan Maan saludó a unos conocidos, a Katadreuffe no le llamaron la atención: todos proletarios, seguramente «camaradas» del Partido.

De pronto oyó que alguien lo llamaba por su nombre:

—¡Señor Katadreuffe, señor Katadreuffe!

Dos veces. La voz aguda y clara. La señorita Te George estaba parada delante de una pequeña tienda en la que flameaba, gallarda, una banderita tricolor holandesa. En un primer momento, Katadreuffe se alegró de aquel sorpresivo encuentro. Ella iba completamente de blanco, más radiante y fresca que nunca. Colgado de un tirante de la tienda, un traje de baño ondeaba al viento.

—Ya se ha dado un chapuzón.

—Así es —dijo ella estrechándole la mano.

Era la primera vez que se daban la mano. La de ella estaba fría por el mar: resultaba deliciosa al tacto. Le presentó a su amigo Jan Maan y ella también le extendió a éste su mano grácil y fría.

Entonces, la jovialidad de Katadreuffe mermó considerablemente, pues de la estrecha entrada a la tienda, a espaldas de ella, salió a gatas un individuo al que él no conocía y que, tras incorporarse, resultó ser relativamente joven. Ella se lo presentó diciendo un nombre que él oyó con indiferencia. Puede que haya sido Van Rijn o Van Dommelen: no puso atención. Era Van Rijn.

Katadreuffe se puso tan claramente celoso que se avergonzó de ello, aunque no pudo evitarlo. ¿Qué hacía ella en la playa (quizás había ido varios días seguidos), bañándose con ese Van Rijn? También éste se había metido en el mar: tenía el pelo mojado, cepillado hacia atrás. Sonaría muy bonito más adelante: la señora Van Rijn, de soltera Te George. ¿Cuál era su nombre de pila? No lo sabía.

Ahí llegaba la respuesta.

—¿Lorna, te apetece un cigarrillo? ¿Usted también fuma? —preguntó cortésmente aquel hombre extendiendo un paquete.

Jan Maan aceptó y Katadreuffe se enfadó secretamente con su amigo: ya no podían marcharse enseguida, no habría quedado bien irse con el cigarrillo del anfitrión todavía encendido en la boca.

El anfitrión. Ese tipo la tuteaba; la llamaba por su nombre de pila: Lorna. Ella nunca había mencionado a un señor Van Rijn. Que él supiera, jamás la había ido a recoger ningún señor Van Rijn. Y ahora, de sopetón, ella lo plantaba ante los hechos. Con disimulo, buscó mirarle la mano.

Ella había estado observándolo: sus celos eran tan claros como los de un niño pequeño. Siguió su mirada hacia los dedos de su mano izquierda, quietos, extendidos en la cálida arena de mar. Le lanzó una mirada medio tristona, medio pícara, pero él estaba demasiado enfadado y no se la devolvió. Se puso de pie tan pronto como lo permitió la buena educación, Jan Maan lo siguió por necesidad. Después de unos pasos, este último no pudo contenerse:

—¡Qué tesoro, tú!... ¿De dónde la conoces?... ¿Trabaja contigo en el bufete?... Es toda una dama... —Pero a Katadreuffe le molestaba que su frívolo amigo, ese mujeriego comunista, se expresara así de alguien como la señorita Te

George. Guardó silencio. Infatigable, Jan Maan continuó—: Pero bueno, ¿y tú?... Me pareció que estabas ahí como un pasmarote. No has dicho ni una palabra.

—Es que tengo dolor de cabeza —dijo Katadreuffe—. Tengo náuseas. Si quieres quedarte, tendrás que hacerlo solo, yo me marcho a casa.

No mentía: se le veía enfermo. Tenía un dolor encima de los ojos que lo torturaba.

Todo el domingo se sintió miserable, no por el dolor, sino por el punto al que había llegado. Y no podía ser, no podía ser. Incluso si ese Van Rijn, o como se llamara, no significaba nada para ella, no podía ser: por él mismo.

Se alegró de que ella tardaría aún un par de semanas en volver de sus vacaciones. Y cuando volvió, en agosto, se trataron con total normalidad, como siempre.

En la segunda mitad de ese mismo mes, Stroomkoning apareció de repente en el bufete. Había interrumpido su viaje de vacaciones a Escocia: no había podido visitar Staffa ni Iona, ni pasar por C., C. & C.. Su mujer terminaría el viaje sola con los niños. Era el mes de vacaciones de Rentenstein. Como si fuera lo más natural, Katadreuffe oficiaba de reemplazante y distribuía la correspondencia. Stroomkoning lo llamó aparte, recordando por fin su nombre:

—Katadreuffe, ninguno de los clientes debe saber que estoy en el bufete. Házme favor de comunicar esa instrucción al resto del personal.

Ningún cliente se esperaba que Stroomkoning estuviera ya de vuelta: podía estar solo sin ser molestado. Se encerró en la sala grande con un contable y todos los libros y registros. El motivo era una carta del inspector de Hacienda. Cada tanto sus libros un auditor revisaba sus libros. No tenía nada de extraordinario: sucedía en todos los bufetes. Pero se habían detectado irregularidades. El inspector había escrito que existían sospechas de una malversación en la que estarían implicados uno o tal vez varios miembros de su personal. La carta le había sido reenviada a Stroomkoning y había motivado su precipitado regreso.

Pasó toda la mañana en la sala con su contable particular. A cada momento le llevaban nuevos papeles; el contable acudía continuamente al despacho del personal para pedir toda clase de carpetas con documentación de caja.

A las doce y media ambos se fueron. Stroomkoning hizo lo que no había hecho nunca: cerró su sala con llave. En menos de una hora estaban de vuelta.

En el bufete se sentía cierta presión que al parecer no afectaba a los dos juristas cuyas vacaciones ya habían terminado: la señorita Kalvelage y Carlion. Pero ambos eran muy poco dados a mostrar emociones; hacían como si nada pasara, lo que a Katadreuffe al final también le pareció la mejor actitud. Pero sabían que algo sucedía. Stroomkoning pidió no ser molestado por nadie, ni siquiera por sus colaboradores. A la hora del café, él y el contable cerraron las puertas del despacho ocre y allí se quedaron. Ya no se oyó ningún ruido: debían de estar hablando en voz baja.

La presión seguía aumentando en el despacho del personal; el propio Katadreuffe tenía una expresión aún más seria de lo normal. Nadie entendía el secretismo reinante mejor que él y la señorita Te George: ¿no habían intercambiado hacía poco unas palabras sobre el mal aspecto de Rentenstein? Pero incluso a ella le pareció divertida la cara de Katadreuffe. Era aún muy joven, más joven que ella en todos los aspectos, salvo en su ambición. Pero para alguien con el carácter de Katadreuffe, robarle al patrón era un absurdo.

A las cuatro lo llamaron. La gran mesa central estaba inundada de papeles. El jefe alzó la vista, sus bigotes de gato se pusieron tiesos, el berilo verde claro de sus ojos se veía más oscuro. Dijo sin enfado, aunque serio:

— Katadreuffe, no quiero ocultarle por más tiempo que ha desaparecido dinero. De momento ya registramos un faltante de más de dos mil florines. Rentenstein ha cometido desfalcos sistemáticos. Todavía no sé cuánto tiempo lleva haciéndolo, pero lo que sabemos ya es suficiente para ponerlo a buen recaudo por un tiempo. Tengo que meditarlo, pero en cualquier caso ya no pisará este bufete. Queda despedido de inmediato. Dígale a la señorita Te George que suba. Y esto ya puedes ir diciéndoselo al resto.

Al otro día Rentenstein mandó a su mujer. Había empezado a sollozar en cuanto puso un pie en Boompjes, y en la sala de recepción siguió haciéndolo, cada vez peor. Era una mujer sumamente desaliñada, mustia y decaída, de pelo amarillo. Llevaba la cabeza envuelta en algo que parecía un albornoz mugriento. Sus finas mediecitas y coquetos zapatos de vestir de color rojo chillón y altísimos tacones aguja armonizaban muy poco con el resto.

Pero la mayor sorpresa fue el hecho de que Rentenstein resultara tener una esposa: nadie sabía nada al respecto. Lloraba como una Magdalena; Katadreuffe terminó mandándola al despacho ocre: ya estaba inquietando a los clientes que esperaban en la sala de recepción.

Stroomkoning la recibió antes de lo que se había propuesto sólo para poder librarse del irritante lloriqueo.

Sentada frente a él, contuvo sus lágrimas y empezó a hablar con rapidez. El verdadero culpable era Dreverhaven: él había incitado a su marido a la bebida y al juego.

Stroomkoning tuvo una sensación de incomodidad cuando oyó nombrar a Dreverhaven en ese contexto. No porque considerara a su agente judicial incapaz de llevar a otro por el mal camino, al contrario. Pero había hecho muchos negocios con él, si bien era cierto que en los últimos tiempos menos que antes. Con todo, eso siempre generaba un vínculo.

Fue innecesario interrogar a la mujer, ella sola lo soltó todo: Dreverhaven conocía a muchos abogados y su marido frecuentaba el juzgado, donde se había formado una auténtica camarilla. Allí se apostaba, y su marido, según creía, también especulaba en la bolsa, y para todo le faltaba el dinero.

Así había empezado todo. Y luego, por la noche, bebían como cosacos en una tasca de la que eran asiduos, y en ocasiones también habían ido a su casa, el señor Dreverhaven y los abogados. Y ahí ella también tenía que beber, y cantar y bailar con los abogados, a veces con dos al mismo tiempo, según la nueva moda, hasta acabar agotada. Y el señor Dreverhaven se sentaba en un rincón como un gran palurdo, con su sombrero calado y su abrigo puesto, y cuando había bebido más que todos los demás se marchaba, aparentemente tan sobrio como cuando había llegado.

Stroomkoning asintió. Sabía perfectamente que Dreverhaven tenía roce con su jefe de sección: los había visto juntos hablando en voz baja. Seguro que entonces Dreverhaven le pasaba datos que más tarde resultaban equivocados, como sucedía a menudo con los que le pasaba a él. Y la bebida: seguramente ese hombre falto de carácter había empezado a menospreciar de ese modo la diferencia entre lo propio y lo ajeno.

Sin duda, había actuado en parte estúpidamente y en parte de forma taimada: había inflado los costes de los requerimientos, lo cual era taimado, pues se pasaban por alto fácilmente, y también los gastos menudos de oficina, como por ejemplo el libro semanal de Graanoogst, lo que tampoco llamaba la atención. Pero eso no le bastó: empezó a hacer más tonterías, a registrar facturas que no existían, a inscribir asientos bajo el epígrafe «a Meijer», o cualquier otro nombre, a veces únicamente bajo una letra, sin más. Por descuido, necedad o desesperación, sus malversaciones se volvieron cada vez más aparentes: un solo vistazo al libro de caja bastó para sacarlas a la luz.

Y Stroomkoning cayó en la cuenta de que él tenía en parte la culpa al haberse desentendido siempre de todo, aun cuando empezó a sospechar que algo andaba mal. Porque hacía tiempo que esto le rondaba la cabeza: había tenido la corazonada de que le estaban robando. Recordaba aquella conversación con Katadreuffe, cuya palidez le había inducido por un instante a pensar que estaba a punto de confesar un fraude. Ya por entonces el asunto había comenzado, no con Katadreuffe, sino con Rentenstein. Pero nunca había conseguido decidirse a iniciar una investigación. Sabía ladrarles a sus adversarios, incluso a sus clientes, en caso necesario, pero no a sus subalternos. Así era: demasiado laxo en el bufete, hasta el punto de perder el control. Éste era el resultado.

Con todo, se alegraba de que no hubiese sido peor: dos, tres, cuatro mil florines; imposible que fueran más. Se había temido que el importe ascendiera a un número de al menos cinco cifras. Gracias a Dios que llevaba dos cajas.

—Mire, señora Rentenstein —la interrumpió bruscamente Stroomkoning—. Para empezar, ni siquiera sabía que su marido estuviese casado. Eso no juega a su favor, desde luego... No me refiero al hecho de estar casado, sino a que nos lo haya ocultado a todos... (Aquí tuvo que reprimir un ataque de risa; por suerte, la mujer no se dio cuenta de nada.)Que no espere la menor consideración de mi parte: el despido se mantiene. Bastante tiene que agradecer si me hago cargo del faltante; es decir, si hago de cuenta de que no ha sucedido nada, abono la diferencia en concepto de impuestos y solicito que el asunto se deje estar. De este modo Rentenstein tendrá bastantes probabilidades de no ser perseguido por la justicia. Incluso estoy dispuesto a ir a hablar con el fiscal si es necesario, pero eso ya sería en caso extremo. Y ahora puede marcharse.

En el fondo era un hombre bueno y generoso. Jamás habría perjudicado a uno de sus subalternos. Pero además no quería que hubiera jaleo: aquella resolución especialmente tolerante también tenía que ver con su decisión de mantener fuera del asunto a Dreverhaven. No porque éste tuviera algo que ver con las malversaciones, cosa que de ninguna manera creía; más bien porque no quería que el nombre del agente judicial se viera mezclado en un asunto en el que el juego, la bebida y las mujeres habían tenido un papel importante. Al fin y al cabo, le debía tanto a Drevenhaven como este último le debía a él.

La esposa de Rentenstein era sin duda una mujer repulsiva y ordinaria, con aquel albornoz sobado en la cabeza y sus zapatitos a la última moda, gimoteando y lloriqueando como una descosida, acaparando con su miseria la atención de todo el bufete y de medio Boompjes. Y sin embargo había tenido los escrúpulos de defender a su marido y, sobre todo, había obviado una vida marital llena de golpes e insultos.

Esos lloriqueos, por otra parte, eran también una especie de agradecimiento: al salir, todo el mundo fue testigo de su alivio.

—Y ya sabes —le había dicho Rentenstein justo antes de que ella saliera hacia el bufete—: si no consigues que al menos me libre de las garras de la justicia, te rompo uno por uno todos los huesos de tu esmirriado esqueleto.

Por suerte, obtener el perdón de Stroomkoning no podía ser tan difícil: Rentenstein ya lo había anticipado.

Stroomkoning llamó aparte a Katadreuffe.

—Vas a ocupar el puesto de ese ladrón. Es verdad que no eres el mayor del personal masculino, y ciertamente no tienes más años servicio que otros, pero eres el mejor calificado. No puedo nombrar a... Al mellizo que aún trabaja aquí...

—A Burgeik —dijo Katadreuffe.

—Exacto. Como entenderás, no puedo nombrar a Burgeik jefe de sección. A eso se añade que los abogados están contentos con tu trabajo. Yo personalmente te conozco muy poco, y probablemente seguirá siendo así, porque con Rentenstein tampoco tenía mucho trato. No hace falta, ni tengo tiempo para ello. Con ocuparme de mis propios asuntos y distribuir el resto entre mis colaboradores ya tengo bastante para toda la jornada. Prefiero dejarlo todo tal como está, no entrar en detalles y confiar en ti. Tengo total confianza en ti. Estoy convencido de que, más allá de tu evidente honestidad, serás un mejor jefe de sección que él. —Katadreuffe guardó silencio, pues Stroomkoning todavía no había terminado de hablar. Sumido en pensamientos, se quedó con la mirada perdida mientras acariciaba sus bigotes—. Hay algunos inconvenientes: no sé si sabes organizar, aunque tu seriedad me hace pensar que sí: los serios son sistemáticos por regla general. Me preocupa más que no hayas hecho el examen de agente judicial, que sepas poco y nada de las sesiones del juzgado. Por suerte no es irremediable: si se te presenta un caso difícil, pídele consejo a alguno de los abogados. Por último, está la cuestión de tu sueldo. Naturalmente, te falta experiencia. Rentenstein cobraba tres mil quinientos florines. A ti, para empezar, te pagaré dos mil quinientos. ¿De acuerdo?

—Señor Stroomkoning —dijo Katadreuffe—. Me agrada mucho su oferta. Quisiera hablarle con franqueza: en cierto sentido me la había esperado, pero prefiero no aceptarla exactamente en la forma que usted propone. ¿Me permitiría introducir algunos cambios?

—¿Cuáles serían?

—Para empezar, que no me ascienda oficialmente a jefe de sección.

—Prefieres no despertar envidias.

—Exacto. Además, preferiría no ir a las sesiones del distrito.

—Ah, tienes miedo de contaminarte.

—Me lo han advertido.

—¿Quién?

—El señor De Gankelaar.

—Típico de él —mascullló Stroomkoning—. Pero lleva razón: allí, en efecto, se junta toda clase de canalla. ¿Algo más?

—No quisiera recibir más sueldo del que me merezco.

—¿Del que te mereces?

—Sí, del que me merezco a mis propios ojos. Si para empezar me ofreciera mil quinientos florines...

A Stroomkoning le tomó mucho tiempo convencerlo de aceptar dos mil florines. Era generoso con el personal; de todos modos, ganaba dinero a espuertas, y últimamente había tenido una serie de causas de gran envergadura. Quería pagar bien, y un primer auxiliar por mil quinientos florines en un bufete como el suyo resultaba grotesco en su opinión.

Pero él también era un hombre del pueblo. No renegaba jamás de su origen, pese a que los retratos de sus padres quizá eran demasiado pequeños. Ya llegaría el tiempo en que se enorgullecería de su padre, el oficial de aguas, y entonces los retratos crecerían. Veía en el chico un vago reflejo de sí mismo. También éste estudiaba, si bien en condiciones más difíciles porque lo hacía combinándolo con el trabajo del que tenía que vivir, y además era bastante mayor de lo que había sido él. Algo sospechaba de los enormes obstáculos y también del intelecto privilegiado que ahora todavía no irradiaba luz, que solamente absorbía, pero que tal vez en algún momento sobrepasaría la suya. Le parecía un muchacho tan valioso que la disputa sobre el sueldo lo decepcionó. Katadreuffe era incapaz de transigir consigo mismo: no era hombre para aceptar regalos. En los últimos años se había vuelto tan excesivamente escrupuloso que no podía concederle a otro el gusto de obsequiarle nada. En él, la honestidad absoluta se combinaba con una absoluta estrechez de miras. Stroomkoning tuvo que esforzarse mucho para convencerlo.

Dijo sonriendo:

—Todavía no has aprendido a barrer para casa ¿y aun así quieres ser abogado?

Katadreuffe respondió con seriedad, sin preguntarse siquiera si el otro hablaba en serio:

—Creo que podría ser un abogado bastante bueno.

Stroomkoning se dio cuenta que sus conceptos de la abogacía eran bien distintos. Continuó sin dejar de sonreír:

—Pues nada, me quedo con la sensación de que debo agradecerte que me hayas dejado aumentarte un poco el sueldo.

Katadreuffe dio muestras de tacto en su nuevo cargo. No tomó posesión del escritorio de Rentenstein: siguió trabajando en su mesita. Siguió también, aunque menos que antes, tomando notas y pasando a limpio. Se ocupaba de las sesiones del juzgado y, en los casos difíciles (relativamente pocos), pedía consejo a De Gankelaar o a la señorita Kalvelage. Por las noches, cuando ya no había nadie, por fin se instalaba en el escritorio de su antecesor y se dedicaba a actualizar los libros. En cuanto aprendió las sencillas reglas de la teneduría de libros, esta tarea le resultaba aburridísima, pero la ejecutaba con su habitual precisión. Ahora estaba más ocupado que antes, pero eso no afectaba en nada a sus estudios. Había una cosa que lo ayudaba extraordinariamente: la certeza de que aprobaría el examen de Estado, que lo aprobaría holgadamente, incluso. Sólo le costaban las asignaturas de ciencias; no obstante, en eso también sacaría una nota decente.

Tomaba clases con tres profesores. Ya había empezado con la historia. Y su nuevo salario le permitía devolver al banco un importe mayor al que estaba obligado. Además, había podido aumentarle la mensualidad a su madre. Pensó también varias veces en mudarse, pero al final consideró más prudente no hacerlo hasta después del examen.

No se percataba en absoluto de que estaba sometido a una gran tensión: tensaba demasiado el arco, y lo hacía continuamente. Porque los temas de estudio eran cada vez más difíciles, más extensos. Durante ese segundo año, su compromiso con los estudios empezó a afectar seriamente su salud. Encontraba tiempo para su madre, para el cine, para Jan Maan, pero no aprovechaba esas diversiones para descansar, porque para él no eran sino otras obligaciones. Se encontraba expuesto a un peligro constante, pero permanecía completamente ciego a él. Vivía fuera de la realidad y aun así se desempeñaba muy bien en la oficina y estupendamente en los estudios. Dormía bien pero, aunque parezca absurdo, era a causa de sus nervios, y el sueño no le ayudaba a reponer energías.

Un único síntoma podría haberle dado la pauta de lo crítico de su situación, pero no se percató de él: su relación con la señorita Te George. Después del episodio de Hoek, habían vuelto a tratarse con total normalidad, pese a que ella había adivinado sus sentimientos y él lamentaba que se le hubiese visto hasta tal punto el plumero. Pero no era aquella consciencia lo que le estorbaba a Katadreuffe, y tampoco la presencia de su compañera. Él seguía ocupando su antiguo puesto, detrás de ella. Desde allí podía mirarla de espaldas, aunque rara vez alzaba la vista: por lo general la desterraba totalmente de sus pensamientos y se entregaba por completo a su trabajo. Pero cada tanto surgía el fastidioso recuerdo de aquel episodio en la playa. No sucedía muy frecuentemente, pero cuando se daba el caso era completamente insoportable. Veía una y otra vez a aquel tipo, Van Rijn, joven y atractivo, salir a gatas de la tienda, incorporarse y plantarse frente a él. Un par de veces volvió a sentir aquel dolor de cabeza punzante, una de ellas en mitad de la jornada de trabajo. Se mareó, sintió náuseas; tuvo que irse a su cuarto y meterse en la cama después de tomar una aspirina.

Aunque no se subió a un pedestal a resultas de su nuevo trabajo, Katadreuffe aprovechó su posición para reorganizar el bufete. No permitió que Kees Adam siguiera el ejemplo de la señorita Van den Born y anunciara por el interfono: «Señor tal, se le enfría el café», debía decir cortésmente: «Señor tal, su café está servido».

Su jefe le había dado carta blanca para redecorar la sala de espera y el despacho del personal. Stroomkoning, cuya obsesión era la primera impresión al teléfono, era consciente de que la primera impresión de su recepción o del despacho no era menos importante, que ambas estaban directamente relacionadas.

Katadreuffe cambió de pies a cabeza la sala de espera. Se deshizo de los feos muebles: el rojo sillón desteñido era una espina que siempre había querido sacarse. Eligió lo más novedoso: cortinas blancas, sillas de acero; una potente lámpara de techo en el centro, colgada de unas cuerdas blancas: un grueso disco de opalina traslúcida que dispersaba la intensa luz de las bombillas que ocultaba. Tiró los anticuados cojines de los sillones colocados delante de las ventanas, instaló una gran mesa redonda en el centro, encima de la cual el material de lectura se encontraba cada mañana decentemente colocado, sin formar, como antes, una pila mugrienta de la que los clientes extraían algo al azar, en el estado en que estuviera. El próximo verano la sala también se empapelaría en un tono más claro. Los cambios habían logrado ya que el despacho del personal pareciera mucho más luminoso. Echando de menos su sillón habitual, la señora Starels, la eterna aspirante al divorcio, soltó decepcionada un «¡¿Qué?!» y a continuación, entre suspiros, posó sus pesadas carnes con peso específico de Róterdam en un frágil mueble de acero sin patas traseras que aguantó de maravilla.

Para el despacho del personal adquirió una lámpara idéntica. Por lo demás, allí de momento no hacía falta mucho más que un poco de orden. Reemplazó el horrible papel pintado ocre de la sala de reuniones por un elegante papel marrón. Durante la bolsa de los juristas, los abogados ya no se miraban las manos como si tuvieran ictericia. Ahora que era el responsable del personal, se fijaba en las capacidades individuales. Su manía a la joven Van den Born mutó casi en una admiración muda. Venía precedida de un gran asombro, generado por la inusual rapidez con que hacía todo: tomar notas, pasar a máquina. En poco tiempo había superado holgadamente a la señorita Sibculo. Cuando se ponía en marcha, sentada en el centro, frente al menor de los Burgeik, a la vista de todos, su velocidad incluso llamaba la atención de los clientes en la sala de espera. Su máquina no traqueteaba, no chasqueaba, sino que escupía letras: las frases brotaban como chorros; cuando devolvía el carro a su posición inicial producía un restallido de relámpago. En una competición de velocidad se habría alzado airosa con el primer premio. ¡Qué modesto era en comparación el sonido de la máquina de la señorita Sibculo! ¡Cuánto más modesto aún el del aparato de Burgeik, que, para mayor contraste, se sentaba justo frente a ella!

Pero la señorita Van den Born no pensaba en competiciones: no pensaba en nada. Katadreuffe estaba fascinado por ese talento. ¡Cuánto más podría crecer esta niña si quisiera! Habló un par de veces con ella después del horario de oficina, siempre poseído de la idea de ayudar a otros a progresar, a ascender, como él mismo pretendía. Le preguntó por sus planes. La muchacha con la estrafalaria cabeza de chico y la media raya, los grandes orificios nasales a punto de estornudar o reír, adoptaba una posición altiva, orgullosa, inabordable, vistiendo su imposible jumper y falda, los brazos cruzados, metiendo sus manos veloces bajo las axilas: una posición en la que era imposible escuchar. Apenas profería unos breves síes y noes: sus respuestas no solían tener nada que ver con lo que Katadreuffe le planteaba. Con pena en el corazón, Katadreuffe se percató de que esa chica estaba tan desmedidamente pagada de sí misma que no se podía ir a ninguna parte con ella. Sus excelentes cualidades siempre quedarían a la sombra de su actitud ridícula, su repelente presunción, el tono espantoso de su voz ronca, una voz y un tono naturales y nunca reprimidos, incluso cultivados. La mantuvo en su puesto por su formidable rapidez y porque, pese a todos los contras, no podía contener del todo su entusiasmo ante el trabajo impecable y libre de errores que entregaba.

Kees Adam tampoco llegaría muy lejos, ni tan siquiera la alcanzaría a ella, pero no tenía un carácter complicado: su ascenso se veía frenado simplemente por la falta de talento. Era del tipo que se encuentra en todas las oficinas: el principiante que jamás logra encontrar empleo permanente, a quien sus padres no pueden imaginar en un sitio mejor que en una oficina, realizando las tareas administrativas más elementales a falta de talento para otras, pero que ya al poco tiempo suele tomar por un camino completamente distinto y se hace barbero o camarero, o se pone a trabajar en el negocio de su padre. Esto último era lo que le esperaba a Kees Adam. Su única afición eran las motos; en movimiento o inmóviles, le daba igual. Su padre, dueño de un taller mecánico, fabricaba últimamente asientos dobles para ángeles motorizados. El negocio parecía prometer, y contaba con su hijo.

El joven Ben no servía para mucho: era la peor pieza del legado de Rentenstein. Pero Pietje, el que no quería crecer, había estado enfermo últimamente: su trabajo siempre se le podía encomendar a Ben, que en cualquier caso era mayor y más fuerte.

A fin de mes, Katadreuffe fue a llevarle a Pietje su paga en persona. Si bien no entendía a los niños, éstos le simpatizaban. Igual que le sucedía con Pop, la hija de Graanoogst, también tenía debilidad por este Pietje. En el caso de este último, sin embargo, se añadía una sensibilidad social ante los desfavorecidos que Jan Maan le había transmitido a Katadreuffe durante los muchos años de su amistad.

Según ponía en la puerta, el muchachito se apellidaba Greive. Yacía enfermo en una pequeña alcoba. Sus ojos amarillos seguían siendo bonitos, y cuando reía mostraba su pequeña dentadura fea y torcida. Tenía buen color y las manitas calientes, aunque su voz se había convertido en un susurro. Siendo aún muy joven, en el bufete siempre había tenido que correr de un lado a otro, ni se diga en la calle, bajo la lluvia y el frío, los zapatos a veces rotos.

La madre señaló significativamente ambos costados de su propio pecho. El gesto bastó para que Katadreuffe entendiera que el chico tenía tuberculosis y estaba en la fase final.

—El mes que viene volveré a traerle el dinero —dijo despidiéndose.

Al mismo tiempo se preguntó si todavía encontraría al chico con vida. Todo era culpa de ese maldito Rentenstein por haber contratado a un chico tan joven y tan débil, incluso más que de los padres que se lo habían alquilado.

«Ahora que mando yo —se dijo Katadreuffe—, nunca más volverá a ocurrir.»

Se recompuso. No se trataba de ponerse sentimental, sino de trabajar.

Aquel invierno tuvo otra experiencia desagradable: el compromiso de la señorita Sibculo. Mejor dicho, el pequeño festejo asociado a éste y lo que allí sucedió pese al mencionado compromiso.

De Gankelaar había tenido razón al considerar, en su día, que el atractivo físico de Katadreuffe representaba un peligro para la calma del bufete. Entonces se tranquilizó pensando que el muchacho no tenía afán de agradar, que no pensaba en sí mismo y que no pasaría nada, pero precisamente en la actitud reservada de Katadreuffe se escondía el peligro. Y del mismo modo que Lieske se había convertido en su víctima, también le ocurrió en cierta medida a la señorita Sibculo. Era una chica insignificante, pero el amor es un sentimiento primitivo que también puede hacer sufrir violentamente a un carácter anodino. Se había enamorado de Katadreuffe para luego desenamorarse de él, pero en realidad siempre estuvo enamorada, más aún cuando lo vio ascender, cuando se situó muy por encima de ella, cuando sólo la señorita Te George estuvo a su misma altura. Ahora podía regodearse en su embeleso por él mirándolo desde abajo, como desde un abismo.

No lo hacía demasiado abiertamente: no era una chica grosera ni de mal gusto, pero desde un comienzo le había molestado a Katadreuffe, que sintió exactamente la misma incomodidad que con Lieske. En el fondo se sentía humillado por haber cautivado sin intención a unas muchachas tan insignificantes. No era engreído, pero sí muy orgulloso.

Esa chica rechoncha, Sibculo, con sus falsos rizos oscuros, el cuello corto y el seductor movimiento de caderas, siempre le había molestado de un modo vago, aunque él se lo tomaba muy en serio. Su trabajo no era ni bueno ni malo; era suficiente, decente, insípido. Durante mucho tiempo había sido para él un vivo ejemplo de mediocridad en todo sentido: alguien que no merecía el puesto que ocupaba, pues un hombre en su lugar probablemente lo haría mejor. Katadreuffe admitía sin regateos que para cierto tipo de trabajo de oficina la mujer podía tener excelentes aptitudes, pero si carecía de ellas, correspondía que su lugar lo ocupara un hombre. El que la señorita Sibculo no tuviera grandes aptitudes lo irritaba: veía en ella a alguien que le robaba el pan a otro.

Ahora se había comprometido. Se lo comunicó, se pidió la mañana y por la tarde volvió al bufete. Katadreuffe se alegraba del compromiso: le quitaba un peso de encima. Esa tarde hubo una cesta de flores junto a su mesita: todo el personal había contribuido, y en su casa ya habían entregado una cesta de parte de los abogados.

Pero la señorita Sibculo no parecía muy alegre. El compromiso había llegado inesperadamente y allí estaba ella, con su alianza reluciente y sin saber muy bien de dónde había salido. Aquella alianza había aparecido en su dedo como por arte de magia. Brotaron las lágrimas. Los abogados bajaron y le desearon suerte, la señorita Kalvelage salió de su despacho y le tendió la mano huesuda. Ella lloró aún más. Entre dos llamadas telefónicas, Stroomkoning la llamó a su despacho; ella entró y salió de la sala sin dejar de lloriquear, un simpático dinerillo extra del jefe en la palma de la mano. Con los ojos enrojecidos se plantó junto a las flores, junto a su mesita, haciendo girar su alianza y sin que nada pudiera calmarla.

Llorar no le sienta demasiado mal a una joven recién comprometida, siempre que haya límites, y aquí se estaban traspasando holgadamente. A todos extrañaban esas lágrimas de felicidad tan copiosas. Pero Katadreuffe no dejó de notar cómo ella lo miraba furtivamente y, cuando se acercó a ella, le pareció que lloraba aún con más intensidad; sólo un poco más, un poquitín más, de un modo muy femenino y sofisticado. Se compadeció de ella.

Porque, para entonces, Katadreuffe ya no era exactamente el mismo. Por esa época vinieron a sumarse a su carácter algunos rasgos: poco a poco fue haciéndose más humano sin dejar de ser un hombre con un único objetivo, con una voluntad inquebrantable. Pero ahora veía con otros ojos lo que antes le había molestado. En ocasiones sentía lástima por los otros, en otras también un secreto entusiasmo.

Cuando la señorita Sibculo tuvo que subir a tomar notas por última vez, la chica sentimental había desaparecido tras el maquillaje y el lápiz de labios. La que salió del baño arreglándose los rizos era la mecanógrafa de todos los días, contoneándose al atravesar la puerta hacia el corredor. Pero esto no endureció a Katadreuffe: siguió compadeciéndola. Aquel cerebro del tamaño de un dedal no había sabido durante un momento qué hacer con una tristeza que era muy real. Y fue lo suficientemente juicioso para entender que la única actitud apropiada de su parte era no dejar traslucir nada: ni compasión, ni interés. Tanto antes se le pasaría, porque su tristeza podía ser grande proyectada en el espacio, pero no muy profunda proyectada en el tiempo. Era ya demasiado mayor para entender el alma infantil, pero tenía un buen entendimiento de las mujeres, y de los hombres, y de sí mismo.

Se sentía culpable sin serlo, y la leve ansiedad que le generó descubrirlo lo habría desquiciado de no ser por su firme voluntad. Porque entonces vivía siempre en el límite de sus nervios. Hubo noches, ese invierno, en las que casi no durmió. Simplemente se quedaba inmóvil, echado de espaldas en su sofá cama, rodeado de la oscuridad impenetrable de su cuarto, con la sensación de que las ramificaciones de sus nervios adquirían vida propia. Finas corrientes eléctricas lo recorrían produciendo un hormigueo que iba hasta las puntas de los dedos de sus manos y pies. Unas noches le daba taquicardia, otras directamente no sentía ni oía el latido de su corazón. Temiendo volver a caer en el noctambulismo, por las noches extendía paños empapados delante de la cama. En pleno invierno los paños a veces se congelaban sobre el linóleo, y a la mañana siguiente no estaba muy seguro de no haberse levantado de la cama, pues era imposible que los paños (o el linóleo, para el caso) delataran huellas de pies.

Por fin se le ocurrió pensar que estaba trabajando y estudiando demasiado, que tenía que organizar sus estudios de otra manera y no quedarse levantado hasta altas horas de la noche. A la hora de la comida tenía derecho a tomarse una hora y media: reservaba una hora para estudiar, se sentaba apenas media hora a la mesa de Graanoogst y volvía de inmediato al despacho del personal.

El único descanso que en ocasiones se permitía era escuchar, de la una a las dos, las conversaciones de la bolsa de los juristas en la sala de reuniones, cuya puerta de comunicación con el despacho del personal estaba casi siempre abierta. Las de índole netamente jurídica le costaba seguirlas, pero eran raras, porque De Gankelaar sabía dar rápidamente un giro a la conversación. Si en una época le gustaba hablar del hombre, últimamente lo hacía del hombre, la mujer y el matrimonio. Le gustaba escaramucear sobre todo con la señorita Kalvelage, precisamente porque ese duende difícilmente representaba a alguno de los sexos: encontraba en ello un toque picante. Olvidaba a veces que a ella, como mujer, debía valorarla de un modo bien distinto que a Piaat y a Carlion, y lo olvidaba a propósito. A veces esa falta de consideración resultaba casi grosera, aunque a ella parecía divertirle. Seca e incisiva, nunca enfadada, ella se mantenía a la altura. Esas conversaciones fascinaban a Katadreuffe, que se desentendía de su trabajo de oficina por un rato.

Empezaban siempre pasando revista a determinados aspectos de la práctica legal. Esto aburría a De Gankelaar, que un día dijo, por ejemplo:

—Sois juristas, estáis mutilados. Yo soy un hombre, quiero casarme. Hablemos del matrimonio. ¿Os habéis fijado alguna vez en lo bien que una mujer adorna la vida de un hombre? Exactamente igual que el ganado adorna el campo.

—Es usted un polígamo desvergonzado —le espetó la señorita Kalvelage, aunque no iba en serio.

Los otros tardaron un momento en entenderlo y finalmente se rieron, y De Gankelaar con ellos.

—Tú mismo eres un mal ejemplo de lo que planteas —señaló Piaat.

—Y el terreno ya está pastado —intervino la señorita Kalvelage.

De Gankelaar reflexionó sobre sus últimas palabras, sacudió la cabeza y volvió a la carga:

—El hombre de hoy, por suerte, es consciente de que todo se ha dicho ya y sólo busca mérito en frescura de las formas.

La señorita Kalvelage se miró el cuerpo: un cuerpecito delgado, casi inexistente.

—Ya está usted otra vez ofendiendo, porque ¿dónde he de buscar yo mi mérito hoy en día?

Los ojos detrás de las gafas redondas lo miraron con sorna sulfúrea. Fue él, y no ella, quien se avergonzó ante aquel comentario tan áspero y tan poco femenino. Eso era justamente lo que ella pretendía; De Gaankelar le caía bien, pero no era su tipo. Tras restablecerse, De Gaankelar dijo con genuina seriedad:

—No tenga miedo de que la malinterprete, señorita Kalvelage. Usted es demasiado diferente: es un duende.

—Menudo consuelo: Catalina II suena más comprometedor que Catalina la Duende.

—¡Catalina! —dijo él en un arrebato—: ¡dejemos que Catalina sea simplemente Catalina! El mayor honor que se le puede hacer a una persona es que el mundo la llame únicamente por su nombre de pila. Es la prerrogativa de los soberanos, señorita Kalvelage, y de los grandes artistas del Renacimiento: Miguel Ángel, Rafael, Rembrandt... Aunque no Rubens: ése lleva con justicia su nombre de familia, que viene de lejos. Pero usted tiene derecho a ese honor, absolutamente.

Piaat y Carlion ya no prestaban atención: hablaban de sus asuntos. La señorita Kalvelage lanzó una mirada escrutadora a De Gankelaar. Ambos se tenían simpatía de una manera fría y racional, y ambos lo sabían.

—En realidad —dijo ella— es usted europeísta en todo. Toda su manera de pensar, sus eslóganes, sus paradojas, son europeas. Yo diría que eso supone una limitación.

Se había puesto seria, y él volvió a esbozar una sonrisa.

—Es una cuestión de fe que difícilmente admite discusión. Pero tiene usted razón si con europeo quiere decir europeo occidental. En ese sentido soy europeo, porque no existe más que una sola Europa: Europa Occidental. Lo que puede llamarse mundo es desde hace unos cinco siglos Europa Occidental. Y eso se debe a la raza nórdica. Es curioso que un determinado pigmento en pelo, piel e iris pueda crear tal superioridad, pero a los hechos me remito.

—Lo de Europa Occidental aún se lo admito, pero en lo

último está usted absolutamente equivocado —dijo casi con violencia—. Como morena, gustosamente me ubico fuera de esa clasificación; y a usted lo ubico fuera también, como rubio. Esto último es una pulla, desde luego, pero hablo en serio. Para demostrar que está en un error, simplemente lo emplazo a que piense en Katadreuffe.

De Gankelaar podría haber replicado con amigable socarronería que esa respuesta, tan típicamente femenina, derivaba un caso general de uno particular, pero la mención de su protegido lo llenó de satisfacción.Respondió:

—Sí, ése es superior. —Aunque inmediatamente añadió—: Es la excepción que confirma la regla.

—No —dijo ella—: lo será. Todavía está creciendo. Dentro de diez años se habrá desarrollado del todo.

Katadreuffe ya no oyó las últimas palabras. Habían bajado la voz y los otros dos estaban conversando entre sí.

KATADREUFFE Y DREVERHAVEN

Llegó una carta dirigida a Katadreuffe de parte del licenciado Schuwagt.

La Sociedad de Crédito Popular había puesto en sus manos una demanda. «Lo invito a saldar su deuda en mis oficinas en el plazo de tres días. En su defecto, tengo orden de solicitar su quiebra.»

Katadreuffe no tomó la carta con resignación, sino con absoluta indiferencia. De haber llegado un año antes, la cosa habría sido seria, muy seria. Ahora no. Ciertamente, le resultaba imposible saldar esa deuda en su totalidad, pese a que había ido pagando más dinero de aquel al que estaba obligado, pero ya nadie podía hacerle nada. Su examen de Estado se celebraría dentro de unas semanas: lo habían convocado a La Haya, estaba tomando sus últimas clases y las había pagado por adelantado. Estaba absolutamente convencido de que aprobaría, incluso de que haría un buen papel en matemáticas: había empollado bastante. Y una vez que hubiera aprobado, poco importaba si empezaba sus estudios universitarios un año más tarde. Ese año saldaría su deuda. No le importaba que su padre reclamara la cesión de su sueldo. Entre más dinero le quitaran, tanto antes quedaría enterrada la deuda. Con el sueldo restante, podría apañárselas durante aquel año, y de paso se desharía definitivamente de su padre. Más tarde su sueldo le permitiría acabar los estudios sin pedir dinero prestado. «Un año se pasa rápido», pensó.

Bien visto, perder todo un año era una pena, desde luego. Y por un instante se preguntó con amargura qué llevaba a un padre a hacerle eso a su hijo: nada menos que un padre a su propio hijo.

Pero ahuyentó esos pensamientos de inmediato como un modo de autodefensa: recobró su indiferencia. Se dio cuenta de que en ese periodo, en la inminencia de su examen, ninguna perturbación debía distraerlo de su objetivo.

Por supuesto, si en verdad corría el riesgo de ir de nuevo a la quiebra, el asunto adquiría otro cariz, porque sería difícil que Stroomkoning mantuviera a un quebrado en el puesto de jefe de sección, o en el de simple auxiliar, para el caso. Si aquella situación se presentaba, Katadreuffe se adelantaría a su despido: se marcharía *motu proprio*. Era demasiado orgulloso: mejor arruinar su futuro que conservar su puesto como una limosna. Pero no había de qué preocuparse: tenía ya suficientes conocimientos del derecho para saber que la quiebra era absolutamente imposible, pues no tenía más que esa única deuda. El viejo quería intimidarlo, nada más.

Se puso a pensar en su padre, a quien hacía tiempo que no veía. Desde la partida de Rentenstein, Dreverhaven no tenía ya con quién cuchichear y no apareció más. Esto llamó la atención del personal, que se cuestionaba por lo bajo: «¿Por qué ya nunca viene por aquí Dreverhaven, por qué los requerimientos expedidos por el agente judicial los trae al bufete el oficial Hamerslag?». Estaba claro: cuando venía, lo hacía únicamente por Rentenstein.

Katadreuffe se preguntó si su padre estaría consciente de lo inoportuno de aquel momento para exigirle el reintegro de su dinero. Ciertamente, tenía derecho a él. Movido por una especie de bravuconería, Katadreuffe se había condenado a la horca, como decía Dreverhaven. Le había advertido que el pago de la deuda sería exigible de inmediato en cualquier momento y aun así había firmado, al menos en parte para desafiar a su padre, de eso no cabía duda. Lo cierto es que tampoco se le había ocurrido a qué otra persona acudir por un préstamo. En todo caso, la rescisión del préstamo estaba plenamente justificada. Lo malo era el momento: justo antes de su examen. Y el medio empleado: la solicitud de quiebra. Era típico del viejo, que debía de haberse olido que no podía elegir peor momento: desde su óptica, ése sería el mejor momento.

Pero Katadreuffe no tenía miedo. Esta vez su padre no conseguiría amedrentarlo. Unos días después recibió con la misma indiferencia la carta del juzgado en la que lo instaban a presentarse en relación con la solicitud de su quiebra.

Camino de Noordsingel, Katadreuffe aprovechó para discutir el asunto con Carlion. Aunque estaba obsesionado con el tema, conservó la tranquilidad. De Gankelaar estaba de vacaciones, así que Katadreuffe le había enseñado la carta a Carlion. Los juristas de la casa estaban al tanto de que había solicitado un préstamo, y también sabían para qué.

—Te acompaño —propuso Carlion. A Katadreuffe no le pareció necesario—. De todas formas te acompaño —insistió el otro—. Aquí entre nos, ese Schuwagt es un canalla. No veo por dónde podría perjudicarte, pero por las dudas voy contigo. Entre tanto piensa bien: ¿no tienes ninguna otra deuda? De otro modo, Schuwagt podría sorprendernos.

—No, ninguna. Desde ese punto de vista me siento completamente seguro, salvo que al tribunal le parezca suficiente una única deuda para mandarme a la quiebra…

—Imposible. El criterio del Tribunal Supremo ha sido el mismo durante mucho tiempo y todos los órganos judiciales lo respetan: para quebrar, se precisa tener al menos dos deudas, y deben quedar demostradas además; de lo contrario, el solicitante no tiene ninguna probabilidad de éxito. Precisamente ese requisito hace que muchas demandas no prosperen, por más justificadas que estén. Tu caso es distinto: tú no tienes por qué quebrar y no quebrarás.

—Entonces no entiendo por qué me quiere acompañar.

—Por prudencia —gruñó Carlion.

A primera vista, Carlion no parecía particularmente simpático; no era brillante ni tenía el *charme* de De Gankelaar. Pero, con todo y su característica sequedad, se había mostrado dispuesto a ayudarle, y Katadreuffe le estaba agradecido. Quizá, después de todo, se pudiera confiar más en él: no se dejaba guiar por impulsos y solía mantener los pies en la tierra.

Una hora después, Katadreuffe se encontraba frente al tribunal; detrás de él, en diagonal, su propio letrado, con sus gafas doradas y su calva; al otro lado, el licenciado Schuwagt, ese señor tan normal, todavía con pelo, aunque entrecano. Katadreuffe sólo miraba al juez, que le recordaba a un anciano marqués francés. Tenía bigotes blancos y una barba impecablemente recortada. Le preguntó si reconocía la deuda. Sí. ¿Y tenía otras deudas? No.

—¿Es correcto esto último? —dijo el juez dirigiéndose al licenciado Schuwagt.

Éste permaneció tranquilo detrás de su pupitre, el expediente abierto frente a él.

—No es correcto, señor juez. Quisiera observar en primer lugar que el demandado ya ha quebrado en otra ocasión, habiendo sido su síndico el señor Wever... Admito que esa quiebra se clausuró con el pago integral... Pero desde entonces el demandado ha vuelto a contraer deudas. Llamo la atención del tribunal respecto a ese plural: deudas porque además de la deuda con mi cliente existe también una deuda con el señor De Gankelaar, en cuyo bufete trabaja ahora el demandado. Una deuda de poca monta, lo reconozco, pero deuda al fin: dieciocho florines.

Hasta ese momento Katadreuffe no se había inmutado: se sentía muy seguro de sí mismo, que ese hombre hablara todo lo que quisiera. Pero en ese momento volvió la cabeza.

—Eso no es cierto. —Habría querido decir: «¡Miente!», pero se contuvo, y añadió—: Le han informado mal.

El licenciado Schuwagt no perdió la calma.

—Discúlpeme, pero mi información procede de la mejor fuente, a saber: del propio señor Wever. Me explicaré. En la lista de distribución de la quiebra anterior aparece entre los activos el extremo siguiente: «Venta privada de libros, dieciocho florines». Esos dieciocho florines los pagó el señor De Gankelaar al señor Wever para evitar la subasta pública de aquellos libros. El motivo no me incumbe, sólo puedo decir que el demandado ya entonces trabajaba en el bufete del señor De Gankelaar. Pero los libros todavía deben de obrar en poder del demandado, con lo que el señor De Gankelaar se ha hecho acreedor del por entonces quebrado por un importe de dieciocho florines, que sospecho que siguen sin liquidarse.

—Ajá —dijo el presidente—. Cabe pensar en otras posibilidades, peroo ahondemos en ellas: el asunto no parece tener mayor importancia.

—Disculpe, señor presidente, pero no se requieren más que dos deudas.

El presidente se dirigió a Katadreuffe.

—Explíqueme. ¿Al final esos libros son suyos o del señor De Gankelaar?

Katadreuffe lo había entendido todo. Se había puesto lívido, no pensó en mentir.

—Míos, señor juez.

—Pero entonces ¿tiene usted una deuda con el señor De Gankelaar o no?

—Sí, tengo una deuda de dieciocho florines, según acabo de oír. Nunca lo había pensado, o mejor dicho nunca lo he sabido: el señor De Gankelaar jamás me ha hablado del asunto. Pero visto que él ha comprado esos libros y me ha permitido conservarlos, le debo ese dinero.

Acto seguido, el licenciado Carlion dio un paso al frente. No estaba asustado como Katadreuffe: formaba parte de su oficio no asustarse.

—Señor juez, quisiera recalcar que la cosa no es para tanto. Me pregunto por qué mi estimado colega considera que debe sacar a colación un importe tan nimio...

—¿¡Perdón!? —exclamó el licenciado Schuwagt.

Carlion, sin preocuparse de contestar, continuó:

—Pero aparte de eso, me atrevo a declarar en nombre del señor De Gankelaar que ese dinero fue un obsequio. De esta cuestión yo tampoco sabía nada pero, como el tribunal sabe bien, el señor De Gankelaar y yo trabajamos en el mismo bufete. Estoy seguro de que esto que digo se ciñe estrictamente a sus deseos. Declaro expresamente, en nombre del señor De Gankelaar, que no tiene nada que demandar.

—No —dijo Katadreuffe, todavía lívido, volviéndose hacia Carlion—. No, señor Carlion, yo no quiero eso: le debo ese dinero, sin más ni más.

Y es que no podía aceptar regalos, aunque estuviera en juego su futuro, aunque se tratara de unos míseros dieciocho florines.

El presidente dijo socarronamente:

—Ésta es una situación muy poco común. El acreedor quiere condonar y el deudor no quiere ser condonado. Puedo asegurarles a los señores que este tribunal está más familiarizado con el fenómeno contrario.

Pero Carlion todavía no había terminado. Habló del motivo de la deuda: dinero para costear estudios, de los proyectos de su cliente, de sus progresos, de su trabajo en el bufete, del religioso pago de intereses y el avance en la liquidación de la deuda. Estaba enfadado e iba a pelear por Katadreuffe: ese Schuwagt no era más que un chicanero *de pane lucrando*. Pero escondió su irritación: su cara no estaba más roja de lo habitual; hablaba rápido, pero de forma concisa, pronunciando los finales de palabra con su característico acento norteño. Schuwagt todavía quiso intervenir, pero el juez lo cortó diciendo:

—El tribunal está suficientemente informado. Se invita a los señores a que esperen un momento en el corredor. La sentencia se anunciará enseguida.

Katadreuffe y Carlion salieron a caminar por el pasillo.

—¡Qué burro eres, Katadreuffe! —dijo Carlion.

—Puede que sí, señor Carlion, pero es que en ningún momento se me había pasado por la cabeza... Simplemente...

La emoción y los nervios lo hacían tartamudear.

—Pues será mejor que calles: ese miserable de Schuwagt no podrá contigo esta vez, pero mira lo bien que los cabronzuelos del banco han seguido tus pasos. Lástima que Wever lo dijera... Aunque si se lo han preguntado a quemarropa no tenía opción... Y naturalmente tampoco vio las consecuencias... Igualmente has sido un necio. Aunque no se llegará a una quiebra, imposible... Ahí suena el timbre.

Cuando Katadreuffe volvió con Carlion al bufete, el tribunal había desestimado la demanda de quiebra: la segunda deuda carecía de importancia y, además, no había quedado del todo probada.

Mientras Schuwagt partía haciendo una reverencia, el juez, ese marqués francés, retuvo un momento a Katadreuffe y lo cuestionó sobre sus estudios.

Cuando volvieron a quedarse solos, Carlion le dijo:

—Ahora hay dos cosas que pueden hacer. En primer lugar, pueden obligar a Stroomkoning a retener de tu sueldo una cantidad equis.

—Eso no me importa, señor Carlion. Lo único que no quería era quebrar.

—También pueden interponer un recurso de apelación a la sentencia del tribunal.

—Nunca lo ganarán.

—Estoy de acuerdo contigo —dijo Carlion con una sonrisa seca.

—Tan pronto como vuelva el señor De Gankelaar, saldaré la deuda con él.

—Mira que eres un tipo difícil, Katadreuffe: no hay manera de hacerte un favor.

Esa tarde, Katadreuffe hizo su trabajo como siempre. Del personal, nadie sabía nada. Dado que él era quien recogía el correo del buzón el correo, él mismo había encontrado la carta. Podía informarse del asunto a los abogados bajo promesa de confidencialidad, y también al propio Stroomkoning, naturalmente, pero del personal subalterno nadie debía enterarse.

—Debo preservar mi autoridad —le dijo a Carlion.

Respecto a su sensación de vergüenza ante la señorita Te George, e incluso ante la señorita Sibculo, ahora, por suerte, todo eso había quedado atrás. Sólo sentía un terrible cansancio en la espalda.

Esa noche se encerró en su cuarto. Por primera vez no logró estudiar. Recordando el susto que acababa de pasar, sintió que estaba a punto de perder el control de sus nervios. Se vio de pronto ante un abismo y, aunque no sufría de vértigo, se sintió girar como un trompo con sólo pensar en ello. Estaba sentado frente a sus libros, pero no leía, no estudiaba. Todo le daba vueltas. Se aferró con todas sus fuerzas al borde del tablero.

No estaba contento con el desenlace del asunto, aunque sí, y profundamente, con el hecho de que su madre no se hubiera enterado de nada. No era la persona indicada para animarlo, al contrario: sin duda encontraría palabras que lo irritaran. Y de todos modos nunca aceptaría dinero de ella, ni aunque lo tuviera. Entonces, mejor así.

Le volvió esa sensación de inestabilidad: la tensión lo había afectado más de lo que sospechaba. Nunca olvidaría aquellos pocos minutos ante el tribunal. Éste era el resultado. Pero no tenía por qué ser así: debía contenerse. Entonces, más que nunca, debía mantener la cabeza despejada, porque era imperativo que aprobara su examen. Al final decidió no estudiar esa noche: prefirió salir un momento a tomar el fresco. Era la primera vez que posponía algo, fue consciente de ello, pero se prometió que repondría todo el tiempo perdido al otro día.

Era a principios del verano, fuera todavía había luz. Caminó por Boompjes, desierto a esa hora. Cada tanto se oía a lo lejos la bocina de un barco de vapor. Los majestuosos sonidos repercutían en los enormes espejos de agua: los más bellos, más grandiosos, más sonoros sonidos creados por el hombre, las voces mayestáticas de los grandes navíos.

Les prestó atención tan sólo brevemente. Los disfrutó, aunque sólo por un instante. Los puertos clamaban con un sonido bellísimo, pero sus pensamientos se dispersaron. Era una tranquila noche de verano, en el cielo del crepúsculo empezaron a aparecer las estrellas más brillantes. Intentó identificarlas, pero sus pensamientos volvieron a vagar. Ya no tenía la sensación de estar mareado como un borrachín, pero no podía concentrarse: sus pensamientos se desvanecían por momentos, iban y venían a su antojo.

Entonces vio aproximarse por la acera a un hombre haciendo eses: un beodo de verdad que hablaba de forma ininteligible y cantaba. Justo había una callejuela a mano izquierda. Para evitar al hombre enfiló por ella. Fue un acto instintivo. Una vez allí miró a su alrededor: se hallaba en Waterhondsteeg. Notó que alguien lo seguía, no el borracho. En la penumbra, reconoció la figura imponente de su padre. Iba camino de su padre, y su padre lo seguía.

Se paró en medio del oscuro callejón: no quería ceder ante su progenitor. El perseguidor se acercó al perseguido hasta casi alcanzarlo. El padre era más bajo que el hijo, pero muy ancho, demasiado ancho casi para el callejón: lo obstruía como un muro de contención. Bajo el borde de su sombrero, sus ojos brillaban mirando al hijo. En la oscuridad, parecían tener una expresión absolutamente demencial. Sin proponérselo, Katadreuffe dio un paso atrás: ese movimiento consagró a Dreverhaven como superior. Fue empujando al hijo por el callejón hasta su desembocadura.

En la esquina lo cogió del brazo y lo detuvo. Se encontraban en la sinuosa Vogelenzang, bajo la luz verde de una antigua lámpara de gas. Vogelenzang estaba desierta. Enfrente, en diagonal, había otra callejuela, Korte Vogelenzang, donde se oían ruidos, pero no se divisaba a nadie. A sus espaldas se abrían ávidas las fauces de Waterhondsteeg. Se hallaban en un pequeño rincón fantasmagórico de una ciudad por lo demás sobria. Lo imponente de ese entorno, sumado a la sensación que le produjo el mero cruce de calles, angustiaron a un Katadreuffe hipersensible.

—¿Qué andas buscando? —gruñó el viejo.

—¿Qué anda buscando *usted*? —bufó Katadreuffe, de golpe próximo a la locura—. Esta mañana fue la vista de mi quiebra. Eso lo sabe, ¿verdad? Personalmente se mantiene al margen, se limita a mandar a ese cabrón de Schuwagt para que le resuelva sus asuntos turbios, y a su hijo que lo ahorquen. Eso sí que habría sido una buena broma. Pero no lo ha conseguido. Lo sabe, ¿verdad? Que hoy he sido más fuerte que usted.

Su voz había adquirido un tono falsamente burlón; se había vuelto cada vez más aguda, se sorprendió al notarlo. Se encontraba en un estado de furia fría, glacial. Dreverhaven parecía escuchar, la barbilla apoyada en el pecho. Pero sus manos estaban ocupadas, se oyó un chasquido y Dreverhaven, sin decir nada, le ofreció burlonamente a Katadreuffe, con una reverencia, el mango de una navaja de dos filos abierta.

—Pues entonces recoge enseguida los frutos de tu victoria —dijo—. Estoy indefenso.

Pero la furia del hijo se había disipado de repente. Tomó la navaja con dos dedos, como si le repugnara.

—Bah —dijo—. Usted y sus artes infantiles de siempre.

A sus pies vio la rejilla del agua. Por uno de los intersticios dejó caer la navaja, que hizo un ruido en el barro y desapareció. Los ojos de Dreverhaven brillaron de curiosidad. Lo cogió por el cuello del abrigo.

—¿Infantiles? —le espetó—. ¿Artes?... Ahora mismo te vienes conmigo.

El padre era normalmente mucho más fuerte que el hijo, tanto más ahora.

—Vale —dijo Katadreuffe con voz apagada, castañeteando los dientes—. Pero no me lleve cogido por la solapa como a un delincuente.

Dreverhaven lo tomó del brazo y empezó a conducirlo a algún lugar. Por momentos parecía como si lo sostuviera, pero precisamente entonces Katadreuffe tuvo uno de esos episodios en que perdía la consciencia.

Recuperó el dominio de sí mismo al subir detrás del padre la escalera de caracol de piedra de su despacho. Dreverhaven abrió las puertas con un picaporte que extrajo del bolsillo y que estaba provisto de unas muescas especiales. Nadie podía abrir las puertas en su ausencia; en cada puerta introducía el picaporte un poco más. No había allí prácticamente nada que robar, pero él tenía el alma del avaro que también esconde o blinda lo más exiguo.

Atravesaron la sala vacía, luego la de los expedientes polvorientos, Dreverhaven siempre delante. Por fin llegaron, el padre se sentó a su escritorio, el sombrero calado, el abrigo puesto y el pecho descubierto, iluminado por una luz intensa como si fuera una joya en un relicario; el hijo se quedó del otro lado de la mesa.

—¿Y, Jacob Willem? —preguntó despacio el padre.

Hasta hacía un segundo, el hijo no sabía cómo había ido a parar allí, sólo que se había puesto en camino rumbo a su padre en un estado de semiconsciencia. Pero ahora volvía a sentirse completamente dueño de sí mismo, frío y enojado. De pronto supo lo que tenía que responder. Habló con fingida ligereza, aunque en un tono mordaz:

—Sólo vengo a pedirle, padre, que solicite el embargo del sueldo que me paga el señor Stroomkoning. De embargos entiende usted bastante. Y sobre todo no olvide interponer recurso de apelación contra la sentencia del tribunal; quién sabe hasta dónde puede llegar.

Pero Dreverhaven hacía mucho que había cerrado los ojos; sus manos cruzadas descansaban plácidamente en su vientre. Estaban mal cuidadas, los dorsos cubiertos de un simiesco vello gris. Katadreuffe las examinó. Las garras de su padre. Esperó un momento, el otro no se movía. En la comisura de sus labios humeaba el puro, torcido hacia arriba, pero los labios ya no parecían chupar el humo, estaban inmóviles, anchos y bastos. El sensual labio superior. Un resto de ceniza cayó y se quedó atascado en la manga a la altura del codo.

Katadreuffe se marchó antes de que la furia volviera a poseerlo. La sintió emerger, pero partió, abandonó la finca como en un sueño. Una vez fuera, tuvo que reunir de nuevo sus pensamientos. Todavía quedaba un poco de luz: la época de los crepúsculos interminables; el cielo al final de la calle estaba cubierto de bandas y capas de todos colores, y todos los colores se veían pálidos. Entonces se volvió hacia el lugar de donde venía. Vio la imponente fachada lateral combarse sobre Lange Baanstraat. El castillo de su padre: un castillo preñado de horrores.

Esa misma noche le contó a su madre algo de lo sucedido. Estaban ambos en casa, ella y Jan Maan. Katadreuffe se olvidó completamente de su intención de callar; sentía angustia, tenía que expresarse, no le importaba que Jan Maan estuviera presente. Al contrario, que su amigo lo oyera todo. Sin embargo, no reveló su visita de hacía un momento, contó únicamente el episodio de la quiebra evitada.

La madre no dijo una palabra. Era su estilo. Sólo dejó descansar su labor en el regazo mientras observaba al hijo contando su historia. Entonces a Katadreuffe volvió a calentársele la sangre. ¿Acaso venía para que ella sólo se le quedara mirando? Él no era de piedra: en ocasiones tenía necesidad de una palabra de aliento, aunque al final tuviera que componérselas él solo. Pero no, nada de nada.

Jan Maan al menos era distinto.

—Me parece que tengo que darte la enhorabuena, burgués —dijo a un tiempo enfadado, serio y riendo.

Su comunismo se manifestaba cada vez con mayor contundencia. Ya no podía oír hablar de dinero porque enseguida veía a un odiado capitalista. Así pues, coincidieron tres sentimientos en uno: enfado por tratarse de asuntos de dinero, seriedad porque su amigo había estado en peligro y alegría de que el peligro hubiera pasado. Últimamente lo llamaba a menudo «burgués», casi tan seguido como le decía Jacob. Pero no eran hombres para tener desavenencias de verdad.

La madre retomó su labor entre suspiros, tosió un poco. Katadreuffe se marchó diciendo:

—No tienes buena cara, madre, deberías ver al médico… Pues nada, salud a ambos.

Katadreuffe reprimió todo pensamiento sobre los incidentes. Estaba a las puertas de su examen, metido hasta la cejas. Nada debía distraerlo: que se interpusiera recurso de apelación, que se hiciera efectiva la cesión de su sueldo, todo debía resbalarle completamente. En realidad, todos los días se esperaba que ocurriera una cosa o la otra, o ambas, pero nada de eso sucedió. Aquella incertidumbre era capaz de atacarle los nervios, pero se contuvo.

Fue a La Haya, regresó, volvió a ir. Entre un viaje y otro siguió haciendo su trabajo de oficina. Todos sabían que hacía examen, pero nadie preguntaba: su cara prohibía toda alusión. Tenía la sensación de que no le estaba yendo particularmente mal, aunque mucho menos bien de lo que se había esperado. A veces no respondía cosas que sin duda sabía, o las recordaba demasiado tarde. Cometió algunos errores peligrosos, pero poco a poco le fue yendo mejor. Para cuando llegó el examen oral, había recobrado completamente su temple: le fue muy bien, pasó la prueba con holgura.

Esa tarde emprendió el viaje de vuelta con el certificado en el bolsillo. Ni siquiera lo había leído: había estampado su firma debajo mecánicamente. Lo extrajo de nuevo del bolsillo; en efecto, allí figuraba también su propia letra; no un trazo conciso y seguro de sí mismo, sino unos garabatos flojos, nerviosos. Lo guardó. Iba sentado en el tren, pálido y tieso hasta el punto de llamar la atención de sus compañeros de viaje. No sonreía, no estaba contento ni siquiera interiormente, sólo terriblemente cansado. Los duros estudios, la persecución de su padre, el difícil examen en lo más caliente de un caluroso verano, su acusada falta de descanso nocturno: todo se sumaba en su mente confusa. No incluía adrede entre estas dificultades sus sentimientos por la señorita Te George, desterrados de su mente. Dominándolo todo estaba su sensación de un cansancio de perros.

Todos en el bufete sabían que ese día se conocería el resultado; estaban tan convencidos de su éxito que le dispensaron un recibimiento festivo.

Entró con una cara de palo, casi sombrío. Ya se temían lo peor. Sin embargo, se sobrepuso al ver las flores; su mirada se aclaró. Sí, gracias a Dios había aprobado.

El festejo fue bastante distinto del compromiso de la señorita Sibculo. Llegaron varias canastas de flores del personal subalterno, del conserje, de los señores juristas y, de parte de la señora Stroomkoning, un enorme arreglo floral.

Era una tarde tranquila, iban a dar las cinco, todos se acercaron a darle la enhorabuena; incluso la señora Starels, la única clienta en la sala de espera, vino a estrecharle la mano. Estaba a punto de iniciar su séptimo u octavo juicio de divorcio. Pensando que Katadreuffe se había licenciado en derecho, manifestó la esperanza de que pudiera ayudarla. No se atrevió a decir que los métodos de la señorita Kalvelage no eran muy de su gusto.

Pero allí no terminó el homenaje: lo principal estaba aún por venir. Por sugerencia de la señorita Te George, subió a su cuarto, seguido del bufete entero, y allí se encontró con una flamante enciclopedia alemana completa. Por un instante se quedó verdaderamente sorprendido. Le costó no mostrarse conmovido.

—Esto ha sido idea suya —le dijo. No le importó decirlo en presencia de todos.

Ella no pudo contradecirle: había entrado una vez en su cuarto para ver si necesitaba algo y había visto la enciclopedia totalmente desactualizada y además incompleta. El señor De Gankelaar le había contado lo mucho que le gustaba leerla y que no llegaba más que hasta la letra *t*. El resto ya se lo imaginaría. Era de la misma editorial, sólo que la edición más reciente: veinte tomos.

Todo esto lo llevó a decir algunas palabras. Todos lo rodeaban en esa habitación sombría, fría y desangelada donde había que encender la luz aunque fuera brillara el sol del verano. Sin embargo, ahora la alegraban los veinte hermosos lomos que Katadreuffe acarició un momento: el gesto de todo amante de los libros. Esto era verdadero saber: lo mejor en el ámbito de la divulgación del saber, porque ningún pueblo entiende de eso como el alemán.

—Les agradezco a todos de corazón —dijo—. No puedo decir que éste fuera mi mayor deseo simplemente porque nunca me he atrevido a que lo fuera.

La señorita Te George lo llevó aparte.

—Quería decirle que la parte del león viene de la señora Stroomkoning, aunque todos aquí hemos contribuido: la señorita Kalvelage, los abogados y los subalternos. Este regalo es de todos nosotros.

—Es a usted a a quien estoy más agradecido —dijo con firmeza, nada sentimental—. Lo más valioso siempre es la idea, y ésa ha sido suya.

No le gustaban las fiestas ni la bulla, pero tenía que hacer algo para retribuir a sus compañeros, y lo que surge espontáneamente suele ser lo mejor. Consultó brevemente con la patrona y con el señor Carlion.

Stroomkoning se encontraba en el extranjero, Carlion lo reemplazaba. Éste estuvo de acuerdo en cerrar el bufete. A la señora Starels la despacharon rápidamente. Trajeron oporto y jerez, pasteles, pinchos, bombones, licor de huevo. La sala de recepción se transformó en una sala de fiesta. El personal jerárquico se sentó con los subalternos y éstos se sintieron como en casa. Fueron trayendo más cosas: ahí llegaban los cigarrillos y los puros. En cierto momento la conversación de Carlion y Piaat semejaba la de la bolsa de los juristas, pero la revelación fue la señorita Kalvelage: nadie se había imaginado que aquella mujer de rostro cadavérico pudiera fumar un cigarrillo. Y se fumó uno más largo de lo normal, colgando en la comisura de los labios. El dorso de las manos bajo la barbilla, los codos en el tablero de la gran mesa redonda, los brazos formando un arco por encima de su copa de jerez, la cabeza ladeada detrás del humo que soltaba: su actitud recordaba la de una actriz de cine en un bar mundano. Y para nada vulgar, sino encantadora; mujer, por un instante mujer.

Lástima que De Gankelaar no la viera en esa pose, pero se había marchado a Ámsterdam, a una reunión de acreedores. Por suerte, al menos estaban presentes los otros, en pleno verano. Había sido una feliz coincidencia.

El certificado de Katadreuffe circuló entre los presentes; los juristas tenían, sobre todo, curiosidad por ver las firmas: querían evocar recuerdos de sus propios exámenes finales.

Hacia las siete se fueron, aunque la fiesta todavía no había terminado. Katadreuffe todavía quería estar un rato más a solas con sus compañeros. Se dieron cita de nuevo allí entre las ocho y las ocho y media: cenarían juntos, algo nunca visto hasta entonces. Y, sobre todo, que la señorita Sibculo trajera a su prometido. Ella agradeció a Katadreuffe, en sus pestañas volvió a colgar una gruesa lágrima.

La señora Graanoogst hizo milagros: tuvo que pedir prestados a los conocidos del barrio los cubiertos, platos, fuentes y mantelería faltantes. El resto vino de las tiendas y de la licorería. Pero había que calentar todo y servir la mesa; para ello recurrió a la ayuda de su pequeña hija Pop.

A las ocho y media toda la compañía estaba presente y otra vez se sentaron alrededor de la gran mesa redonda de la sala de espera, adusta pero modernizada, mucho menos sombría. Las señoritas Te George y Sibculo se habían puesto unos vestidos floreados. La señorita Van den Born apareció imposiblemente vestida, como siempre, pero ya el hecho de que apareciera se consideró un detalle.

—Las mesas redondas son más agradables —dijo Katadreuffe—: así nadie se sienta en la cabecera.

En esa frase volvió a aparecer su consciencia social: nunca había querido oficialmente el jefe de los oficinistas.

El personal estaba al completo, incluidos Burgeik, Kees Adam y Ben. También Graanoogst. Pero movido por el mismo sentimiento de solidaridad, Katadreuffe llegó a decir:

—Lástima que no esté Pietje.

Y es que Pietje había fallecido ese invierno. Propiamente dicho, el muchachito no había sido reemplazado: se las arreglaban con Ben, aunque con ese palurdo todos pasaban un calvario, Katadreuffe incluido.

Se sentaron a la mesa al buen tuntún: lo único que el agasajado pidió expresamente fue que la señora Graanoogst se sentara a un lado de él y Pop al otro. Y antes había negociado que Pop pudiera quedarse hasta el final de la fiesta. Porque en esa fiesta, celebrada en la casa donde vivía, se sintió más unido que nunca con quienes la compartían con él.

Había dos comensales que no decían nada: Burgeik miraba con ojitos desconfiados por si la gente de la ciudad intentaba meterse con un pobre campesino; Ben se dedicaba a comer, ni más ni menos. Mientras tanto, Kees Adam le explicaba con pelos y señales a Graanoogst el funcionamiento de un motor: el sistema de dos tiempos, el de cuatro tiempos... Las chicas hablaban entre sí y se turnaban para ayudar a la señora Graanoogst a servir. La señorita Van den Born se reía cada tanto con voz ronca y tan alto que nadie, ni siquiera Kees Adam, entendía sus propias palabras.

Naturalmente, la señorita Sibculo estaba sentada al lado de su prometido, pero no mostraba demasiado entusiasmo. ¿Por qué diablos había derramado tantas lágrimas en la celebración de su compromiso? Porque ese joven resultó ser absolutamente presentable. Era contable en una pequeña agencia de seguros, aunque sabía mucho más que mecanografiar pólizas y calcular primas. Se diría que cualquiera que trabaje en una agencia de seguros, lo más árido de lo árido, tiene que ser un muermo. Nada de eso. A los postres desgranó imitaciones de un zoológico completo. No había animal que no supiera imitar, incluidos los inhabituales sonidos de un rinoceronte o un elefante; al menos eso afirmaba, y su auditorio le creyó de buena fe. Entretanto, hizo sonar cláxones, aullar sirenas de incendios, ponerse en marcha una locomotora, saltar corchos de botellas de champán, borbotar y espumar el vino y, al cabo, remató con un festival de fuegos de artificio: bastaba imaginarse el medallón con la leyenda de «¡Viva Katadreuffe!».

El único que no estaba de buen ánimo era el propio Katadreuffe, aunque a nadie llamó la atención: nunca se lo había visto particularmente alegre. Era muy serio y no parecía más serio de lo habitual. Se esforzaba, pero la tensión tal vez había roto algo en él: echaba de menos la vieja resistencia. Pensaba: «Mañana volveré a estar bien; dormiré bien esta noche y así me despertaré con una sensación de descanso, de vacaciones». Pero no conseguía sacudirse la presión: era como si algo pendiera sobre su cabeza. Sin embargo, nadie debía notar nada.

Antes de que todos se levantaran de la mesa, tomó un momento la palabra. Sintió una repentina necesidad de decir algo, improvisó algo sencillo: su primer discurso.

—Amigos —dijo—. Y digo «amigos» porque eso es lo que somos los que estamos aquí, incluso el prometido de la señorita Sibculo, que es nuestro amigo porque ella es de los nuestros. Así que: amigos, os agradezco otra vez, de todo corazón. Me habéis hecho un gran honor, nadie es más consciente de ello que yo, porque ¿qué soy ahora? O mejor dicho, ¿qué seré este otoño? Un simple estudiante universitario, nada más… Pero quisiera añadir lo siguiente: casi todas las personas tienen determinadas dotes… —Aquí calló un momento. Pensó en la señorita Van den Born, pero no la miró. Sintió los llamativos ojos de Pop observándolo. Sin saber por qué, aquello lo reconfortaba—. La mayoría de las personas tiene un don, sólo tienen que descubrirlo, y cuando lo han descubierto tienen que cultivarlo. Cuando en septiembre me haya matriculado como estudiante en la universidad de Leiden, seré un estudiante novato y, debido a las circunstancias, un estudiante mucho mayor que el grueso de los que comienzan. Pero no me importa: se puede empezar tarde, con tal de hacerlo. Las personas a veces tardan en descubrir su don. Pero hay dicho muy cierto: «Hay que hacer lo mejor que podamos con nuestras vidas». Empecemos por descubrirnos a nosotros mismos. No pretendo otra cosa que progresar. Cada uno de nosotros debería pretender lo mismo, y entonces progresará… —De nuevo guardó, luego siguió en otro tono—: Eso es todo lo que quería deciros, y nuevamente que os agradezco. Que todos aquí podamos trabajar en armonía unos con otros. Por último… Me temo que me ha salido un sermón: no era mi intención…

Y entonces se ganó a todos, porque apareció su irresistible sonrisa. Ahí, de pronto, descubrieron ante ellos a un hombre que con una simple expresión de la cara podía conquistar al mundo, y que no lo sabía.

Poco después tomaron el café, de pie, y también hubo licor. Las chicas formaron un corro y la señorita Van den Born, inesperadamente, dijo con su voz ronca:

—Cielos, señorita Te George, ¿está usted un poquitín borracha? ¡Cómo le tiembla el pulso!

Entre risas, la señorita Te George negó con la cabeza y, temblando, bajó su copita de licor.

Entonces llegó el momento de que Pop se fuera a la cama. No quiso ir si Katadreuffe no la subía por la escalera. Eso hizo, y la madre fue con ellos.

Cuando volvió a bajar venía resoplando, pues la niña ya pesaba. Vio al final del corredor un abrigo blanco de verano y a la señorita Te George que partía. ¡Qué extraña, qué dolorosa, esa partida en silencio, sin despedirse de él. Bajó la ancha escalinata a toda prisa y le dijo en voz en baja:

—¡Señorita Te George! ¡Señorita Te George!

Dos veces.

Ella se dio la vuelta bruscamente. Se encontraron uno delante del otro, alumbrados por la alta luz del corredor de mármol. Estaban parados de manera idéntica, las manos extendidas contra la pared, igual de altos, sus ojos al mismo nivel, sus caras pálidas y demacradas. Él todavía resoplaba un poco. Ese momento, y no la visión de las seis placas en la puerta del bujete, incluida la suya, se convirtió en el momento más impactante de su vida. Porque sintió con total claridad, de un modo físico, una corriente que iba y venía intermitentemente entre ellos: la sintió vibrar a la altura de su pecho. Pero había también una pared de acero: él la veía a través de esa pared y sabía que la había perdido; sólo sentía el contacto de la corriente.

Luego dejó de sentirla. En silencio, se puso en marcha de nuevo; en silencio, él sacó su bicicleta de debajo de la escalera y la acompañó hasta la puerta de la calle. Ya no la vio partir: cerró rápidamente, sin hacer ruido.

Arriba se encontró de nuevo con la animada conversación de los otros; no la soportó. Por un resquicio de la puerta alcanzó a ver a la señorita Van den Born arrojando dos columnas de humo de cigarrillo por sus anchos orificios nasales tal como los caballos arrojan vaho en los nebulosos días de invierno; no lo soportó. Graanoogst seguramente entendería su cansancio y lo disculparía ante los otros. Subió en silencio a su cuarto.

Se desvistió y se echó en la cama, pero no pudo dormir. Se levantó, encendió la luz, acercó la oreja a la puerta: había un silencio de muerte. Dio vueltas por el cuarto en pijama. La ventana que daba al patio de luces estaba abierta. Se asomó. Abajo y arriba sólo había oscuridad; la luz de su lámpara iluminaba la pared ciega de enfrente, tan cercana. Se sentía desgraciado: la desgracia casi le produjo náuseas.

En cualquier caso, debió de haber acabado acostándose, pues a la mañana siguiente se despertó en su cama. Ni siquiera durmió hasta muy tarde; sintió el mismo cansancio aplastante mientras deambulaba inseguro por el cuarto.

Entonces vio algo que, de repente, le hizo recobrar la lucidez y olvidarse del cansancio: en su almohada, junto al sitio donde había descansado su cabeza, había sangre. Un rastro, una hilo, una pequeña culebra le había salido de la boca. Sí, lo sabía con absoluta certeza: de la boca. Le volvió a la memoria con total claridad: esa noche se había sentido sofocado por un momento y se había incorporado en la cama. Una pequeña opresión, una tosecilla, algo indefinido en la lengua. Pero antes de darse cuenta le sobrevino un sueño de plomo, un sueño como un bloque de hormigón, que lo aplastó.

No olvidó advertir a la patrona de su pequeño accidente nocturno: una hemorragia nasal. Llegó abajo a tiempo: Graanoogst ya lo había recogido todo. Las flores estaban frescas aún. Sonó el teléfono, el instinto le hizo coger el auricular; una voz extraña mencionó algo sobre la señorita Te George: que no se sentía bien, que ese día no acudiría al bufete. Esto no había acontecido en años. Y la señorita Van den Born dijo con segundas:

—Ya decía yo que estaba un poco borracha. Ahora estará con resaca.

Pero a nadie le pareció probable, tratándose de una chica como ella.

A la hora del café fue a ver al doctor De Merree, el mismo que en su día lo había traído al mundo. Tenía su consulta en Oostzeedijk y atendía principalmente a las clases populares: su sala de espera solía estar atestada de gente de esa extracción. Pero a la hora del café normalmente estaba disponible para alguna consulta: a esa hora había poca gente. No obstante, había que hacer previamente una cita por teléfono. Katadreuffe lo había llamado desde el despacho de Stroomkoning: no quería que el personal lo oyera.

Era también el médico que atendía a la señora Katadreuffe. Tan pronto como sus ingresos le permitieron prescindir del médico de la Caja, se pasó al doctor De Merree. Recordaba perfectamente su nombre: lo había memorizado en la sala de parto. Le caía bien: veía en él al único médico verdaderamente competente de la ciudad, si bien en su momento no había seguido ninguno de sus consejos, pero a fin de cuentas ésos eran asuntos suyos.

Katadreuffe se sentó frente a él con el torso desnudo. El viejo médico palpó y auscultó, le dijo que respirara y dejara de respirar. Katadreuffe se miró las manos: estaban morenas del verano, lo mismo que su cara. Solía quemarse rápido y mucho. Pero el resto de su cuerpo estaba blanco: ese año no se había dado tiempo para ir a la playa natural del Waalhaven, ni en la playa de mar de Hoek van Holland. Jan Maan había ido solo y el primer día ya había vuelto todo rojo porque no tenía una piel que se bronceara bien. Y Katadreuffe pensó con dolor en una observación hecha por la señorita Te George en el despacho del personal, así, en general, y entre risas: que ella tampoco podía exponerse mucho tiempo al pleno sol, que no le favorecía a su tez, que en ese sentido el señor Katadreuffe era envidiable.

—Antínoo, que no Apolo —dijo el médico más para sí que para su paciente mientras lo auscultaba.

Lo dijo con ese cinismo afable y bonachón que tienen muchos médicos de edad avanzada.

Katadreuffe lo entendió y se puso colorado. El médico le puso el brazal, apretó una perilla de goma y consultó el manómetro.

»Te encuentro flojo y nervioso, chico —dijo—. Tienes la tensión arterial muy baja, demasiado baja, pero por lo demás no encuentro nada. Debes de haber tenido una pequeña hemorragia estomacal. Haremos que te saquen una foto. Si nos damos prisa, aún alcanzamos a ver al radiólogo. Tengo el coche fuera.

Katadreuffe había permanecido todo el tiempo inmóvil. Era llamativo su escaso vello corporal. Pese a ser moreno, tenía el pecho completamente blanco: un pecho de alabastro, terso y masculino, con los pequeños y castos puntos de las tetillas; en las axilas, el vello muy ralo y muy púdico. Con un grácil orgullo había agachado el cuello mientras el doctor De Merree le examinaba la espalda.

A la mañana siguiente llegó una carta para Stroomkoning. Al lado de la dirección ponía: «Confidencial».

Y Katadreuffe entendió de golpe que ella no volvería: esa era su despedida, su renuncia. Un gran sobre lila claro, tinta violeta, una caligrafía delicada de mujer, aunque grande y vigorosa: la caligrafía de un carácter recto y distinguido. La conocía ya desde hacía tiempo, pero sólo ahora veía, por primera vez, aquellas cualidades. Sopesó un momento la carta en la mano, reflexionando, a solas en el despacho del personal a esa hora temprana. No figuraba su nombre, sí su dirección en el frente del sobre: Boogjes.

En una ocasión ella había mencionado: «En bicicleta de Boogjes a Boompjes y viceversa, cuatro veces al día».

En efecto, Boogjes, junto a la Franja Verde. Nunca había estado allí: quedaba en la zona más apartada del sur. Y estaba claro que ya no iría. Dejó la carta encima de la pila de correspondencia privada, Stroomkoning volvería dentro de unos días. Y se puso a abrir el resto del correo.

Dos días después fue de nuevo a la consulta del doctor De Merree. Ya estaba convencido de que no sería nada terrible: el primer examen ya le había quitado un peso de encima, pero tampoco estaba realmente optimista.

La radiografía no había revelado más que unos pulmones no demasiado fuertes. Unos focos tuberculosos se habían secado en la primera fase y habían quedado encapsulados. Eso no significaba gran cosa: era señal de suficiente resistencia del tejido pulmonar, le pasaba también a otra gente. Pero tenía que cuidarse, no trabajar ni estudiar demasiado; descansar. Y ese poquito de sangre provenía sin ninguna duda del estómago.

Volvió Stroomkoning y le dio a Katadreuffe un apretón de manos, pero estaba demasiado pendiente de otras cosas;

asustado, irritado. Instintivamente, había abierto la carta de la señorita Te George antes que las demás.

—¿Y ahora qué haremos, por Dios? —preguntó empujando la carta por encima de la mesa hacia Katadreuffe, que no la miró.

—Ya lo he entendido.

—¿Cómo que lo has entendido? ¡Si todavía no has leído ni una letra!

—Si la señorita Te George manda llamar un día para decir que está enferma y al día siguiente le envía una carta confidencial, no resulta tan difícil adivinar lo que escribe.

Lo dijo con calma. Stroomkoning, demasiado preocupado para captar lo extraordinario de esa respuesta, le arrojó de nuevo la carta.

—Léela.

Su voz sonó como una orden. Katadreuffe se puso a leer mientras Stroomkoning se paseaba agitado de un lado a otro. La señorita Te George escribía lo siguiente:

Estimado señor Stroomkoning,

Lamento más de lo que puedo expresar que, tras tantos años, inesperadamente tenga que presentarle mi renuncia, pero por determinados motivos que son difíciles de explicar me veo en la necesidad de hacerlo. Huelga decir que, con respecto a mi sueldo, acepto plenamente las consecuencias de este acto. Le agradezco muchísimo la amabilidad que me ha dispensado siempre. Le saluda atentamente, y asimismo a su esposa,

LORNA TE GEORGE

Katadreuffe leyó la carta en su totalidad. Aquella era la letra de una mujer muy segura de sí misma, pero el estilo no era en absoluto femenino: era el estilo correcto y distante del abogado. Sus largos años de trabajo en el bufete se lo habían contagiado.

Su firma completa: Lorna te George. A continuación, Katadreuffe releyó otra vez a media voz aquella frase particular: «Huelga decir que, con respecto a mi sueldo, acepto plenamente las consecuencias de este acto.»

—¿Quiere decir —preguntó— que su último sueldo...?

Stroomkoning se detuvo y lo interrumpió.

—Exactamente, eso quiere decir: que renuncia a su sueldo. ¡Pues yo le voy a pagar un trimestre extra, o medio año...! ¡Se va a enterar! Nunca más encontraremos a alguien así. No lo entiendo. ¡Por Dios, no lo entiendo! —Por suerte no preguntó si el otro sí lo entendía. Volvió a pasearse de un lado a otro de la sala mientras seguía hablando—: Tú podrías tomar su lugar, Katadreuffe, pero no me parece conveniente. Porque luego tendré otro jefe de sección que me robará. Y dentro de unos años, cuando acabes tus estudios, de todos modos deberé liberarte. No, eso sería poner el arado delante de los bueyes... Pero no me doy por vencido; ya veremos: las cosas no pueden hacerse así como así. Una carta, «le saluda atentamente...», después de diez años, ¿o han sido doce? No sé, tal vez sean ocho. Da igual, me la traigo de vuelta. Ya verás, Katadreuffe, mañana la tenemos de nuevo aquí, en el bufete.

Sus bigotes de gato se pusieron tiesos apuntando a todos lados, el ojo de berilo refulgió, la melena gris de león se esponjó: se le había ocurrido algo. Mandó llamar a su casa y, mientras Katadreuffe se retiraba, su mujer se puso al aparato.

No perdió el tiempo, esa misma mañana pasó con su mujer por la casa de la señorita Te George. Sabía la calle y el número, pero no conocía exactamente la ubicación. Tras cruzar el viaducto sobre las vías del ferrocarril, la señora Stroomkoning detuvo el coche y juntos consultaron el plano. Allí comenzaba un extenso barrio nuevo.

—Creo que hay que coger por aquí —dijo señalando en el plano—. A ver cómo se llega mejor. Franja Verde, Wilgenweerd, Enk, Leede, Krielerf, ¡qué nombres tan graciosos! Aquí está Boogjes.

Empezó a conducir despacio sin proponérselo. Al tiempo que avanzaba, reinaba una calma cada vez mayor, hacía más sol, todo parecía más bucólico, el agua discurría por una especie de acequias, y sin embargo todavía estaban en la ciudad.

—¡Qué monada! —dijo—. No sabía ni que esto existiera.

Despacio y con cautela avanzaron a la sombra de los pequeños árboles de copas tupidas. La casa se encontraba en una curva: una casita de campo, la parte superior de madera, pintada de un bonito color marrón, el tejado en punta. Aquello expresaba lo que ambos sentían: esa chica debía vivir así y de ningún otro modo.

Ella les abrió en persona, y por su actitud serena él percibió lo irrevocable de su decisión. Esto lo sacó de quicio. No pudo quedarse sentado en su sillón por mucho tiempo: se puso a deambular por la sala como por su propio despacho, las manos en los bolsillos o gesticulando.

—No lo entiendo. No quiero meterme en sus cosas, por supuesto. Pero tan de repente, después de tantos años... ¿No podría ser de forma más gradual?

La señorita Te George permaneció inmóvil, sentada entre las dos ventanas, de espaldas a la luz.

—Es probable que me comprometa…

—¿Que se comprometa? ¿Y comprometerse es un motivo? Mientras esté comprometida bien puede seguir trabajando en el bufete. Por mí, como si tuviera una alianza en cada dedo… —Sintió que su irritación lo volvía grosero y se corrigió con una risita en cierta medida tímida—. Perdóneme. Naturalmente me refiero a que no puedo prescindir de usted… ¡No me haga insistir tanto! ¡Válgame Dios! ¿A quién voy a recurrir para reemplazarla? Sé perfectamente lo difícil que es tomar notas conmigo, con mi ritmo y mi manera de dictar, unas veces como un tren, otras como una carreta. ¿Quién podría estar a su altura?… Usted ya conoce todas mis causas: nadie las conoce mejor que usted, ni siquiera yo mismo.

La señorita Te George guardó silencio. La señora Stroomkoning, un pequeño y escultural elfo rubio claro, permaneció sentada en el sofá. Pero este elfo que hacía deporte, nadaba, jugaba al tenis, practicaba esgrima, conducía, que tenía bajo esa piel suave unos músculos de acero, era al mismo tiempo una mujer. La relación de su marido y su secretaria había despertado en ella siempre una vaga envidia: esa chica sabía tanto más de las causas que ella, estaba en contacto permanente con él, ella sólo de forma circunstancial. Acusaba un fenómeno de los tiempos que corrían: sentía los típicos celos de muchas mujeres casadas con hombres de negocios. En realidad, se alegraba si esa chica no volvía, pero eso sólo no la satisfacía: tenía que concederse una pequeña venganza acariciada durante años; la ocasión era demasiado propicia. Preguntó inocentemente:

—¿Seguro que no hay nada más, señorita Te George? ¿No tendrá que ver con el bufete?

Lo preguntó sin prolegómenos, implacable, porque era mujer. Las dos se calaron en una fracción de segundo, y se odiaron. El hombre no notó nada.

—No, señora Stroomkoning —respondió ella con tranquilidad—: el bufete no tiene absolutamente nada que ver.

Ojalá que no se hubiese ruborizado ligeramente al mismo tiempo, pero la otra lo registró, pese a la sombra que arrojaban las cortinas. Con su intuición femenina había adivinado y se quedó conforme. Se puso de pie, Stroomkoning la siguió. Mientras conducía despacio por el bucólico barrio, dijo:

—¿Sabes lo que te digo? Esa señorita Te George está simplemente enamorada de tu jefe de sección. Por eso se ha marchado, ése es el único motivo.

Mientras lo pronunciaba, por el rabillo del ojo examinó fugazmente a su marido. Éste no preguntó cómo se le había ocurrido, desechó la idea sin más.

—¡Imposible, absolutamente imposible! Algo le pasa, eso lo ve hasta un niño. ¿Pero ella y Katadreuffe...? Nunca en la vida. —¿Por qué se hacía tanta mala sangre? Ella lo miraba cada tanto de perfil, lo veía meditar. Poco después dijo—: Ahora que lo pienso, Iris, quizá no te falte del todo razón. Me acabo de acordar de algo: ella estuvo una tarde en el cuarto de Katadreuffe... Sabes que él vive con mi patrón, ¿verdad? Pues tomaron el té juntos, muy normal entre compañeros, nada en especial, y sin embargo algo así a posteriori da que pensar... Ya no recuerdo quién me lo contó, si Graanoogst o tal vez Rentenstein... Fue hace ya mucho tiempo, pero lo recuerdo perfectamente.

Lo dijo con total franqueza. Ella rio. Entre aquellos dos no había jerarquías: su relación era perfectamente horizontal.

—¿Lo ves? —dijo ella—: una mujer siempre tiene razón en estas cosas. Una mujer lo siente y un hombre no: ésa es la diferencia. Vengo sospechándolo desde hace tiempo: el chico es muy guapo de cara.

—Sí —dijo él—. Y yo sigo siendo un lelo. Porque esta mañana, esta misma mañana ya podía haberlo entendido... Su carta de renuncia, ya sabes... El chico ya sabía lo que ponía en la carta antes siquiera de dársela a leer...

—¡Pues ahí tienes la prueba! ¿A ver si todavía te atreves a decir que quizá no me falte razón?

Lo puso de nuevo de buen humor, él también se echó a reír.

—Vale, pero es que las mujeres siempre queréis tener la razón... Y por favor, presta más atención, que esa farola no se hará a un lado por ti. Si vas a conducir así de mal, yo también puedo hacerlo.

Katadreuffe reemplazó tan eficientemente a la señorita Te George que Stroomkoning empezó a olvidarse de ella. Era una época floja, pleno verano, no había reuniones y tampoco asuntos importantes que atender. Stroomkoning fue lo suficientemente generoso como para no hacerle notar a Katadreuffe que lo consideraba responsable de la partida de su compañera, y lo suficientemente fino para no salir de dudas interrogándolo. Si era verdad, pues mal asunto, pero no algo que lo incumbiera directamente. Sin embargo, Katadreuffe vio que Stroomkoning no se decidía a elegir a una reemplazante, y era necesario que eso ocurriera. Por fin le dijo:

—Si no tiene inconveniente, yo mismo podría buscar. Creo saber qué clase de persona necesita.

—Ya había pensado pedírtelo —respondió el jefe—. Sólo que no contrates todavía a ninguna persona de forma definitiva: ponla a prueba durante, digamos, dos meses. Y aunque no exijo belleza, después de Lorna difícilmente podría soportar a una mujer directamente fea. Puede que esté mal, pero incluso en los negocios una mujer siempre será una mujer, al menos para un hombre. —Se rio. Hablaba de Lorna de un modo familiar, algo que no había hecho nunca frente a Katadreuffe. Generaba casi un vínculo. Luego se puso serio y lanzó una mirada escrutadora a su primer oficial—. No corre prisa. Es época de inactividad. Mañana me marcho un mes de vacaciones, y tú también, al menos por un mes. Tienes mala pinta después del examen: exijo que te quedes un mes fuera. Cuando vuelvas, búscame a alguien. Pero deja que las cosas sigan tranquilamente su curso en el bufete: todo saldrá bien. Te hace falta la brisa del mar, o del campo, o de las montañas; en cualquier caso tienes que salir de aquí.

Al día siguiente partió. Katadreuffe lo hizo un día después: se tomó por primera vez vacaciones. Esta vez sintió que su necesidad de descansar era absoluta. Y al mismo tiempo se libraba de escuchar las interminables y molestas conjeturas en torno a la repentina partida de la señorita Te George, porque el despacho del personal no daba crédito, y él tenía que seguir la corriente para no levantar sospechas. No se tomó un mes entero de vacaciones, sino quince días. No se fue a la montaña, ni al campo, ni al mar, sino que se quedó cerca: se fue a casa de su madre.

Ella lo recibió a su manera hosca y taciturna, pese a que su gabinete seguía siempre disponible. Notó que algo le pasaba: se le veía demacrado; no sabía con certeza de qué se trataba, sin duda el esfuerzo de prepararse para elm examen tenía que ver, pero no era sólo eso, no. Intuyó que se trataba de una chica. Pero si él no hablaba, ella tampoco preguntaba: no era su carácter. Cuidó de él discretamente: con ella no estaría peor que con esa gente de la que estaba tan satisfecho.

Lo dejaba dormir mucho: la primera semana dormía casi doce horas diarias. Un par de veces entró temprano en el gabinete para observar en silencio a su hijo dormido. Había entonces en los ojos de ella, como en otros momentos parecidos, una ternura que nunca le había desvelado, que ella misma desconocía. Su hijo era limpio, pulcro; el aire se mantenía limpio también en el recinto en que dormía. Cuando despertaba, no se levantaba enseguida: se quedaba en la cama cavilando, y sus pensamientos se perdían en dirección de Lorna. A veces despertaba muy temprano por la mañana y pensaba en ella. Ella a esa hora dormía; la veía dormir claramente, como si fuera un vidente. No hacía bien en imaginársela, pero le ocurría sin querer: no era capaz de ahuyentar el encanto de esa imagen. Entraba en su cuarto. Ella dormía de costado, de espaldas a él. Él la contemplaba desde arriba y, con toda nitidez, amorosamente, observaba su perfil. Su imaginación se mantenía cándida: la imaginación de un niño. Ella parecía moverse como queriendo darse la vuelta y la visión se esfumaba. Inmediatamente después, él se dormía.

Durante el día ya no se encerraba en su gabinete: iba a sentarse con «ella». Inicialmente había dudado, pero al final se había llevado un tomo de su nueva enciclopedia, la letra *u*, que estaba leyendo. Pero sus pensamientos se dispersaban a menudo, «ella» lo notaba.

Jan Maan salía de casa muy temprano por la mañana, en bicicleta, hacia la fábrica. Se llevaba bocadillos, comía allí; por la tarde regresaba, le daba una palmada en el hombro a Katadreuffe y decía: «¿Cómo estás, burgués?».

«Hola, camarada Maan», le respondía Katadreuffe, para fastidiarlo.

Después de una semana se sintió fortalecido. «No debo —pensó— perderme en sentimentalismos. Basta de tanto soñar: quiero ser un hijo de mis padres, y ciertamente de mi madre, que tampoco fue de embelesarse nunca. Basta ya de tanto calentarse la cabeza: es completamente infructuoso. Al final, todo ha terminado de la mejor manera: realmente no estoy hecho para el matrimonio.»

No terminó todo ahí, pero poco a poco fue a mejor. Y no tenía más que pensar en su padre para que le volviera la energía. Había triunfado por primera vez a expensas del viejo, seguiría siendo más que él. En un plazo que lo sorprendería le devolvería su dinero, sumado al interés de usura. Y si el padre hacía efectiva la cesión de su sueldo, pues nada: el hijo igual llegaría; un poco más tarde, pero llegaría.

Encontró también distracción en sus conversaciones con Jan Maan. Si él se había apartado del comunismo más que nunca, Jan Maan estaba metido hasta el tuétano. En la sobremesa discutían en el salón, porque también Jan Maan prefería estar allí, con «ella». Se jactaba de lo extraordinariamente bien que le iba al Partido Comunista de Holanda. Ya se vería en las próximas elecciones. Seguro que conseguirían al menos diez escaños en el Congreso. En el sector empresarial reinaba una gran inquietud: día a día mucha gente cambiaba de chaqueta, los socialistas perdían adeptos a ojos vistas ante el PCH.

—Es eso, precisamente —dijo Katadreuffe—: no sois un verdadero partido; sois simplemente un barómetro de la coyuntura. Arriba y abajo, arriba y abajo: viento y chubascos en las empresas, tiempo despejado donde vosotros, o al revés, y así sucesivamente.

Hirviendo de rabia, Jan Maan le espetó:

—¡Hay que ver al niñato que no merece siquiera que le enseñen una lámina de la Plaza Roja, hay que ver al condenado burgués ofendiendo a Lenin-Uliánov! ¿Sabes cómo te llamaré en adelante? «Burgués» aún suena demasiado bonito: te llamaré «capitalista».

—Calma, Jan, lo reprendió la madre.

—No, madre, que el señor se entere de una buena vez. «Arriba y abajo, arriba y abajo», dice. Pero no bajará nunca. Y si bajara, que no lo hará, pero si fuera así, vosotros los capitalistas tendréis que respetarnos. Os retorceremos la nariz que ya veréis. Y si yo tengo que bajar, apestaré, Jacob; me olerás: con mi tufo espantaré a todos los capitalistas.

En su furia empezó a decir tonterías. Katadreuffe lo miró: le dolía el corazón por el amigo; no por sus palabras, hablaba por hablar, sin mayores consecuencias, sino por su aspecto. Porque Jan Maan se estaba haciendo indiscutiblemente viejo y no iba más que por la mitad de la treintena. Pero empezaban ya a notársele esos profundos surcos del trabajador de fábrica. La dureza no le llegaba al alma, pese a sus palabras, sino que se depositaba en sus facciones. Lo mismo se veía en los miles de trabajadores en las fábricas, Katadreuffe lo sabía muy bien: en las fábricas sin duda era posible ser viejo mucho tiempo, pero la juventud no duraba tanto.

Katadreuffe siguio mirando: había renunciado a interesar a Jan Maan en otra cosa que no fueran las chicas y el Partido, a que se desarrollara como persona. Últimamente, para Jan Maan el Partido venía claramente en primer lugar. Katadreuffe dudaba de que eso fuera una gran mejora. Venían a verlo tipos muy raros. Había hablado con ellos una vez por curiosidad, pero ya no lo hacía: esa gente lo sacaba de quicio. Por suerte Jan Maan no los llevaba donde «ella».

—¿Esta noche no recibes a tus camaradas, Jan? —le preguntó. —No podía renunciar del todo a fastidiarlo. No obtuvo respuesta—. Entonces vente conmigo.

Juntos salieron a beber cerveza en el barrio. Para entonces, Katadreuffe era quien siempre pagaba la cuenta. En ese aspecto no estaba para bromas, Jan Maan lo sabía muy bien: una vez había echado mano de su cartera y lo había pasado mal; en adelante prefería evitarlo. Pero conocía también el motivo: de esa manera quería demostrarle Katadreuffe su agradecimiento porque Jan Maan cuidaba muy bien de «ella». Y este último había tenido que tolerar que su amigo le reintegrara todo, incluso las suscripciones de los cursos por correspondencia; todo hasta el último céntimo, y tacos, por añadidura, las veces que había dudado en aceptar.

Después de una o dos cervezas, Jan Maan dejó de estar de morros. Entró en confianza. Había vuelto a pelearse con sus padres y creía que esta vez la ruptura era definitiva. Ya no se rompía la cabeza por eso. Pero le soltaban siempre la misma cantilena de que volviera a casa, mientras que él quería ser libre. Ayudaba a la economía del hogar, o sea, que se dejaran de dar órdenes, que si él quería quedarse con «ella», se quedaba con ella.

—Algún día tendrás que marcharte, Jan —dijo Katadreuffe—. Y a lo mejor antes de lo que ambos pensamos. La semana pasada hablé con su médico. Opina que su salud ha empeorado, que de momento parece estable, pero que a la larga empeorará sin duda. Ella misma lo sabe también, gracias a Dios.

—Nunca dice nada al respecto —dijo Jan Maan.

—Porque ella es así.

Jan Maan reflexionó un instante.

—Puede que algún día tenga que marcharme, pero de una cosa estoy seguro: no será para casarme. No estoy hecho para el matrimonio, ninguno de los dos estamos hechos para tener una esposa algún día, Jacob.

Y Katadreuffe, sorprendido en su interior de que su amigo lo hubiera calado tan hondo, le dijo:

—Creo que tienes razón. Y cuando le hayamos dado sepultura a «ella», sólo quedaremos tú y yo, pero juntos, ¿me entiendes? Insisto en ello.

Cierta noche, parando él aún en casa de su madre, se presentó Harm Knol Hein, el barquero de la grúa. Los amigos habían salido a ver una película rusa en el rojo Caledonia; ella estaba sola.

—Ahora soy un hombre libre, señora, por decirlo así —le dijo sentado frente a su taza de té. —Ella entendió que no sólo venía a contarle su vida. Se sentó resignada a escucharlo: su pueril falta de vergüenza a veces la enternecía. Él prosiguió—: Y le diré a qué se debe. A la gorda, ya sabe: la hice relacionarse a las calladas con ese amigo mío del que le hablé el otro día. Y bien que lo he visto: que se fueron enrollando cada vez más... En fin, para abreviar, resulta que ayer... Es que es absolutamente escandaloso si piensa que la mujer está más cerca de los cincuenta que de los cuarenta... En fin, resulta que ayer, a sus años, va y bota un primogénito. ¡Y ese amigo mío no viera lo contento que se puso! Y en la tasca, frente a una copa, viene y me dice: «Knol», me dice, porque mi nombre de pila es Harm y mi apellido Hein, pero él me dice Knol; «Knol», dice, «una cosa: esa criatura es cristiana, tenemos que bautizarla, y la bautizaremos a la usanza de los astilleros». En fin, que quería comprar una botella de champán y romperla en el culo del niño... o no, espera, creo que es niña...

Guardó silencio un momento mientras mascaba su tabaco.

—¿Otro té, señor Hein?

—Con gusto, señora, no voy a decirle que no... Pero entiéndame bien: ese amigo mío es, por así decirlo, un hombre de mar; no hablaba en serio: era tan sólo una ocurrencia, y además estaba como una cuba... Pero naturalmente no me pareció de recibo, y sólo quisiera decir que de esa manera al menos me he zafado honrosamente... —La miró con sus pequeños ojos amistosos y siguió con su relato, pues hasta ese momento no había hecho más que una torpe introducción—. Y ahora mire esto, señora —dijo—: esa hembra ha tratado varias veces ya de sisármela, pero no le he dado ocasión: siempre la llevo conmigo.

De un bolsillo interior extrajo una cartera gastada con una libreta de trabajo y muchos papeles sueltos, pequeños y grandes, todos pringosos y arrugados; esto no era y aquello tampoco... A ver, aquí lo tenía... No, no era esto, pero a ver aquí; sí, ahí estaba.

Desplegó una hojita amarillenta, sucia y grasienta en los dobleces, pero todavía entera; se la alcanzó y ella leyó su propia letra; su letra de veinte años atrás: la letra de su juventud. Era la carta con la que había rechazado en cuatro palabras su propuesta de matrimonio.

Llevaba su firma: «Sra. J. Katadreuffe».

La miró tenso. No era una mujer con experiencia, pero lo entendía: entendía que de este modo repetía su propuesta, enseñando la carta con la que ella en su día lo había mandado a paseo. Era tan llano, honesto e ingenuo... La conmovía profundamente. Pero no podía ser: ya entonces había estado hecha una vieja, ¿y ahora? ¿Qué le veía?

—Sigo pensando igual, señor Hein —dijo devolviéndole la carta.

Esbozó una sonrisa. Él vio la singular sonrisa en las facciones enfermas, bajo el pelo gris; vio sobre todo la sonrisa de los ojos, en los que por un instante brilló una pizca de humedad, reprimida de inmediato. Eran esos ojos los que en su día lo habían trastocado. Seguían siendo bonitos e intensos, sorprendentemente vigorosos para una mujer de su edad; esos ojos conservaban su fuerza de atracción sobre él.

Con cuidado, y sin embargo atropelladamente, plegó la carta por los viejos pliegues y la guardó en la cartera, suspirando:

—Pues nada, que entonces es así y no asá.

Era al menos un consuelo que él no se hubiera esperado demasiado de la conversación, que hubiera despachado a la otra y también que ella no estuviera viendo a nadie. No quiso quedarse y ella tampoco insistió, agradecida de poder estar aún un momento sola antes de que llegaran a casa sus muchachos.

Después de quince días exactos, Katadreuffe partió; estaba restablecido y al mismo tiempo había cambiado. Porque en ese periodo había tomado una decisión: buscar casa. Quedarse a vivir en el bufete donde había trabajado la señorita Te George haría que por las noches, en soledad, sus pensamientos se concentraran demasiado en ella y lo distrajeran demasiado de sus estudios. Una semana de dejarse llevar por los sueños, vivir de los recuerdos, era ya un exceso; no era el derrotero que quería seguir. A Graanoogst le dijo que era mejor para sus estudios que partiera y, bien visto, no dijo ninguna mentira. Pero lo lamentaba por esa gente, sobre todo por su media horita de sobremesa con Pop.

Para Stroomkoning encontró una nueva taquimecanógrafa. Las exigencias eran muy altas, pero el sueldo que podía prometer también lo era. Así, pudo seleccionar entre varios candidatos, y logró arreglar con una chica para una prueba de dos meses. Ella ya estaba cuando Stroomkoning volvió de sus vacaciones. Era una tal señorita Van Alm, no desagradable de cara, con una hermosa dentadura. Y se rio un momento cuando la contrató porque, igual que los zoólogos, había reparado en primer lugar en la dentadura. Llevaba gafas; no le quedaban mal: le daban a sus facciones un toque más amable. No era como la señorita Te George, pero Stroomkoning se mostró satisfecho con ella y la dejó quedarse.

Eran malos tiempos y el bufete lo resintió, pero el jefe, a quien le costaba despedir gente o rebajar sueldos, no tuvo que hacerlo. La solución se presentó sola. Kees Adam se fue a trabajar en el negocio de su padre, a fabricar asientos dobles para ángeles motorizados; además, el menor de los Burgeik también fue llamado de vuelta a su casa. Al final había aguantado mucho más de lo esperado, pero en cualquier caso se marchó: desapareció tan incomprendido como siempre y sin comprender nada. Al único que hubo que despedir fue a Ben, pero el chico tampoco valía para mucho más que para galanterías, e incluso esto se convirtió en una carga con el tiempo. En su lugar llegó un auxiliar de oficina de la edad de Pietje, pero mucho más fuerte: en eso Katadreuffe había puesto toda su atención.

A fin de año el despacho del personal se componía de Katadreuffe, las señoritas Van Alm, Sibculo y Van den Born y el auxiliar nuevo.

El teléfono lo atendía la señorita Sibculo. Tenía una voz suave, pero con un timbre agradable, y Stroomkoning acabó opinando que no estaba tan mal para variar. Una voz bien timbrada de mujer siempre quedaba bien, y las chicas de la compañía telefónica tenían una voz parecida. Los teléfonos, en todo caso, daban mucho menos trabajo en aquella época, y la señorita Sibculo podía seguir tomando notas con los abogados, en cuyo caso ocupaba su mesita la señorita Van den Born. Era su antiguo puesto y seguía hablando con la misma voz ronca de siempre.

Ese año soplaron más vientos de cambio, porque la reducción de personal no se limitó al personal subalterno. En el invierno se marchó De Gankelaar: partió a las Molucas, en las Indias Orientales, como administrador jurídico de un conglomerado dedicado al cultivo de especias. Entre él y Stroomkoning se habían producido en los últimos tiempos ciertas desavenencias; a él nunca le había parecido que el bufete se correspondiera del todo con su *standing*. Consideraba que Stroomkoning no tenía suficientes escrúpulos. Recíprocamente, a Stroomkoning el juicio de ese dandy perezoso lo crispaba por su arrogancia.

Y en la primavera de repente falleció Gideon Piaat. Ninguno de los dos fue reemplazado. No hacía falta, Stroomkoning tenía suficiente con sus otros dos colaboradores, Carlion y la señorita Kalvelage, y reservó un puesto para Katadreuffe.

De todo esto, lo que más afectó a Katadreuffe, y con mucho, fue la partida de De Gankelaar. Cierto que no era muy laborioso, pero había sido su promotor, un hombre afable y brillante; le debía muchísimo. También De Gankelaar lo lamentaba, porque le tenía afecto a Katadreuffe; estaba convencido de que le esperaba un gran futuro: habría presenciado su ascenso con gusto; sin embargo, la tristeza de Katadreuffe era mucho más profunda: se despedía de un protector, mientras que De Gankelaar simplemente lo hacía de un auxiliar. Porque De Gankelaar era un aristócrata, un chico del pueblo como Katadreuffe nunca estaría a su nivel: él nunca concebiría una amistad en pie de igualdad con alguien así; el otro siempre seguiría siendo un chico del pueblo. Además, echaba de menos en Katadreuffe el intelecto tal como él lo entendía. Porque si bien hablaba con él, siempre tenía él la palabra: el otro no era más que terreno para abonar. El chico lo absorbía todo, pero nada más; era como una esponja nueva, pero nada partía aún de él, ni un destello. Tal vez en el futuro.

Buscó despedirse del verdadero intelecto del bufete en su última conversación con la señorita Kalvelage. Pasaron más de una hora hablando en el gabinete de esta última. Se sentó frente a ella. El sol de invierno se reflejaba en el Mosa y le daba de lleno en la cara, ella estaba a contraluz y observaba con verdadera simpatía al joven distinguido, con sus numerosas pecas en torno a la nariz, si bien menos en invierno, con las muñecas anchas y blancas, el anillo de sello con el escudo, el cuerpo suelto y armónico de tanto hacer deporte y los pequeños ojos color avellana en los que tan a menudo había percibido una ligera melancolía.

—Parece que el cultivo de especias, nuez moscada y clavo —dijo De Gankelaar— necesita una buena sacudida. Para gran honra mía, la elección de esos señores ha recaído en mí. Allá vamos, pues, a poner las cosas en orden —dijo con descuidada fanfarronería.

La señorita Kalvelage soltó una risita sarcástica.

—Dígame la verdad, ¿se considera usted verdaderamente capaz de poner algo en orden? ¿Puede usted valerse por sí mismo, para empezar?

Él también se rio. Nunca lograría enfadarlo: en su última conversación habían vuelto a agarrarse de los pelos.

—Usted siempre igual de cáustica, ¿cuándo se volverá femenina de verdad, como a mí me gustaría?

—Y usted, ¿cuándo se convertirá en un hombre de acción? Pero bueno, tal vez el calor del trópico lo ayude a desarrollarse y luego vuelva hecho una palma.

—Entonces espero poder desplegar mis hojas como un tributo alrededor de su cabeza, o al menos como un adorno de su vestido. *Les palmes de l'Académie. L'Académie néerlandaise*, naturalmente.

—¡Por Dios, eso suena terriblemente banal! Exijo que lo retire. No quiero recordarlo como una persona que se complace en hacer cumplidos vanos.

Se puso de pie, serio de golpe.

—Señorita Kalvelage, sólo le pido que guarde usted un recuerdo de mí, sin más. Si he logrado causar alguna impresión en usted, no me importa si buena ni mala, me doy por satisfecho, se lo digo de verdad. Por mi parte, le aseguro que no la olvidaré jamás. Y si regreso aquí, o voy a donde usted se encuentre, la buscaré.

Así se separaron, con una sonrisa. Pero sólo De Gankelaar se puso melancólico.

Poco después, en la primavera, el bufete perdió a un segundo jurista por causa de muerte.

El débil corazón de Gideon Piaat sucumbió. De haberse cuidado, podría haber vivido aún algún tiempo, pero no fue capaz. El ambiente de la sala penal, desagradable para muchos abogados, era su elemento. Al propio Stroomkoning no le gustaba: compartía la opinión de la mayoría, de que el *cachet* residía en los pleitos civiles, de que los juicios penales son en realidad un poco inferiores. Piaat estaba hecho de otra madera. Le agradaba visitar a los clientes en el sombrío centro de detención, donde las verjas de hierro chocan produciendo su sonido característico. Solía enfrascarse en agrias disputas con el fiscal y los peritos y levantar la voz en los alegatos. Tenía una voz potente y bella. Los acelerados juicios orales eran sus preferidos: los escritos de contestación del procedimiento civil le parecían puro gimoteo. Los grandes juicios penales (alguna vez había utilizado esa imagen) eran como un barco en alta mar: las rachas de viento recorrían la sala y todo se mecía, los jueces, la defensa, la tribuna. Allí uno podía llevarse hermosas sorpresas, aunque también horribles decepciones. Había emoción, pero la emoción de la vida real, no la falsa de la publicidad. El proceso penal estaba vivo, respiraba; el civil era un cadáver.

Y también era un arsenal de bromas: tenía la pequeña vanidad de querer ser siempre el gracioso. Cuando en alguna ocasión la sala no reía uno de sus chistes se sentía casi humillado. Pero por lo general sus ocurrencias estaban bien dosificadas y tenían el contenido justo. La tribuna se regodeaba; los jueces de la sala penal, ante quienes se disputan tantos casos monótonos, se morían de risa. Y tenía una memoria estupenda: esa broma ya la había hecho allí, pero aquí todavía no, y tampoco había salido en los periódicos; sería todo un éxito. Y funcionaba.

Se había convertido en un penalista tan bueno que poco a poco había ido organizando su propio bufete. En el de Stroomkoning los juicios penales no tenían mucho peso, en el otro eran los más importantes. Para no perder a Piaat, Stroomkoning había celebrado con él un contrato por varios años, con buenas condiciones, como también había hecho con Carlion. Así lo había atado, y Piaat, exceptuando algunas causas de oficio, había cumplido su deseo de dedicarse por completo a los juicios penales.

Eso lo convertía en una figura solitaria en el bufete. Con Katadreuffe casi no tenía roce. Tenía muy pocas cartas que mecanografiar y para sus notas y extractos echaba mano de la señorita Sibculo. Con ella mostraba siempre una enorme delicadeza. Cuando la causa tenía un carácter en el que difícilmente podía implicarse a una joven (aunque estuviera ya comprometida), pedía una máquina de escribir y él mismo hacía el trabajo.

Sucumbió a las altas tensiones de la sala penal: lo había visto venir y no se había cuidado en absoluto. Cada vez más el payaso que había en él había devenido en un pierrot. Su patrona lo encontró una mañana muerto en su silla. Junto a una de las patas del escritorio había un vaso hecho trizas. Estaba medio echado sobre el tablero, vestido, completamente tieso. Debía de haber muerto a altas horas de la madrugada. Daba la impresión (y esa impresión resultaba estremecedora) de que en aquella casa, convertida por el azar en capilla ardiente, se había celebrado un último juicio.

Lo enterraron en Crooswijk. Hubo muchas flores. Incluso su único hermano, que vivía en Surinam, envió una corona. Más familiares no tenía, pero una nutrida hilera de personas se arremolinó alrededor de la fosa. Stroomkoning habló con sencillez y cordialidad. Hablaron también un representante del juzgado, un fiscal sustituto y el decano.

Durante ese año, Katadreuffe trabajó con la regularidad de un reloj en la preparación de su examen de grado en derecho. Se había matriculado en Leiden, pero no podía asistir a clases. Se perdía de la experiencia de la vida universitaria, de las asociaciones de estudiantes, pero no lo echaba en falta: su único objetivo era aprobar. Con una carta de Stroomkoning en la mano visitó a los distintos catedráticos, que naturalmente no veían con buenos ojos que un estudiante no escuchara sus clases, pero en este caso particular era imperativo hacer una excepción. Él defendió bien su causa y la carta de Stroomkoning hizo el resto.

Así, pudo destinar sus ratos de ocio a los estudios sin temer que tomaran a mal su ausencia en la universidad. Se propuso conseguir en tres años el grado de licenciado en derecho, lo que ya de por sí suponía el plazo más corto para un estudiante que no tuviera otras ocupaciones. El plazo era muy breve, pero su plan era inamovible. Había recobrado su antigua fuerza de voluntad: haría realidad lo imposible. Tenía claro que la experiencia en los asuntos jurídicos que le había deparado el bufete era una ventaja. Al contrario de otros estudiantes, se enfrentaba a la materia de estudio con una relativa preparación. Y las cosas que en su día le habían sido de utilidad en sus estudios para el examen de Estado, le servían también ahora: tenía cierta cultura general; un conocimiento defectuoso y desordenado, pero conocimiento al fin. También lo ayudó de nuevo su condición de estudiante mayor que la inmensa mayoría. Su mente había madurado con los años, entendía rápido. En realidad, los estudios para el examen de Estado habían sido mucho más difíciles: esos estudios muchos los abandonan, y de quienes llegan a la barrera final muy pocos la superan. Pero él la había superado, y ahora iba rápido. Si no lo frenaban causas externas, obtendría su grado en el menor plazo posible, de nada estaba tan convencido como de ello.

Un peligro tal vez residiera en la deuda: no podía saldarla tan rápido como le hubiera gustado porque los estudios eran costosos. Por supuesto, pagaba los intereses, y un poco más, religiosamente, y el enemigo parecía estar dormitando. No obstante, se mantenía alerta. A veces, con sólo pensar en su padre, sus nervios se tensaban en resistencia, en insurgencia, porque a toda costa tenía que mantenerse por encima de él. Una sola vez durante ese curso académico apareció su padre en el bufete. Stroomkoning lo había citado con urgencia y fue directo a la gran sala posterior. Katadreuffe no lo vio llegar ni partir, se enteró más tarde. Ese año, pues, no tuvo ningún encuentro con él.

Sus libros de texto, sus apuntes prestados, no eran suficientes: tuvo que tomar clases particulares. Para tres asignaturas tenía profesores particulares en Róterdam, para otra tenía que viajar a Delft. Ir y venir le costaba una hora y media, pero no era más que una vez por semana.

Todo ese año apenas pisó la calle. Alguna que otra tarde de domingo daba un paseo con «ella» y Jan Maan. Rara vez pasaba a verla. La había soportado quince días seguidos, y ella a él: era más que suficiente. A la larga se irritaban. La primera semana en aquella casa, con el descanso y las largas horas de sueño, había sido (y seguía siéndolo ahora) como un bálsamo para el dolor de sus pensamientos. La segunda había sido ya considerablemente menos placentera.

A principios de julio aprobó su examen de grado. No se puso nervioso: conocía la materia. El examen se desarrolló con fluidez.

Durante la hora del café Katadreuffe pasó por la consulta del doctor De Merree. No sentía ningún malestar, solamente quería que le tomara la tensión arterial. Resultó estar en orden. Luego llevó la conversación hacia su madre: le parecía que últimamente su estado de salud empeoraba.

—Así es —le confirmó el médico—: tiene tisis, como bien sabes, Antínoo, y ella también lo sabe.

—¿Hay peligro de contagio? —preguntó Katadreuffe—. Un amigo mío vive con ella y yo mismo también paso por allí de vez en cuando.

El médico negó con la cabeza.

—En los adultos prácticamente no hay peligro si se toman ciertas precauciones, y ella las toma, lo sé. —Y añadió socarronamente—: Sólo os recomendaría que no os besarais demasiado, pero creo que eso no será problema para vosotros.

Ante el ligero rubor de Katadreuffe, el médico esbozó una pícara sonrisa de hombre que ya hacía años que tenía calados a esos dos personajes.

—No es vieja todavía —dijo el hijo—, ¿las cosas pueden seguir así mucho tiempo?

—No me atrevo a predecirlo. En realidad ya es un milagro que todavía esté entre nosotros, o por lo menos que no lleve ya un tiempo postrada. Pero hay algo en su organismo que no acabo de entender, te lo digo con franqueza. Cuando asistí al parto que te trajo al mundo, ya fue un caso singular. Todo salió distinto de como yo lo había pensado. Un cuerpo tan fuerte y tan sano como el suyo tenía mucho aguante. Porque a ti hubo que sacarte tocando todos los resortes, ¿lo sabías, verdad? Pero bueno, pensamos que todo había salido bien al final y sin embargo nunca se restableció del todo de aquella operación. Es un caso que nunca olvidaré. Se puso gravísima en la sala de operaciones. Naturalmente, debe de haber tenido algún padecimiento previo, de lo contrario el parto se habría desarrollado con toda normalidad. Era un caso curioso de contracción, tenía un...

Y con su cinismo bonachón y afable de hombre que ha visto muchas cosas en su vida, quiso explicarle al hijo con lujo de detalles el caso de la madre, pero Katadreuffe lo interrumpió:

—Por el amor de Dios, doctor, ahórremelo: no tengo ninguna curiosidad al respecto.

El médico prosiguió:

—Como quieras. Tú mismo sacaste el tema, Antínoo. Sólo he querido decir que ni siquiera eso lo explica todo. Pero al fin y al cabo ¿qué sabemos los médicos de la resistencia de una persona, de su constitución física? Eso sigue siendo un libro cerrado.

Le estrechó la mano y lo llamó por tercera vez por su sobrenombre, que era una ocurrencia suya. Lo divertía, incluso se enorgullecía de él.

Ese otoño, en efecto, la señora Katadreuffe no anduvo nada bien. Estaba cansada, le dolía la espalda. Por la tarde, cuando todos se ausentaban, se tumbaba a veces un momento en la cama, procurando que nadie se enterara. A veces sucedía que ciertos vecinos con los que compartía la escalera tocaban la puerta. Ella se levantaba, ligera como una pluma y perfectamente despejada, preparada para lo que fuera, y cuando abría los otros pensaban que había estado haciendo labores.

Hacía años también que sus ingresos habían mermado: corrían malos tiempos para todos. Seguía trabajando para la misma tienda, pero había cambiado de manos y la nueva dueña le cicateaba más. Y cada tanto sus labores le parecían inadecuadas y se las devolvía. La propia señora Katadreuffe tenía que admitir que la calidad de su trabajo ya no era la misma, aunque nunca lo diría abiertamente: eso sería la estupidez máxima. Pero estaba claro que ya no era lo que había sido: su imaginación se había agotado.

A veces pensaba que todo volvería a ser como antes en su trabajo, en su salud, en todo, si conseguía encontrar de nuevo aquel hermoso color verde de la primera época. Pero naturalmente eran pensamientos absurdos: no debía devanarse los sesos con tales tonterías. De todos modos, lamentaba no haber conservado un ovillo, o aunque sea unos hilos, puesto que sus labores de entonces eran imposibles de localizar. Tampoco recordaba ya exactamente el color: era muy posible que se hubiera topado con algo parecido y hubiera seguido de largo sin darse cuenta.

Estaba volviendo a pasar estrecheces: sin Jan Maan no habría sabido qué hacer. Pero también Jan Maan ganaba menos, y un hombre adulto como él, que le dejaba todo el sueldo, también tenía derecho a un buen dinero de bolsillo. Y luego había que descontar lo que le daba a sus padres. También temía a veces que los principios subversivos de su comensal a la larga acabaran dejándolo tirado en el arroyo, porque un patrón naturalmente no veía la diferencia entre palabras y hechos. Ya lo habían despedido un par de veces y también lo habían suspendido un día o una semana. Había mucha mano de obra disponible: los patrones no tenían por qué soportar a un contreras. Suerte que era un fresador excelente: de su calibre había pocos. Eso lo mantenía en pie: siempre volvía a conseguir trabajo. Muy rara vez había tenido que pedir una prestación de su sindicato. Pero ganaba menos.

Todavía le quedaba la libreta de la Caja, pero ésa no se tocaba: era para más tarde. Y tenía la mensualidad que le pasaba su hijo... ¿La tenía, no es cierto? ¿O no?

Esa noche de otoño, estando sola en casa (Jan Maan se había ido a una reunión), cayó en la cuenta de que, visto lo visto, no le esperaba un futuro muy promisorio. De pronto oyó un timbre. Era el suyo. Abrió la puerta. Al mirar hacia abajo por la caja de la escalera vio a una figura entrar con pasos tan pesados que parecía un invasor. Supo de inmediato de quién se trataba.

El hombre la encontró en silencio, sentada tranquilamente a la mesa. Sin decir una palabra, cogió una silla justo enfrente de ella. Había dejado la puerta abierta de par en par, ella fue a cerrarla. Para una anciana tenía todavía un andar rápido y ligero. Ella volvió a sentarse y se quedaron como antes.

—¿Para cuándo la boda? —preguntó la voz.

Esa voz tan sonora, la voz que despertaba en ella a la mujer, la voz de *él.* Allí hablaba el maestro de la palabra que se traducía en actos.

»¿Cuándo nos casamos... Joba? —repitió Dreverhaven, y por primera vez desde hacía años ella oyó que se dirigían a ella utilizando su nombre de pila. Mantuvo el control de sí misma.

—¿Por qué lo persigue usted siempre? —fue su réplica. Dreverhaven estaba sentado allí como si fuera el señor de la casa, con su holgado abrigo negro puesto y abierto, su sombrero grasiento de ala ancha calado hasta los ojos. Y el puro. No se inmutó.

—¿Cuándo nos casamos?

Y se inclinó posando confianzudamente los brazos en el tablero.

Entonces a ella le pasó por la cabeza que allí también se había sentado el barquero de la grúa y le había pedido matrimonio a su manera modesta, con rodeos, casi con delicadeza. Y había sido ridículo: no era nada, absolutamente nada. *Éste* era el hombre que podía pedirle matrimonio, el único. Y se lo pedía a su manera, es decir, la única.

Ella sacudió un momento la cabeza. No tenía miedo en absoluto. Preguntó:

—¿Por qué le hace usted todo eso a Jacob?

Y al igual que veinticinco años atrás él había tenido que reconocer su superioridad en el asunto del dinero y las cartas, igual que había tenido que ceder ante ella, así también lo hizo ahora, porque no fue ella quien le respondió a él, sino él a ella. Dio respuesta a su propia pregunta, aunque lo hizo a *su* manera, recargándose de nuevo en el respaldo de la silla y dejando apoyada en la mesa una mano que se hizo un puño.

—Juro por Dios —dijo, y su tono era solemne hasta un punto irreal— que lo estrangularé: lo estrangularé por nueve décimos, y ese último décimo que le dejaré, ese poquito de aliento, lo hará grande. Será grande, ¡será grande, por Dios!

Ella lo miró con una sonrisa. No tenía miedo, él nunca había podido infundirle miedo. Pero era ahora su turno de responder, y dijo:

—No, señor Dreverhaven, nunca me casaré con usted ni con nadie. Y no me importa que sepa que nunca me ha gustado otro hombre sino usted. Así ha sido y así será.

Él no se había movido. Como si no hubiera entendido sus palabras, como si retomara simplemente el hilo, dijo:

—Y Joba, ese décimo, esa pizca de aliento, a lo mejor también se lo corto. —Se puso de pie y, amenazándola con un dedo, añadió—: Nuestro chico todavía no ha llegado adonde quiere llegar, ¿oyes lo que te digo? Aún no ha llegado.

Y se fue de allí sin despedirse. Ella se quedó parada en medio del cuarto. No sintió miedo, sólo sonrió. Él no podía infundirle miedo, ni siquiera cuando no lo entendía. De esas últimas palabras, por ejemplo, no entendía nada. Pero así era él: un misterio, siempre un misterio, y ese hombre misterioso la fascinaba precisamente por la irresolubilidad del problema que le planteaba. No tanto en su persona, por más especial que fuera, ni en su relación con ella, sino en su actitud de padre a hijo. Pero ella no le temía, y tampoco tenía miedo por la suerte de su hijo.

Reflexionando sobre la breve conversación, le chocó la forma extraña en que las preguntas y respuestas se habían alternado, y no obstante no había quedado ninguna pregunta sin responder. Sólo aquella última respuesta en particular era oscura, muy oscura.

Entonces abrió ventana y puerta porque había fumado en su cuarto, ella no se lo había impedido.

Dreverhaven recorrió andando las muchas calles que lo separaban del despacho. No tenía un andar rápido, caminaba pesadamente: tenía el ritmo de un hombre viejo, aunque fuerte; podía seguir andando toda la noche. Su paso era el de un hombre que encuentra resistencia; iba surcando la oscuridad de la noche, nadaba con brazada lenta contra la corriente del otoño.

La puerta de la gran finca de Lange Baanstraat estaba entornada, como siempre: allí entraba y salía mucha gente. En la mal iluminada escalera de caracol, una parejita interrumpió sus arrumacos para dejarlo pasar; un hombre que lo vio subir despacio por el hueco de la escalera como la negra nube de humo de un incendio por una trampilla en el suelo, se quedó esperando en el portal hasta que hubiera pasado. Allí venía el casero.

Atravesó los lúgubres recintos y desembocó en su despacho.

Se sentó en la silla de oficina y se quedó allí con el abrigo abierto y el sombrero maltrecho: un césar en el arroyo, y aun así un césar.

No esperaba a nadie, sólo a que acudieran sus pensamientos. Se agachó y, de uno de los cajones de la mesa, extrajo una botella de ginebra. Se sirvió una copa. No se sirvió más. Se reclinó en su silla, las manos apoyadas en el vientre, el arma de fuego de su puro torcido hacia arriba, apuntando a un blanco invisible. Y empezó a hablar para su coleto, como solía hacer últimamente en su soledad, palabras sueltas. Sus pensamientos estaban con su hijo y la madre de éste.

—Todo o nada —se dijo. —Era la conclusión de su reflexión. Habría podido reconocer a su hijo, pero no quiso porque «ella» no había querido casarse con él. Nada de medias tintas: todo o nada—. Ella también: todo o nada —se dijo.

Y de nuevo arribó a una conclusión. Ella nunca había querido aceptar un obsequio suyo, era incapaz de transigir, igual que él. Joba habría aceptado cualquier cosa de él si se hubieran casado. No quería casarse con él porque no se perdonaba a sí misma el bastardo, y tampoco lo perdonaba a él. «Todo» no era posible para ella, o sea que nada.

Cuando hacía la cuenta de lo que había trabajado, veía poco beneficio resultante. Había juntado el dinero con mucho esfuerzo y lo había dilapidado. Tenía el alma de un avaro, pero sufría ataques de despilfarro: la patología de la insatisfacción. Si pensaba en lo que habría podido ser, lo que habría podido poseer sobre todo, le sangraba el corazón, le estallaba en el pecho, se desangraba. Porque tenía el alma de un avaro quería ver desde la montaña de sus años el panorama de su riqueza, la tierra prometida del avaro. Veía, sí, un paisaje inmenso y variado, pero éste no era rico tal como él se imaginaba una tierra rica, y por encima de algunas comarcas veía agruparse las nubes de una incipiente amnesia; estaban ya en el horizonte, formadas en fila. «Tal vez sea mejor así —pensó—: mejor ya no saber lo que hay allí escondido.»

Estaba muy decepcionado de que ése fuera el resultado de su trabajo de constructor. Porque se tenía en mucho, y sabía que tenía derecho. Había sido siempre un personaje fuera de lo común, aunque sólo fuera un agente judicial. Había convertido esa función en algo que antes de él no existía ni existiría después de él, aunque siguiera siendo el cargo de agente judicial. Había forzado su función y su vida porque forzar formaba parte de su manera de ser. El paisaje se desplegaba frente a él, lejano, amplio, en gran medida sombrío; su ansia de tierra había reclamado enormes terrenos, pero daban muy poco fruto.

No era hombre dado a arrepentirse: eso hería profundamente su alma avara. Había llegado al punto de que ni siquiera sabía si debía conservar el banco usurero, la niña de sus ojos. Ese banco había sido, hacía años, su victoria sobre la deslealtad de un prestamista que se había echado atrás en el último momento. Había enfriado su furia, orientada inicialmente a todo el mundo, engendrando un hijo. Había obtenido luego una victoria sobre la adversidad, sobre el contratiempo y, con dinero de otro (al que hacía tiempo le había comprado su parte), había fundado su banco. Y ahora la niña de sus ojos ya no florecía, la justicia estaba atenta. Todos sabían que era su banco; la policía ya había advertido al público, produciendo un efecto devastador. Ya había sido citado un par de veces por el juez principal de distrito, pero él negó, impasible y con el mayor descaro, que tuviera algo que ver con el banco; sólo el sofisticado montaje del negocio había impedido que pudiera demostrarse nada. Con todo, tenía los tiempos en contra: la depresión volvía a todos más atentos, las leyes se multiplicaban, se hacían más estrictas, el Estado ya no dormía. Que el banco aún se sostuviera en pie se debía únicamente a su avanzada edad, a su popularidad con el pueblo, a la dificultad práctica de eliminar lo que está ya muy arraigado.

Volvió luego a sus primeros pensamientos, a su hijo, al que no había reconocido con el argumento del todo o nada. Y no lo dijo en voz alta, pero sus reflexiones vinieron a confirmar una tesis: también es mejor para el chico ser un Katadreuffe; que el último Dreverhaven sea su padre, no él.

Entonces, pensando en la madre, en esa pequeña bruja canosa que siempre lo había contrariado en todo, dijo en voz alta:

—¡Por Dios, cuánta osadía!

Y pensó sin expresarlo: «Pero qué ojos que tiene esa bruja, y ese hijo suyo también». Porque había en su corazón una torva admiración. Y se dirigió a su local de subastas en Hooimarkt.

Iba mucho allí últimamente. Estaba cada vez más inquieto. A la luz de una única lámpara, deambulaba por el lugar, recorría las hileras mercancía, por lo general pobretona, de mal gusto; andaba por los pasillos y subía la escalerilla hacia el estrado donde se enseñaban los objetos durante las subastas; el subastador gritaba y él mismo se ocupaba de registrar las ofertas. Desde allí abarcaba con la vista el triste batiburrillo, los pecios de familias desgarradas, los desechos de herencias que se habían disputado en primera instancia unos herederos decepcionados. Su mirada no expresaba nada, pero ya la inquietud en sus piernas ansiaba un nuevo movimiento. Volvió a atravesar sus dominios bajo la opaca cúpula negra de cristal, bajo la exigua iluminación.

Por las noches pasaba menos tiempo en el despacho: le apetecía más adentrarse en el ajetreo general. Los sábados por la noche recorría varias veces el extenso mercado de los pobres de Goudse Singel, y no se cansaba, no podía cansarse. Allí iba él, entre las hileras de puestos instalados en las aceras; no paseaba, no examinaba ni evaluaba como los otros, sino que avanzaba como la proa de un barco a la luz de las lámparas incandescentes de gas comprimido. La luz de los puestos constituia un negocio en sí misma. Acarreaban en carretillas las cajas colmadas de lámparas; mundos enteros de luz álgida y mordaz, verde y blanca, venían rodando despacio desde los callejones. Y cuando las lámparas colgaban en las tiendas, producían un resplandor lacerante. Dreverhaven no veía: quería ser visto; empujaba a todo el mundo a un lado. Allí iba el señor Dreverhaven, el agente judicial. ¿Presentía la navaja? Tenía mucha curiosidad: realmente hubiera querido sentirla. Andaba y andaba, a veces una hora, a veces más. Si llegaba tarde, presenciaba el desmontaje del mercado. Las chucherías se guardaban, se retiraban las lonas, aparecían de nuevo los cazadores de luciérnagas, vaciaban las tiendas de esos insectos relucientes y se iban con su cosecha metida en las cajas, algunos ejemplares extintos, otros aún centelleantes y reverberantes; todos enjaulados. Llegaba entonces el ruidoso desmontaje de tablas, puntales y caballetes, y por último (el público se había esfumado hacía tiempo) el servicio municipal de limpieza limpiaba con chorros salpicantes las grandes baldosas de asfalto y la mugre depositada en el borde de la calzada. A veces aún caminaba allí Dreverhaven, el agua fluyendo bajo sus pies.

Sus inquilinos rara vez le causaban molestias. En los bajos había almacenes y una caballería; arriba muchas viviendas, separadas por un suelo viejo y grueso, y él ocupaba toda la primera planta. Podía ser que alguna vez oyera el ruido de riñas, o gritos, pero se acababa rápido, pues en esa casa vivía el casero. Sin embargo, ahora se había instalado en la planta de arriba del despacho, justo sobre su cabeza, una familia con un armonio. Eso en sí mismo no lo molestaba, pues no sonaba muy fuerte, pero noche tras noche, acompañándose con ese armonio, berreaban tres mozas con unas voces tan agudas que llegaban hasta la médula atravesando el grueso suelo.

Sintió entonces crecer por dentro una furia tan grande como no la había sentido nunca. Desahuciaría a esa familia, pero no sólo eso: sería el mayor desahucio, el acto culminante de su vida. En comparación, su victoria de la calle Rubroekstraat sería un juego de niños. El por qué no le importaba, tampoco el dinero; al final de su vida sólo quería demostrar el poder que tenía.

Les rescindió el contrato de alquiler a todos los vecinos de la finca con un preaviso de una semana. Nadie partió. En ese preciso momento no se registraban atrasos de consideración en el pago de la renta. Era a fines de noviembre, un temprano y gélido invierno se abatía sobre los pobres. Sería una auténtica locura irse y, alzándose por primera vez contra él, sacaron fuerza unos de otros.

Acto seguido, emplazó simplemente a todos los inquilinos ante el juzgado con objeto de desahucio. Y los muy descerebrados se presentaron todos en el palacio de justicia. No lo entendían. Porque su casero era el señor Dreverhaven y la que les había rescindido el alquiler y los emplazaba era la Constructora Paz, Sociedad Anónima. Enseñaron su ficha de locación, en la que sin embargo no aparecía el nombre del dueño, sino únicamente el nombre de Hamerslag estampado a intervalos regulares, porque el que cobraba el alquiler era el oficial. Pero no podían negar que les habían rescindido el alquiler con una semana de preaviso, y tampoco se atrevían a cuestionar que esa sociedad anónima fuera la propietaria de la finca. Porque el término sociedad anónima no les decía nada: eran personas llanas; los trucos de la desmentida les eran ajenos y su poder, desconocido. Aún más incomprensible para ellos era que un abogado de toga y golilla hablara en nombre de la sociedad propietaria. El propio Dreverhaven estaba instalado en su tarima, pronunciando en voz alta y con descuido los nombres, pero el letrado era quien llevaba la voz cantante, diciendo en cada caso:

—Declaro que, conforme a la cédula de citación, la sociedad demandante persiste en su demanda.

Era el licenciado Schuwagt, con su pelo entrecano. Pero nadie entendía sus palabras.

Los hombres y las mujeres, entre ellas alguna en estado, partieron sin decir nada. Sólo uno pareció entender el quid y, blandiendo el puño contra Dreverhaven, exclamó:

—Ya verás, algún día vendré por ti.

Dreverhaven giró un momento su redonda cabeza de piedra con cortas cerdas grises en dirección del gritón, que partió precipitadamente. Asunto liquidado: ninguna objeción firme presentada contra las demandas. Fueron condenados uno por uno, cada cual al desahucio de su vivienda «con todo lo suyo y todos los suyos».

El licenciado Schuwagt partió haciendo una reverencia al juez; Dreverhaven se quedó y siguió con el programa del día.

Pero el que había gritado realmente había entendido el quid. Porque la Constructora Paz no era sino Dreverhaven, que había transformado su finca urbana en una sociedad anónima. Un cínico afán de contraste lo había llevado a poner a la sociedad propietaria de la residencia de pobres revoltosos el más pacífico de los nombres.

Aun después de que se dictara la sentencia nadie partió, y entonces el asunto se puso serio porque iban a «rodar». Una tempestuosa noche de sábado, el agente judicial ejecutó lo que en efecto podía llamarse el mayor desahucio de su vida. No había solicitado asistencia a la policía: le bastaban Hamerslag y Den Hieperboree, alias *Pala de Carbón*. Fue casi una fiesta de miseria y de furia. El viento trajo lluvias torrenciales, mitad granizo, mitad escarcha. Un fenómeno más extraño no se había visto nunca en la naturaleza. Los canalones del tejado se llenaron de barbas de carámbanos, pero no era hielo sólido, sino blando, y se quebraba con el viento. Las calles estaban medio blancas, medio cubiertas de charcos; los adoquines, desnivelados y resbaladizos: era peligrosísimo andar sobre ellos.

Dreverhaven empezó por la familia de las tres niñas berreantes. Haciendo aspavientos, Pala de Carbón espantó a toda la familia obligándola a salir; Hamerslag, fibroso y forzudo, cargó él solo con el armonio: lo llevaba a la espalda, atado con una cuerda que sostenía con ambas manos a la altura del pecho. Tras depositarlo en el portal, dijo:

—Si no lo bajáis por la escalera, yo mismo lo arrojo desde aquí.

Con tanta brutalidad trataban los muebles y enseres de los inquilinos que éstos preferían ocuparse de la mudanza ellos mismos para evitar los estragos que causaban el agente judicial y sus ayudantes.

La amenaza de devastación hizo cundir el pánico entre las familias. Los muebles, la ropa de cama y el escaso y mísero patrimonio de los ocupantes obstruían las escaleras. Todo acababa abajo; nadie sabía adónde llevar sus cosas, pero al menos las sacaba de la casa.

Y donde actuaban sus ayudantes, Dreverhaven obstruía la entrada para que nadie pudiera acceder. Un mar de gritos e insultos colmó el edificio. Sonaba grandioso, le insuflaba vida. Subió hasta el el último piso, vació de sus ocupantes los desvanes y buhardillas como si desinfectara con azufre los nidos de alimañas. Donde él aparecía, la gente se ponía a cargar con sus cosas; incluso los más renuentes lo hacían y nadie se atrevía a tocarle un pelo. Iba con la cinta en el pecho.

Mientras, la esquina de Lange Baanstraat y Brede Straat se llenaba de enseres y la finca, de los gritos e insultos cada vez más altos y amenazantes. Porque, una vez fuera, los inquilinos se llenaban del valor que suele dar a la masa la vía pública. Las inclemencias del tiempo, el suelo resbaladizo y embarrado y la visión de sus enseres echándose a perder los enardecía. El ruido atrajo a gente de todos los rincones del barrio. De todos lados se acercaban los curiosos, tropezando, trompicando; en una esquina se arremolinó una masa amenazante. La policía llegó marchando y formó un cordón, pero la gente siguió gritando y lanzando maldiciones. Los alaridos que llegaban de Goudse Singel sólo acrecentaban su ira. Porque allí se había formado otra furibunda verbena. Las tormentas, la escarcha, las luces y la noche del sábado parecían estar enloqueciendo a la gente, que corría de aquí para allá chillando fuera de control. De rebote, también allí empezaban a perder toda mesura.

La finca quedó vacía. Chorreando sudor, Hamerslag se plantó al lado de su amo. Se había superado a sí mismo; Pala de Carbón, más flojo y macabro que nunca, parecía entregado a un solitario baile de San Vito, su cabeza se mecía como si pendiera de un hilo, la pala de sus fauces abierta y hambrienta.

Dreverhaven encendió todas las luces de los cuartos, abrió todas las cortinas y se asomó como un príncipe a la ventana central de su despacho. Un abucheo se elevó, una piedra hizo añicos el cristal sobre su cabeza. La policía empujaba a la gente hacia atrás. Poco después salió Dreverhaven, se abrió paso entre los agentes y los curiosos, y bajo una tremenda granizada examinó su finca. Señalando la ventana rota, dijo:

—Demasiado alto: mala puntería.

Su arrojo acalló al público. Ya nadie insultaba, nadie alargaba la mano hacia él. Abrió entonces uno de los almacenes de la planta baja, permitiendo, magnánimo, que se guardaran allí los enseres por una noche. Algunos, sin embargo, ya habían dejado abandonadas sus pertenencias y habían partido con furiosa desesperación hacia el refugio para indigentes. Allí irían a dar también quienes no pudieran mudarse a casa de un vecino o conocido. Unos cuantos guardaron sus enseres: los llevaron arrastrando al almacen, resbalando y cayendo sobre los adoquines, llenos de odio y resentimiento. Los policías ayudaban a cargar los objetos abandonados. Todo quedó mezclado en el almacén. Mañana sería otro día y cabía esperar grandes peleas entre los dueños que ya no sabrían distinguir sus pertenencias de otras. Eso generaría nuevas intervenciones de la policía, de eso Dreverhaven estaba seguro. Íntimamente se regodeó.

Se quedó todavía un rato observando a la muchedumbre. En su sombrero manchado se habían acumulado gránulos de hielo que, bajo la luz, lo hacían parecer una sombrilla orlada de diamantes. Pero el hielo empezaba a derretirse; se ablandaba y resquebrajaba, el agua empezaba a gotear por los bordes del sombrero. La navaja no llegaba, por más tiempo que él permaneciera allí. La multitud empezó a dispersarse por el pavimento embarrado; los policías apartaban con parsimonia del cruce a los curiosos. Él no se movió, la navaja no llegó. Entonces, con paso lento, recorrió su barrio; por todas partes seguía habiendo gente: en Vogelenzang, en Nieuwe Vogelenzang. El populacho había vuelto a refunfuñar al alejarse de su finca, pero donde él aparecía callaban las voces. Recorrió despacio todos esos callejones con nombres que remitían a cereales y cultivos, granos, pasteles, pan, lino y cáñamo; nadie lo molestó, lo increpó, nadie siquiera le habló. Fue a dar al horrendo callejón Waterhondsteeg, que era como un sepulcro; a la miserable callecita Thoolen, en la que siempre pululan los más pobres entre los pobres; los vecinos, usualmente alborotadores, se resguardaban en silencio detrás de sus puertas. Porque en todas partes adonde iba aparecía con la cinta naranja y la medalla con el escudo nacional, personificando lo más temible de la sociedad: la ley. El pueblo sigue sin comprenderla, pero agacha la cabeza ante ella.

El licenciado Schuwagt consideró que le debía una explicación al juez. Dreverhaven ordenó que le dijera que la finca requería una modernización. Y, en realidad, parecía albergar un plan al respecto. Tenía el vago propósito de reunir todos los conductos de humo para formar una sola chimenea en una esquina al fondo. Ésta sería bien alta, visible de lejos, y echaría humo como un crematorio. De hecho, Dreverhaven mandó abrir los suelos y quitar los techos de todas las plantas en esa esquina, aunque manteniendo intactos los viejos trabones. Mirando desde lo alto hacia las profundidades, se tenía la impresión de ver un gran pozo cuadrado en el que se sucedían enrejados de madera vieja a intervalos regulares. El viento de la noche soplaba por él desde el sótano hasta el techo, tocando cada tanto sus más ásperos acordes en las agarrotadas cuerdas de esas arpas eólicas. En ocasiones, sentado a solas en la sala, Dreverhaven oía el rugido del viento en esa esquina, pensaba en esos balidos, como un tritono, y se ponía contento. Como un sansón del derecho, había aplastado a sus enemigos con su fuerza, y ahora también su templo estaba casi hecho una ruina.

Empezó a abusar cada vez más de su posición y cada vez lo disfrutaba más. Aplicaba últimamente un método muy sencillo para cobrar una deuda: iba a casa del deudor, se sentaba plácidamente en su mejor sillón y le decía que no solamente venía a entregar una cédula de citación, sino que en el bolsillo traía una orden para arrestar al deudor si no pagaba: una orden firmada el juzgado entero. Y si el asunto se liquidaba en el acto, con las costas y todo (y mucho, mucho más, porque todo aquello terminaba convirtiéndose en extorsión pura y dura), buscaba con la mirada la botella de ginebra y la caja de puros, y si las descubría, se servía ginebra y se fumaba un puro, y si no, simplemente los pedía. Pero era muy astuto: no aplicaba esta táctica demasiado a menudo; estudiaba de antemano bien a sus víctimas, personas ignorantes que no se quejarían ante las autoridades.

Pero tenía que suceder finalmente que padre e hijo se enfrentaran en el tribunal. Katadreuffe y Dreverhaven acudieron para litigar. El pleito no era importante económicamente, pero tenía aspectos interesantes, y Katadreuffe solicitó hacer un alegato. Habitualmente no se presentaba a las sesiones del juzgado: en su día lo había arreglado así con Stroomkoning; para eso el bufete disponía de un representante, y Katadreuffe hacía únicamente el trabajo escrito. Sin embargo, en esa ocasión acudió personalmente.

Había llegado algo temprano; se quedó esperando en el fondo de la sala. Ésta estaba todavía medio llena: el programa del día llegaba a su fin, pero los abogados seguían ocupando sus lugares en las primeras filas, regocijándose con una señora que había sido llamada al estrado. Se trataba de uno de esos pleitos ridículos de los que están plagadas las sesiones de cualquier juzgado. Jugando a la pelota en la calle, el hijo de aquella señora había roto el cristal de un vecino que tenía alquilada la vivienda con una cláusula de «rotura de cristales por cuenta del inquilino» en el contrato, y exigía una indemnización.

Katadreuffe solamente oyó el final de la discusión entre el juez y la señora, que preguntaba con altiva seguridad de sí misma:

—¿Pero entonces no podré pagar el cristal a plazos, como indica la ley?

Y el juez, seco como la yesca:

—Eso, señora, sólo podría hacerlo si su hijo hubiese roto el cristal a plazos. —Y la condenó al pago del cristal y de las costas, y mientras los abogados seguían desternillándose de la risa por lo bajo añadió—: Asunto siguiente.

La mujer partió, refunfuñando e insultando a media voz al juez, diciendo que era peor que Nerón.

Dreverhaven anunció en voz alta los nombres de las nuevas partes, se bajó de su tarima, indicó a los abogados que se fueran con un movimiento de la cabeza (seguía siendo una audiencia pública, pero igual se marcharon), guardó su cinta con la medalla y se acercó a la tarima reservada al demandante mientras Katadreuffe subía a la otra.

Katadreuffe no estaba en absoluto nervioso respecto de su alegato. Ya había tenido que hablar allí otras veces, aunque no muchas, y nunca contra su padre; conocía también ya el aspecto de su progenitor sin el abrigo y el sombrero: con esa majestuosa cabeza de piedra. No le temía, tampoco ahora: sabía lo que tenía que saber.

Ese pleito tenía, entre otros aspectos, un lado ridículo. El demandante era un novio que había encargado, para una boda, seis coches pintados de negro reluciente. Pero el dueño del taller sólo había pasado a recoger a la abuela de la novia, y eso en un vehículo destartalado cuyo motor se ahogó dos calles más allá y tardó una eternidad en volver a arrancar. Los seis magníficos coches, naturalmente, se habían usado ese mismo día para transportar cargas más redituables, según insinuaba el demandante. En resumen, en lugar de a las diez de la mañana se casaron a las tres de la tarde, el ultimísimo turno en el ayuntamiento, pues el dueño del taller les había dado largas durante horas con la promesa de que los coches podían llegar en cualquier momento. Al final partieron en taxis de todo tipo y color, y acabaron siendo motivo de escarnio en el barrio durante mucho tiempo. El novio pedía indemnización por todo ello.

El dueño del taller sólo admitía no haber cumplido el acuerdo, declinaba todas las insinuaciones, invocaba fuerza mayor y rebatía los distintos extremos de la indemnización exigida.

Con su habitual estilo descuidado y rimbombante, Dreverhaven abogó en favor del novio. Era imposible determinar si el caso le importaba o no, aunque por momentos parecía divertirlo, porque por más que pusiera cara de palo, a veces, como quien no quiere la cosa, demostraba captar el humor de la situación. Su alegato era sólido: se percibía en él a un litigante con una práctica de varias décadas.

Sin embargo, también el alegato de Katadreuffe tuvo lo suyo. Era joven y absolutamente serio. No se aventuraba en el terreno resbaladizo de las bromas porque los jueces de edad avanzada preferían muchas veces veces no oírlas de boca de un litigante joven. Se remitió a la jurisprudencia de casos más o menos análogos; sus argumentos eran sólidos, sobre todo en el punto de la fuerza mayor: al dueño del taller le habían retirado la licencia en el curso de esa mañana.

Ninguna de las partes ganó. Al dictar sentencia ocho días después, el juez ordenó que ambas comparecieran personalmente ante él para obtener más información y tratar de llegar a un arreglo.

PLEITOS Y FIESTA

El invierno siguiente, Katadreuffe ya había progresado mucho en sus estudios para el examen de licenciatura. Su plan de estudios era muy parecido al anterior, aunque las materias se trataban más a fondo. Visitó a los nuevos catedráticos, que nuevamente tomaron nota de que no estaba en condiciones de asistir a las clases. La materia de estudio era más extensa y, por tanto, tenía que apoyarse más en la información suministrada por profesores particulares y pagar por ello; por suerte, Stroomkoning le había aumentado el sueldo. Los nuevos estudios le iban aún mejor que los del examen de grado. Se encontraba ya en medio del derecho viviente y llevaba una clara ventaja a los otros estudiantes, puesto que ya tenía experiencia en la práctica del derecho. Les había contado a sus profesores que quería intentar hacer la licenciatura en dos años y éstos habían puesto en duda esa posibilidad, pero él seguía convencido de que podía lograrlo, a menos que algún impedimento imprevisto frenase sus progresos. Por su salud ya no temía: el estado de su organismo seguía siendo delicado, pero se sentía bien, dormía decentemente, ya no había vuelto a tener episodios de noctambulismo ni había vuelto a escupir sangre (en efecto, debía de haber procedido del estómago). Además, había recobrado completamente su equilibrio mental.

No pocas veces se hablaba de la señorita Te George en el bufete. Stroomkoning, aludiendo a la señorita Van Alm y suspirando por su anterior secretaria, le decía a menudo en confianza a Katadreuffe: «Ésta no es gran cosa».

Sin embargo, nunca insinuaba que él hubiera tenido la culpa de su partida, limitándose a decir: «En mi vida volveré a tener otra empleada igual».

Esto tranquilizaba a Katadreuffe, y a la vez demostraba que Stroomkoning estaba dispuesto a contentarse con la nueva. Ella también se esforzaba y no era en absoluto mala, pero no tenía el nivel de la señorita Te George: se notaba enseguida, en su actitud, en todo, que no era más que una taquimecanógrafa. Eso era lo que más afligía a Stroomkoning porque en las reuniones en la sala grande solía presumir de la señorita Te George, que era tan especial; todos la miraban, y esas miradas le habían producido a menudo mucha satisfacción, pues daban *cachet* a su bufete. En cuanto a la señorita Van Alm, si bien sus facciones no eran desagradables y tenía incluso hermosos dientes, casi nadie la miraba y ella tampoco parecía seguir los debates. No se inmutaba ni ante los más acalorados: era una máquina de levantar actas.

Un día Katadreuffe sintió revivir el viejo dolor. Fue a causa de la señorita Sibculo. Seguía comprometida: había perspectivas de matrimonio, aunque ninguna posibilidad concreta aún. Su prometido ascendía de forma sostenida, pero lenta. Ella parecía haberse sobrepuesto por fin a su desafortunada simpatía por Katadreuffe; ya no coqueteaba con risitas, hoyuelos y suspiros que no iban muy bien con ella. La carita sobre el cuello demasiado corto, insignificante por naturaleza, había mejorado en cierta medida con el correr de los años: estaba un poco más delgada, más pálida, tenía un aire más distinguido. Y a Katadreuffe ahora le caía bien, si bien lo dejaba traslucir poco. Era un buen táctico: parecía entender más a las mujeres que a los hombres. El menor acercamiento podría ser fatal.

Pero un día la señorita Sibculo le dijo que la señorita Te George se había casado hacía ya casi un año. No se trataban, vivían demasiado lejos una de otra; tampoco tenían suficientes intereses comunes: se había enterado por otros. Sí, la señorita Te George seguía viviendo en Róterdam, pero el nombre del marido no lo recordaba.

La palabra *marido* hirió por un momento a Katadreuffe, aunque nadie habría imaginado nunca que fuera capaz de ponerse celoso. Volvió a ver la tienda instalada en la playa de Hoek, con la gallarda banderita tricolor holandesa, y a ese granuja saliendo a gatas por la abertura. Ella era ahora la señora Van Rijn, naturalmente. Pero desterró rápidamente esa idea: a fin de cuentas sería una locura seguir calentándose la cabeza con ese asunto. Si alguien como la señorita Te George no se casaba (aunque su primera juventud ya hubiera pasado), ¿quién podría casarse?

La situación económica infligió al bufete un golpe de consideración, aunque pudo sostenerse bien en pie. En realidad, le sucedió como a la mayoría de los bufetes de abogados, pues la nueva coyuntura no afectaba a la práctica legal en la misma medida que al comercio. Stroomkoning no escatimaba en los sueldos, no era en absoluto su estilo, simplemente no hacía nada por cubrir los puestos vacantes. Y los dos colaboradores que había perdido eran los que menos echaba en falta. De Gankelaar había sido para él menos un empleado que un cartel publicitario, y ni siquiera en la medida en que lo había imaginado, puesto que este hidalgo no usaba su título de nobleza en el ejercicio de la abogacía. Gideon Piaat le había servido de gran apoyo: su poder de captación de clientes había resultado irrefutable, y los pleitos penales le habían reportado buenas ganancias. No obstante, ahora rara vez tenían pleitos penales precisamente porque Piaat no estaba allí para atraerlos como un imán hacia el bufete. De todos modos, Stroomkoning no lo lamentaba demasiado: el dinero no era lo principal para él y, como especialista en derecho civil, siempre consideraba inferior la materia penal. Sus dos colaboradores restantes, Carlion y la señorita Kalvelage, eran los mejores; a Carlion dentro de no mucho tiempo lo asociaría al bufete. Y Katadreuffe iba familiarizándose con la práctica. Con su buen criterio de abogado experimentado, Stroomkoning le auguraba un buen futuro, sólo tenía que aprender a hacer mejor las cuentas.

Mientras, le había aumentado el sueldo sin encontrar resistencia, pues el propio Katadreuffe consideraba ahora que tenía derecho a un aumento. No era codicioso, aunque tampoco falsamente modesto; en efecto, ahora tenía motivos para valorar más su trabajo porque empezaba a ocupar cada vez más el lugar de un colaborador directo de Stroomkoning, que con sus dos juristas no habría dado abasto si Katadreuffe no se hubiera hecho cargo de los casos de oficio. Hasta entonces, los colaboradores habían tenido que ocuparse de esas causas ellos mismos y encima repartirse los pleitos de oficio de Stroomkoning. Ahora todo pasaba a descansar en Katadreuffe, que se ocupaba del extenso trabajo escrito. No era tan terrible: esos pleitos solían ser pura rutina, pero exigían tiempo, que él les ahorraba.

Asimismo, Katadreuffe fue familiarizándose cada vez más con las causas del propio Stroomkoning, que no le confiaba todo a la señorita Van Alm, sino que a veces mandaba llamar en su lugar a su jefe de sección. Por tal motivo, éste adquirió una visión privilegiada de los entresijos del *big business*, que ciertamente había mermado, aunque seguía siendo importante. Se encargaba de organizar reuniones, concertar arreglos, cerrar contratos, llevar a cabo arbitrajes. En algunas reuniones, Katadreuffe se sentaba al lado de Stroomkoning, que abría bien los ojos y oidos y se dedicaba a aprender todo lo que podía. Veía de cerca a los grandes hombres de negocios. Esas reuniones le fascinaban. Los hombres de negocios eran prácticos y decididos, aunque nunca hubieran tenido tiempo de cultivar la palabra hablada; sólo a alguno la naturaleza lo había dotado con ella. Eso sí: ninguno tenía criterio jurídico, una facultad aparte que no se adquiere sin estudios. Quien debía dar siempre la forma justa a sus ideas era Stroomkoning. Allí, Katadreuffe descubrió hasta qué punto el abogado constituía un eslabón indispensable en el comercio. Los contratos previenen o al menos limitan el litigio.

Y aprendió aún más: aprendió a ver que Stroomkoning era el más grande de los tres letrados del bufete. Su jefe era un abogado todoterreno. Esto se debía en parte a su edad y experiencia, pero seguro que Stroomkoning había tenido también desde siempre el talento que sólo posee un auténtico abogado. Emanaba algo que no se aprendía. Lo favorecía asimismo su aspecto: esa cabezota cenicienta de león con los bigotes de gato y ojos de berilo verde claro, además del convincente sonido de su voz, ligeramente gruñón, aunque poseía una innata rapidez de pensamiento que en los debates le permitía separar enseguida lo esencial, así como una facilidad de trato con los caracteres más heterogéneos. Acababa sometiendo a todos a su voluntad, tenía don de gentes: ésa era su mayor fuerza. A su debido tiempo era ligero, serio, impetuoso, sereno, azuzador, sosegado, dispuesto a pelear, dispuesto a transigir. Tenía un gran talento para conversar y sabía variar el tono: con los cultos se mostraba refinado y con los no tan cultos, algo más campechano.

Con el trato, Katadreuffe descubrió que la imagen que se había formado de Stroomkoning era propia de un mocoso arrogante. Se avergonzaba de que en algún momento hubiera deseado no ser como De Gankelaar, ni como Countryside, ni tampoco como Stroomkoning. Por lo que respecta a este último, su juicio juvenil había sido, en resumidas cuentas, ridículamente limitado. Stroomkoning era una gran figura; de momento, qué más quisiera que llegar a igualarlo. Pero también quería ser distinto: una gran figura, pero distinta, y aun mayor.

Ese verano Katadreuffe no se cogió vacaciones. Se quedó trabajando, con firmeza y regularidad, aunque ahora también se permitía regularmente alguna diversión. Las tardes y noches de domingo se las reservaba y solía frecuentaba la playa de Waalhaven Jan Maan. Katadreuffe ya no quería ir a la de Hoek: guardaba un vergonzoso y también melancólico recuerdo de aquel lugar. Se limitaba a la playa del puerto. Allí chapoteaba un poco en el agua salobre y tomaba el sol en la arena de la ribera. Había brotado una ciudad entera de tiendas: la intimidad que había caracterizado esa playa, y que tanto le gustaba, se había esfumado. Ya no le agradaba tanto. El olor del pueblo roterdamés empezó a molestarlo; sus sonidos, por auténticos que fueran, a irritarlo; el contacto demasiado estrecho con ellos, a resultarle repulsivo. Se estaba enajenando del pueblo: ascendía; pero también el pueblo se enajenaba de él: descendía. La depresión económica empujaba a muchos al desempleo: empezaba a notarse en las caras. Los parados constituían una especie que había transformado el semblante de la ciudad. Tenían a menudo aspecto andrajoso y descuidado, no les avergonzaba deshacerse de la ropa raída y exhibir una sórdida desnudez. Todo ello actuaba ciertamente sobre los nervios olfativos de Katadreuffe. Seguía habiendo muchas personas robustas y vigorosas, pero las otras le provocaban ligeras náuseas. Le dijo a Jan Maan que prefería ya no ir.

—¡Capitalista! —lo insultó Jan Maan.

—Sí —respondió Katadreuffe—, pero esa gente bien podría mantener su ropa en buen estado: las ayudas que reciben aquí son más generosas que en la mayoría de los países. Y agua aquí hay mucha, siempre la ha habido.

—Es cierto —contraatacó Jan Maan—, pero no te das una idea de la pena que supone deambular sin rumbo. Eres un capitalista obcecado y estrecho: deberías tratar de ponerte en su lugar.

—No estás hablando en serio, Jan.

—No, no estoy hablando en serio, y sin embargo sí.

Para complacer a su amigo, y también porque no estaba conforme con su propia actitud, en invierno volvió a acompañar a Jan Maan varias veces veces al rojo Caledonia. Y llevaron a la madre, porque a «ella» también le gustaba ir. Sin embargo, Katadreuffe ya no asistía a las reuniones, sólo iba a ver las películas rusas. El aire de la noche no le hacía bien a su madre, así que iban los domingos por la tarde. Al llegar el invierno volvió a sentirse algo mejor; tosía, pero no se rendía: si los jóvenes andaban despacio ella también caminaba todo el trecho, por gusto, ida y vuelta. En realidad, no estaba enferma: sólo se iba consumiendo poco a poco. Llevaba al menos seis años padeciendo de tisis, pero no hablaba de ello ni se quejaba porque, a fin de cuentas, había tenido una vida mucho mejor que la mayoría.

En el Caledonia pusieron dos películas de Eisenstein: *El acorazado Potemkin* y *La línea general.* La sala contempló la proyección en silencio, conteniendo la respiración, y al final estalló un estrepitoso aplauso. Mirando a su alrededor, Katadreuffe se sorprendió de que, en general, esos comunistas siguieran siendo unos holandeses bastante respetables. La escoria se encontraba en sus abyectas revistas y en algunos individuos siniestros. Pero «ella» al final tenía razón: en principio, el comunismo debía de tener algo bueno, de otro modo no podría sostenerse en pie. Pero de todas formas no era para él. Y su madre, esa mujercita conservadora, estaba allí sentada tan tranquila y tan cómoda. De todos modos, la gente que llenaba esa sala era muy distinta de la del círculo de amigos de Jan Maan, que seguía reuniéndose en su cuarto y que Katadreuffe reconocía por su olor. Estaba claro que su amigo, completamente ciego, se había rodeado de la escoria del Partido.

Las películas de Eisenstein los conmovieron profundamente: ninguno de los tres había visto jamás algo tan imponente. *La línea general* era sencillamente sublime.

—La canción del campo —opinó Katadreuffe.

Fueron alzados, hundidos, pulverizados por un ritmo que latía en aquellas películas como un aparato circulatorio. Y ellos mismos también circulaban por la sangre de esos filmes. Incluso «ella», que por lo general era la que se mantenía más serena, estaba hondamente tocada. Y en el camino a casa, Jan Maan triunfó por un momento sobre ambos, pues allí toda crítica sobraba.

—¡Estos rusos! —dijo—, ¡hombres de pelo en pecho!

—Y por lo visto, también muy felices, pese a Lubianka y la Cheka —comentó Katadreuffe, con ánimo de regatearle aún algo al comunismo, aunque no fuera más que en su devenir histórico.

También vieron *Los marineros de Kronstadt* de Efim Dzigan, que fue igualmente conmovedora, y con una fotografía extraordinaria, pues a esas alturas los rusos también dominaban la técnica hasta el más mínimo detalle. Con todo, esta película no estaba embebida del ímpetu cautivador de las primeras obras maestras de Eisenstein, y ahí volvió a aparecer, para gran digusto de «ella», una voz de mujer sermoneando en ruso desde detrás de la pantalla y arruinando en gran parte el efecto de la película.

Ésas eran las salidas de Katadreuffe, y también algún paseo con «ella» hasta el parque o los antiguos viveros; por lo demás, no hacía más que trabajar y estudiar. Y alguna vez, si hacía mal tiempo, se quedaba en casa tarde y noche leyendo la enciclopedia.

La había leído ya de la *u* a la *z*; no toda, aunque sí lo esencial, y había conseguido dominar sus pensamientos, en la medida en que, cuando cogía alguno de los tomos, ya no pensaba en Lorna te George.

Vivía para su trabajo y estudios y para las pocas personas que conocía. Aquellas con las que había entrado en contacto tras la partida de la señorita Te George no despertaban en él el menor interés: era como si con ella hubiera desaparecido gran parte de la atención que dispensaba a su prójimo. De Gankelaar ya no estaba para incitarlo a reflexionar sobre la naturaleza del hombre. La señorita Van Alm lo dejaba indiferente, al igual que el nuevo auxiliar e incluso su nuevo patrón y su nueva casa, por más confortable que fuera en comparación con el cuarto de la cama armario en casa de los Graanoogst, tan frío y penumbroso.

Siguió avanzando con paso firme en pos de su objetivo: aprobar. Aunque, por lo visto, el enemigo no había abandonado la lucha. En todo caso, pagaba su deuda como un reloj: ya casi la había saldado.

Hacia la primavera, el bufete de C., C. & C. mandó de nuevo a Róterdam al joven Countryside, que llegó con sus aromáticos cigarrillos negros, los dientes aún más cariados que antes, los puntos dorados más profusamente diseminados por su dentadura, la voz más profunda, más cansada, el vello negro de sus manos avanzando hasta los nudillos. Iba a celebrarse una gran fiesta en casa de Stroomkoning, que cumplía cuarenta años de ejercicio de la abogacía. Daba una fiesta para unos cuantos amigos, un puñado de clientes y los empleados del bufete. El joven Countryside se alojaba en la mansión de los Stroomkoning en Hillegersberg, a orillas de los lagos; la señora Stroomkoning estaba de nuevo encantada con él. Sin embargo, también pasaba mucho por el bufete, porque Katadreuffe le caía bien.

El joven Countryside había pasado a ser el mayor de su bufete. Cadwallader había muerto, el viejo Countryside se había retirado y dos hijos del primero ocupaban los puestos que habían quedado libres. El bufete se llamaba ahora Countryside, Cadwallader & Cadwallader, pero en su forma abreviada podía seguir llamándose C., C. & C.

El joven Countryside se había hecho ahora unos años mayor y, por tanto, se le notaba más acabado, pero atribuía un gran poder revivificante a la ginebra holandesa. Tenía una apariencia aún más simiesca que antes, aunque no dejaba de ser un caballero, hijo representativo de una gran nación. Lamentaba que ya no estuviera De Gankelaar, con quien había tenido un trato tan agradable; los otros dos colaboradores de Stroomkoning no lo atraían. Pero se lanzó sobre Katadreuffe, al que descubrió de repente. Lo distraía de su trabajo durante horas. Mientras estudiaba, Katadreuffe no había desaprovechado la ocasión de ampliar sus conocimientos de idiomas, algo que en realidad también formaba parte de sus estudios. Había empezado por el inglés, pues en el bufete era la lengua extranjera más utilizada. Había tomado clases de conversación, lo entendía bien y lo hablaba regular. Así pues, en los temas superficiales que Countryside elegía para sus conversaciones, podían seguirse muy bien mutuamente.

Aquellas conversaciones concluían siempre con la reiterada, casi imperiosa, petición de su parte: «You show me the sights of the town».

Pero Katadreuffe no sabía nada de las diversiones de Róterdam, mucho menos de la variedad que buscaba Countryside (sólo para hombres), y se excusaba aduciendo invariablemente que no tenía las noches libres.

A Stroomkoning no le agradaba ser el centro de una celebración, con lo que mantuvo el aniversario de su estreno en la abogacía en secreto: sería una fiesta en el bufete y para el bufete. Habría una cena para sus invitados en la sala grande y, al mismo tiempo, otra en la sala de recepción para el personal.

El bufete todavía abrió por la mañana. La última clienta fue la señora Starels, que llegó justo antes de la hora de cierre y al mismo tiempo que los primeros arreglos florales. Parecía disponer de un sexto sentido para detectar a ciegas las fiestas privadas de la oficina, como un zahorí el agua subterránea.

Esta vez no venía a otra cosa que a pagar la minuta, con lo que le permitieron subir un momento. No alcanzó a saludar a Stroomkoning, pues éste todavía no había llegado. Sentado a su mesa, Katadreuffe mecanografió el recibo. Ella había traído a su marido, el estibador: se habían reconciliado. El estibador era un tipo robusto, no más caballero que ella una dama. Ella se sentía tan absolutamente en su casa que, arrastrándolo hasta el despacho del personal y señalando a Katadreuffe, le dijo a su marido:

—Mira, amorcito, éste es el señor que estudia para ser estudiante.

—¡Por Dios, mujer! Seguro que quieres decir otra cosa —dijo el estibador, a quien Katadreuffe le resbalaba por completo en tanto el entusiasmo de su esposa por él no le diera que pensar.

Se dio la vuelta algo malhumorado, arrepentido ya desde hacía varios días de la reconciliación. La señora siguió arrastrándolo por el corredor.

—Y ésta, amorcito, es la oficina del señor Stroomkoning. —Nunca había estado allí, pero no lo dijo. Katadreuffe los siguió con el recibo. La señora preguntó—: ¿Podría mi marido ver la sala, señor Katadreuffe?

Se encontraban en la ancha escalinata. Katadreuffe entregó el recibo al estibador.

—Con gusto, señora —respondió intentando pasar junto a ellos para abrir la puerta.

Sin embargo, con un rápido movimiento, la señora le arrebató al marido el recibo de las manos.

—Esto es mío.

El hombre se puso rojo.

—¿Te has vuelto loca? Dame eso.

Enfadado, quiso sonsacarle el papel, pero ella se lo puso a la espalda y él sólo alcanzó a arrancarle una esquina. Soltó un taco:

—Como no me lo devuelvas enseguida… ¿Quién paga esos bonitos pleitos tuyos, tú o yo?… ¿Quién es el que siempre sirve para poner el dinero?

Intentó varias veces más recuperar el papel, pero en vano; y ahí la cosa entre los dos se volvió a estropear. Ella hizo una bola con el recibo y se lo arrojó a los pies.

—¡Toma!

Y se dirigió con un andar mayestático al despacho del personal, mientras él abandonaba entre bufidos el lugar. Cuando Katadreuffe entró con el papel desplegado, ella ya se había sentado a su mesita con lágrimas en las pestañas.

—Y ahora quiero que me atienda usted. Esa tal señorita Kalvelage no ha sido nada agradable conmigo… Nunca más volveré a ver a ese hombre, pero a partir de ahora tiene que atenderme usted.

—Lo dejamos para mañana, señora. Ahora el bufete está cerrado, mañana veremos.

Así consiguió deshacerse de ella. Con sus llamativos ojos derramando pequeñas lágrimas, maniobró con todo su robusto cuerpo para esquivar a los mensajeros que venían a entregar las flores. Poco después, el propio Katadreuffe también partió.

De la cena de esa noche se encargó el dueño del restaurante donde Stroomkoning solía ir a comer. Las mesas estaban decoradas con gusto: el propio dueño vigilaba que todo estuviera en orden. Más tarde, al comienzo de la cena, volvió a pasar por allí para ver si todo marchaba bien. A las ocho aparecieron los invitados, todos a la vez. Primero habían ido a un bar a tomar una copa para entrar en ambiente. Se sentaron enseguida a la mesa.

La mesa redonda se había colocado en la sala de espera para que allí se sentaran los subalternos. Esta vez no había nada improvisado; muy al contrario: se trataba de un banquete de gala en toda regla, con menús impresos en papel de Holanda, las viñetas pintadas a mano, los vinos listados en tinta roja entre los manjares. El menú era una obra maestra, con vino blanco para acompañar el pescado, y burdeos y borgoña, y dos clases de champán, para antes y después. Y la cena era la misma para los subalternos que para los convidados a la sala grande. Toda la plantilla estaba presente, sólo faltaba el auxiliar de oficina, aunque Stroomkoning lo había tenido en cuenta también a él. Katadreuffe estaba sentado con las tres mecanógrafas, las señoritas Van Alm, Sibculo y Van den Born, y con Graanoogst, su mujer y Pop. Le alegraba volver a compartir la mesa con la familia de su viejo patrón; habían sentado otra vez a la señora Graanoogst y a Pop a su lado. Cierto que echaba de menos a alguien, a una persona que enseguida le habría dado a la mesa un toque de distinción, pero procuró no amargarse la cena: no la echó demasiado en falta a propósito. Le dio gusto que esta vez la señora Graanoogst no tuviera que ir y venir todo el tiempo a la cocina. Por suerte, no tenía nada que hacer allí, para eso estaba el cocinero, y había camareros sirviendo. Pop le hablaba continuamente; era todavía una niña, pero poco a poco mostraba más signos de que estaba haciéndose mayor. De golpe vio en esa niña a la mujer, se percató de ello y se asustó. Por fin advirtió la coquetería y el amaneramiento, vio que sus ojos eran demasiado bonitos para ser bonitos sin más, y pensó: «La madre debería tener cuidado si no quiere que su hija se meta en problemas».

Entonces, durante un silencio, la señora Graanoogst señaló un punto con el dedo:

—La otra vez allí estaba sentada la señorita Te George.

Por un momento la conversación recayó en ella; de los aunsentes, fue a la única que rememoraron, aunque nadie sabía a ciencia cierta qué era de su vida. Estaba casada, sí, ¿y luego? Así pues, pronto la conversación discurrió por otro cauce.

A nadie le habían servido jamás tales manjares: les parecieron más curiosos que deliciosos. Katadreuffe se sirvió de todo muy poco. Al final, lo que más saboreó fue un vaso de agua. Las aves fueron del gusto del glotón de Graanoogst, que se sirvió dos veces. Su tonsura se iba poniendo colorada y, a pesar de ello, le dijo suspirando a su mujer:

—No hay que ser desagradecidos, pero es que con el mismo gusto me como yo un cocido.

Sus ojos expresaban su habitual y poco profunda melancolía. Volvió a servirse.

Katadreuffe recorrió la mesa con la mirada. La señorita Van Alm permanecía tiesa y en silencio. Sin quererlo, él siempre veía detrás de esa chica a su predecesora, a ella nunca le dedicaba mucha atención. Tanto más le agradaba la señorita Sibculo, que, aun sin el prometido, era alegre y amable, y una buena chica.

La señorita Van den Born había venido a la cena como una damisela, con un bonito vestido y, sorprendentemente, con una alianza. Porque incluso ella se había comprometido: lo imposible resultó posible. Pero entre semana seguía vistiendo ropa de lo más extravagante. Hacía poco, Katadreuffe había adelantado en la calle a una parejita a la que todo el mundo se quedaba viendo: alguien con una cabeza de chico y pantalón bombacho y alguien con pelo largo y una capa. La cabeza de chico era la señorita Van den Born; la capa, su prometido. Poca cosa, un poco paliducho. Parecía una parejita travestida y no a todo el mundo le resultaba simpática.

La cálida noche, una temprana y suave noche de primavera, hizo que el ambiente de la sala de espera acabara en bochorno; abrieron la puerta que daba al corredor y también la puerta de la sala grande. Había llegado el momento de los discursos. Desde donde estaban podían seguirlo todo. Oyeron hablar a Carlion, con su acento norteño; no estuvo mal y, en cualquier caso, su intención fue buena, sólo que resultó demasiado seco, demasiado conciso, con muy poca retórica. El que cosechó un éxito rotundo fue el discurso de la señorita Kalvelage, casi una sátira de la profesión, de los clientes, de todo, incluso de sí misma. Esa criatura sin cuerpo hizo alarde de una gracia y un desparpajo que provocaba risas ruidosas y, alternativamente, incitaba a escuchar en perfecto silencio. El sorprendente final, salpicado de palabras realmente cálidas para Stroomkoning, resultó, por lo inadvertido y abrupto, arrollador. La señora Stroomkoning, encantada ipso facto con ella, se puso de pie para besarla.

Entonces fue el turno de las palabras de agradecimiento de Stroomkoning, que tuvo que admitir honestamente que ante el discurso de la señorita Kalvelage todo palidecería. Pero tenía facilidad para hablar. Les agradeció a todos cordialmente. Sin embargo, no le faltó autocrítica: dijo que si ahora podía hablar desde el corazón (las abundantes felicitaciones que había recibido le hacían pensar que se lo consideraba un hombre de buen corazón), ello no se debía a ningún mérito suyo, sino exclusivamente al favor de las circunstancias.

También se acordó del difunto Gideon Piaat. Sobre De Gankelaar no dijo nada.

Pensaron que con esto la ceremonia había concluido, pero no: el joven Countryside, que para asombro de todos había anunciado que no hablaría, sorprendió a la presentes pronunciando unas palabras finales en un neerlandés con demasiadas erres guturales, pero por lo demás muy claro. La señora Stroomkoning, sentada junto a él, volvió a quedar encantada y depositó un beso en aquella mejilla de cuero viejo.

Entretanto sirvieron el postre. El ambiente en la sala de espera se animó considerablemente, sobre todo entre las mujeres, pues la variedad de dulces era realmente deliciosa. Tartas, pasteles, helado, bombones, piñas y castañas glaseadas, todo muy complejo y refinado, pero dulce, divinamente dulce, a los paladares femeninos. Y entonces Stroomkoning se acercó a la mesa y le dijo a Katadreuffe:

—Ahora yo en tu lugar y tú en el mío.

Porque quería compartir el final de la noche con el personal, al que en su mayoría conocía muy poco, a tal punto que no sabía los nombres, o apenas. Actuó de manera tan informal, y el ambiente estaba para entonces ya tan alegre, que no hubo motivo de embarazo. Al contrario, su llegada no hizo más que aumentar la animación general.

La señora Stroomkoning le hizo señas a Katadreuffe para que se sentara donde había estado su marido, en la cabecera, a su izquierda. Katadreuffe no se envaneció: era demasiado juicioso para eso. Entendió perfectamente que se trataba de una pequeña atención propia de una persona bien educada que, ante todo, procura no ser condescendiente ni desdeñosa en su actitud frente a los subalternos. La señora Stroomkoning, que quedó entre él y Countryside, se mostró encantada con ambos.

Al otro lado de Katadreuffe estaba sentada la hija de Stroomkoning. Sus hijos, un chico y una chica, eran ya mayores, aunque habían conservado cierta fragilidad y una ligera degeneración en sus complexiones, al ser hijos engendrados por un padre después del climaterio. El muchacho se llamaba Molyneux en honor al viejo Countryside, a la niña le decían Leda. Molyneux no tenía madera para los estudios:

nunca habría podido ser el sucesor de su padre, pero tenía un particular talento para el dibujo. Su estilo, sin ser demasiado original (recordaba al de Beardsley), era sin duda de una calidad poco habitual. Era cosmopolita en el sentido en que el cosmopolitismo se entendía antes de la guerra; un epígono, pues, y además tardío. Sus dibujos a pluma no llegaban jamás a ser pornográficos, pero sí suficientemente perversos para que su sana y deportiva madre escondiera algunos y se pusiera a llorar al verlos. Era decadente, seguro que no llegaría a viejo. Tenía facciones regulares, pero unos ojos demasiado inquietos y demasiado hundidos.

La chica no era enfermiza: una cara bonita y tonta; aunque tenía la mirada algo apagada: sus ojos se volvían bellos sólo por las noches.

Aceptado por primera vez en un círculo más elevado, Katadreuffe se puso a observar discretamente a los otros comensales y descubrió que los amigos y clientes de Stroomkoning también eran capaces de comer de otro modo que en el estilo de la fortaleza. Allí, con señoras presentes, mostraban primero que nada interés en la conversación, después en los vinos y, sólo finalmente, en la comida. Ésa sería otra imagen que no olvidaría. La señora Stroomkoning, entretanto, le comentó que estaba segura de que en breve se convertiría en la nueva mano derecha de su marido, haciéndoles sentir a todos, incluso a él, que no estaba sentado allí como jefe de sección, sino como un estudiante universitario a punto de concluir sus estudios. Lo habían aceptado completamente: él mismo lo entendía. Estaba allí sentado modesta y sin embargo tranquilamente; era el estudiante, el futuro jurista. No se dio cuenta de que su cara bonita hacía el resto. Leda Stroomkoning no dejaba de mirarlo con disimulo.

La fiesta llegó a su fin cuando Stroomkoning volvió de la sala de recepción. Llevaron a casa a las mujeres; los hombres se desplazaron hasta La Haya para continuar allí la juerga, llevándose naturalmente a Katadreuffe. La única mujer que los acompañó fue la señora Stroomkoning, conduciendo su propio coche, su marido instalado a su lado, Countryside y Katadreuffe en el asiento trasero. El bólido iba por delante a gran velocidad, el resto venía a la zaga. Llegaron en media hora. Allí, en un salón de baile, un grupo de mujeres jóvenes rodeó a los hombres; la señora, riendo, los alentó:

—¡A bailar, a bailar, tranquilos!

Y ella misma se deslizó hacia un costado con un extraño, seguramente el agregado de alguna legación. Katadreuffe, que no sabía bailar, se dijo a sí mismo: «Tengo que aprender, ¡Dios!, tengo todavía mucho que aprender».

Aprendería porque resultaba preceptivo, no porque lo deseara en su fuero interno. Porque ese final de la noche le desagradaba. Las miradas de las mujeres ligeras le molestaban terriblemente, pero tenía que contenerse, y lo consiguió.

Se quedó sentado; por fortuna le hacía compañía el joven Countryside, que tampoco bailaba y que sólo cedió a pedido expreso de la señora Stroomkoning. Pero resultó algo desafortunado: si bien era demasiado educado para perder el control y por lo visto se mantenía sobrio, bailaba como un desgarbado gibón : sus piernas tenían vida propia. Entre risas, la señora Stroomkoning se dio por vencida. Tuvo el tacto de no sacar a bailar a Katadreuffe, que se quedó sentado. Cuando volvió, Countryside se dedicó a beber un whisky tras otro. Momentos después, inclinándose hacia Katadreuffe, le susurró al oído:

—*We'll go in a moment. You show me the sights of The Hague.*

Katadreuffe no entendía absolutamente nada. ¿No estaba allí rodeado de un montón de jovencitas, entre ellas algunas auténticas beldades? Todo eso por lo visto no le decía nada y, curiosamente, seguía tomando a Katadreuffe por un calavera experimentado que conocía la vida nocturna de todas las ciudades y, aparentemente, lugares mucho peores que aquel en que se encontraban.

Fueron todavía a un segundo salón de baile; algunas de las mujeres del primero los acompañaron. Pero resultó ser exactamente igual que el anterior. Katadreuffe vio la mortal monotonía, el sopor de la vida nocturna. Los ánimos en general se apaciguaron; emprendieron rápidamente la retirada, las infames mujeres a la zaga. Entonces el gerente del establecimiento salió a la puerta a gritarle a una de esas criaturas:

—Señorita Lia, todavía no ha pagado su copa todavía: la apunto en su cuenta.

Era una chica algo mayor que las otras y no muy atractiva, con una cara fofa. Dijo:

—¡Ay, he entrado con ocho señores y ahora resulta que ninguno quiere pagar!

Katadreuffe oyó el grito de ayuda mientras los otros ya se dirigían hacia sus coches, desembarazándose de las mujeres.

No pudo soportarlo y, por más recatado que fuera, se dio la vuelta y quiso saldar la consumición. Pero Molyneux Stroomkoning se le adelantó: ya estaba seleccionando el dinero en su mano a la luz del portal. La miró con agudeza, tal vez pudiera usarla de modelo para un dibujo; pero no, era muy poco sofisticada. La chica se alejó sollozando por lo bajo y un poco borracha.

En el camino de vuelta, Countryside cogió el volante y varias veces estuvo a punto de provocar un accidente. Y es que, conduciendo a una velocidad de locos, se mantenía siempre a la izquierda, a la inglesa, diciendo con una tozudez también inglesa:

—*That doesn´t matter, I call this the right side.*

Hasta que la señora Stroomkoning, sentada a su lado, accionó simplemente el freno de mano, haciendo que el coche se detuviera de golpe. Con sus musculosos brazos hizo cambiarse de lugar al joven Countryside y tomó su lugar tras el volante.

Katadreuffe iba sentado en silencio en el asiento trasero, junto a Stroomkoning, que igualmente guardaba silencio. El jefe ya estaba pensando en los pleitos del día siguiente, o mejor dicho de ese día; Katadreuffe, por su parte, pensaba en la plañidera indignación de la joven borracha ante el inmerecido maltrato que le habían dispensado aquellos caballeros.

LA COLINA

Hacia el verano, Katadreuffe completó los estudios para el examen de licenciatura en derecho. Estaba absolutamente convencido de que aprobaría. Sus profesores particulares le decían que ya no tenía nada que aprender, pero su convencimiento no provenía exclusivamente de ellos. Tenía un estímulo mucho mayor para tener fe: el enemigo ya no podía ponerle palos en la rueda. Ya no lo amenazaba la horrible solicitud de quiebra. No tenía por qué temer el golpe moral que en su día había puesto por un momento en peligro su examen de Estado. Su deuda con el banco estaba saldada, incluidos todos los intereses y gastos. Su padre ya no podía hacerle nada.

Por esa época su cerebro era un enorme archivo de conocimientos y él conocía todos sus recovecos. Los artículos de las leyes eran para él como expedientes en un archivo: los extraía de allí, los abría y todo se desplegaba ante sus ojos, el significado, la historia, la aplicación práctica. Le sorprendía que una materia de estudio tan extensa se dejara comprimir tan fácilmente en las neuronas y, sin embargo, se mantuviera legible y sin arrugas. Esto debía de experimentarlo todo estudiante, él no sería ninguna excepción. Se sentía tan tranquilo que siguió reservando para el ocio las tardes del domingo.

En una ocasión dio un paseo en barco por los puertos con «ella» y Jan Maan. Hacía años desde la última vez. Fue a petición de su madre: el agua era su mayor debilidad, y el agua era Róterdam.

La madre iba de pie entre sus dos cachorros; no quiso sentarse, se mantuvo de pie en la borda. Era una tarde deliciosa, las olas tenían la regia ondulación característica de los grandes ríos donde el viento corre sin obstáculos, con cimas y valles, pero sin espuma. Por momentos la niebla ocultaba las vistas; el río olía ya a mar: el río mismo era mitad mar. Y eso llevó a Katadreuffe a pensar (aunque sin expresarlo) que en Róterdam el agua de mar celebra una eterna boda con la de las montañas. Si ahora le hubiera hablado De Gankelaar, ya no sería el único que hiciera uso de la palabra: habría encontrado un interlocutor, el intercambio de ideas habría profundizado la conversación. Katadreuffe no se observaba, no era consciente de que se encontraba en un momento de inflexión en su vida. Estaba parado en la línea de demarcación que divide el mundo de todo intelectual. La línea es vaga: una pincelada que se traspasa sin darse cuenta. Sólo más tarde, cuando se ha aprendido a ver en perspectiva el pequeño mundo propio, llama la atención lo clara que está trazada la línea. Katadreuffe ya no era más el intelecto que sólo absorbía ávidamente: empezó también a reflejar y aun a emanar luz desde dentro. Y la metáfora de la línea, como toda metáfora, llevada a sus últimas consecuencias resultaba inadecuada, pues la esfera que abarcaba era su propia vida: lo que quedaba de este lado era suyo, igual que lo que quedaba del otro; si traspasaba la línea hacia un terreno nuevo, el viejo suelo seguía proveyéndole de nutrientes. Con toda su ambición, era modesto. La verdadera ambición y la modestia van de la mano: no se puede ambicionar una cosa sin ser consciente de la necesidad de esforzarse para conseguirla. Quien afirma que «ya ha llegado» está intelectualmente muerto.

La visión del puerto no era la mejor; al ser domingo había mucho trabajo parado. Navegaron junto a montañas de mineral de todos los colores, verde brillante, rojo oscuro o marrón oxidado, que no crecían ni menguaban. Más allá estaban descargando cereal de un barco muy alto. Cuatro elevadores succionaban el casco. El grano fluía a gran velocidad en las gabarras como si fuera un viscoso aceite amarillo. Flotaban, inmóviles y voraces, con el barco totalmente en su poder, desangrándolo. Eso produjo una imagen en la mente de Katadreuffe: eran pulpos de agua salobre abrazados a un mamífero del río.

Más adelante, en la desembocadura del Waalhaven, se extendía un mar interior y, a lo lejos, el aeropuerto, sobrevolado por insectos resplandecientes. Entonces sopló una fuerte brisa; los muchachos bajaron la vista al mismo tiempo hacia el cuello de ella. Ya llevaba el paño más apretado. ¿Había visto los movimientos de ambos, sintió su tácita preocupación? No dejó traslucir nada: era enormemente terca.

Katadreuffe creía en su éxito hasta tal punto que el día previo al comienzo de su examen no quiso estudiar ni trabajar; pasó relativamente temprano por la mañana por la casa de «ella» y le propuso ir andando al parque. A ella le apetecía, pero en los días laborables había mucho trajín en la ciudad: no podrían evitar los ríos de gente en las arterias principales y ella no podría soportarlo.

Entonces viajaron cómodamente en tranvía. En la parada final de la línea empezaba el parque; despacio y en silencio subieron la colina. Estaba relativamente tranquilo, sólo algunos desempleados deambulaban de acá para allá. El día estaba bochornoso y oscuro, con nubes bajas y nieblas que llegaban hasta el suelo. Bajo un cielo así era cuando el agua de Róterdam lucía mejor.

Entonces Katadreuffe tuvo la sensación de que había esperado ese momento por muchos años, de que lo había anticipado en una visión. La víspera del gran día no se sentía asfixiado por el miedo, sino presa de una suave melancolía. Aceleró el paso. Le dio la mano.

—¡Madre, madre! —exclamó, pues ella había seguido su camino.

No oía. Siguió andando, se sentó en el siguiente banco, apartada de él.

—Mi madre por lo visto no quiere oír —dijo, y dudando—: ¿La señora Van Rijn?

Y es que todavía recordaba al odioso cuadrúpedo en la playa de Hoek, saliendo de la tienda a gatas.

—No —dijo Lorna te George—: la señora Telger.

—Gracias a Dios —suspiró él.

—La señora Telger, pero para usted, por favor, la señorita Te George.

Había un banco desocupado cerca. Se sentaron. Ella mecía suavemente un cochecito con un niño dentro. El encuentro era demasiado sorprendente, la conversación debía brotar sola, con naturalidad.

—¿Sigue viviendo en Boogjes?

—No, pero mis padres sí, y nosotros vivimos muy cerca. Es toda una distancia para mi marido, pero cruza los puentes en bicicleta, como hacía yo antes, ¿recuerda?

¡Cómo no iba a recordarlo!

—Me encantan esos barrios tranquilos y campestres. Logré convencer a mi marido de que nos fuéramos a vivir allí. —Guardó silencio por un momento. Presintió una pregunta que él no se atrevía a formular—. Es contable en una naviera renana.

«Seguro que le va bien pese a los malos tiempos», pensó Katadreuffe. Era toda una dama, había cambiado muy poco: se notaba en cada detalle de su atuendo. En medio aquella alegría agridulce le sorprendió que el paraíso de un hombre pudiera residir en algo tan enigmático: nada menos que en la piel de otra persona. Miró los dientes duros y blancos, los labios húmedos y tentadores: aquello le planteó otro problema. Porque él era un hombre, no un meloso y abstracto cavilador: en presencia de ella era un hombre. Y como si adivinara el intrincado curso de sus pensamientos, ella le dijo:

—Y usted, ¿qué tal está? En su día leí sobre su examen de grado. ¿Cómo van sus estudios?

—Mañana empieza mi examen de licenciatura.

—Ah, y naturalmente aprobará: usted siempre aprueba.

—Sí, puedo decir sin presunción que sí. ¿Le parezco presumido?

—No. No en el sentido que usted dice. Y estoy convencida de que llegará lejos. Para empezar, será abogado.

—En efecto, señorita Te George, dice usted muy bien: para empezar. Cuando sea abogado todavía no seré nadie. Y no es que me contradiga: no es falsa modestia. En lo más profundo de mi alma estoy convencido de que una vez que sea abogado no habré hecho más que empezar.

—Pero llegará lejos —repitió ella con tozudez.

—Tal vez… en cierto sentido. Pero en el fondo soy un cobarde. ¿No cree usted que a estas alturas me conozco mejor? —Ella no respondió. Meció suavemente el cochecito con el niño durmiendo. Él continuó—: Estoy poseído por una sola idea; les temo a todas las otras, tengo un servicio de seguridad particular que me vigila día y noche. ¿No es eso una cobardía? Soy un cobarde.

Ella no respondió. La conversación iba adquiriendo un cariz triste. Y sin embargo ese hombre la fascinaba, más aún que antes. Su mente había madurado, algún día seguro que sería una gran figura. También le pareció que se había vuelto más suave, sin dejar de ser un hombre.

Y después de quedarse un momento con la mirada perdida lo miró de frente, sonriendo como hace una mujer que ama a un hombre y sin embargo no deja que se trasluzca, quizá sólo un poco. Lo vio tan adulto, tan orgulloso, casto y ambicioso; vio sus manos ya ligeramente morenas de algunos días de sol de primavera. Y lo vio tan irresistible, precisamente porque no era consciente de ello. Ambos callaron mientras él la miraba también a los ojos, esos ojos cuyo color oscilaba siempre entre el gris y el azul. Intuyó cada detalle de su cuerpo: el noble empeine del pequeño pie, la pierna delgada, aunque curvada en la pantorrilla, las manos enfundadas en los blancos guantes de largas cañas, el pelo rubio bronceado bajo el pequeño sombrero. Toda ella serena, esbelta, quizá demasiado esbelta. No exageradamente refinada. La cabeza grande para una mujer, aunque no demasiado al ser alta: lo justo. Un bonito cráneo, la frente ancha, lisa, femenina. El rostro que lo había cautivado tan enormemente por su singularidad, la fina línea que unía la nariz con la comisura de los labios: un dolor antiguo, un episodio de su vida que permanecía oculto para él. El rostro de antes, nada cambiado, sólo una pequeña sombra bajo los ojos: tal vez el resabio de su común tristeza.

La veía ahora de otro modo. La implacable vivisección que acababa de hacerse introdujo calma en su mirada y equilibrio en sus palabras y, con la mayor sencillez, se expresó por fin, sabiendo exactamente cuán lejos podía ir:

—Nunca me casaré con otra. Usted fue un episodio importante en mi vida, el más importante. No puedo permitirme olvidarlo. No puedo. —Ella, naturalmente, se ruborizó un momento, miró hacia el frente y en sus facciones apareció de nuevo lo que él había visto durante su primer encuentro, en la escalinata: un toque soñador y sonriente. Se lo había dicho con tanta honestidad, sin segundas intenciones; había sido una declaración de amor tan delicadamente encubierta que no causaba dolor, sino dulzura, una alegría sutil como la estela de algo perfumado que pasa y se esfuma. Él supo entonces darle un giro a la conversación—: ¿Ve usted allí, en aquel banco, a mi madre, sentada de espaldas a nosotros? ¿No es acaso una bella persona? ¡Qué buenas migas haríamos si yo fuera distinto! Pero es curioso, tal vez no suene muy amable a sus oídos que le hable así de mi madre, pero a usted puedo decírselo: no debemos estar juntos. Y no se trata solamente de mí, sino de ambos: nos irritamos uno al otro.

Ella volvió a sonreír.

—Tiene usted carácter, señor Katadreuffe, ya lo sabía yo. Y lo que me está diciendo prueba que también su madre tiene carácter.

Él se quedó cavilando.

—El parentezco tiene a veces sus lados oscuros. Es así entre ella y yo. Cuando no convivimos es cuando mejor nos llevamos. También entonces solemos tener nuestras pequeñas rencillas, pero no pasan a mayores. En cualquier caso, es una mujer especial. —No quiso añadir que temía perderla pronto: sonaría sentimental—. ¿Viene a menudo por aquí? —preguntó—. Hace años que no la veía.

Ella seguía meciendo suavemente al niño.

—No, no vengo mucho a la orilla norte; a veces para ir de tiendas, pero no mucho de todos modos. Mi marido ha tenido que viajar por negocios a Ruhrort, se queda allí una semana. Mientras tanto, yo paro en casa de unos amigos aquí cerca, pero mañana la semana ya se acaba.

Dijo estas últimas palabras con su vieja picardía. Él respondió con una sonrisa franca, la entendía.

—Siempre he pensado —dijo— que algún día me la encontraría, pero aquí... Me gustaría bajar un momento con usted a mirar el río. ¿Le parece bien? —Y mientras se dirigían al antepecho, añadió—: Ya no soy un niño: soy plenamente consciente de que un momento como éste debe sublimarlo todo, al menos para un hombre. Por eso quisiera ver el río con usted a mi lado: es cuando se lo ve más hermoso, aunque hermoso siempre es.

Se instalaron detrás del antepecho, ella apenas meciendo al niño en el coche: en ese momento no era una madre, más bien una mujer. El agua discurría entre la niebla y las nubes bajas. A lo lejos, muy al oeste, rojeaba el fuego de un astillero. Alrededor del casco majestuoso de un barco en construcción tronaban los martillos; el aire se estremecía en ese rincón. El humo de las fábricas no conseguía atravesar las nubes y flotaba en el aire hecho jirones. De tanto en tanto, la niebla deparaba sorpresas: lo que en la lejanía parecía una majestuosa barca renana, de cerca resultaba diminuta. Pero de pronto divisaron entre las nubes una fina punta negra que, a medida que salía del puerto deslizándose por el agua, iba convirtiéndose en un vapor colosal color azabache con las bordas y el puente blancos como la nieve. Como avetoros a orillas de una ciénaga, las grúas apuntaban sus picos hacia arriba en los muelles, inmóviles al parecer... pero no: allí comenzaban a girar, a agacharse y a picotear de los suministros que flotaban en el agua. Hasta donde abarcaba la vista, a izquierda y derecha, una ciudad en movimiento; el agua, una cinta de vaciado y transporte.

—La cenicienta entre nuestras grandes capitales —dijo Katadreuffe—. Y sin embargo, la mejor y la más gallarda. ¿Está usted de acuerdo conmigo?

—A mí me parece más bonita Ámsterdam —dijo ella.

—No —dijo él—. A mí no. Considero que nuestra ciudad es Róterdam precisamente por no ser tan holandesa. Ámsterdam es nuestra ciudad nacional; Róterdam, la internacional. A mí me atrae lo internacional, por eso me atrae esta ciudad. Y ese sello se lo ha impuesto el mar, porque el mar trasciende las fronteras: el mar es el único cosmopolita verdadero de este mundo.

—Se está usted convirtiendo en un pensador o un poeta —dijo ella con una sonrisa, pero hablando en serio.

—No —dijo él—, y siento contradecirla de nuevo. No pienso más allá de lo necesario para actuar, y para poeta soy demasiado racional.

—Tengo que irme —dijo ella.

Él respondió:

—Sí, pero volveré a verla.

—Por casualidad…

—Sí, claro, por casualidad. No iré a buscarla: me entregaré a la casualidad. —Ella le estrechó la mano—. Me entregaré a la casualidad —repitió sosteniendo un momento su mano—. ¿Recuerda nuestra primera conversación aquella noche en el bufete, mientras usted mecanografiaba un *gentleman's agreement*? No iré a buscarla: celebro con usted un *gentleman's agreement*, un pacto de caballeros.

Fue a sentarse con su madre.

—Una vieja conocida —explicó—: una antigua secretaria de Stroomkoning.

—¿Ya tenía novio entonces?

—No —dijo, y al considerar que la palabra *novio* no encajaba con ella, añadió—: No, entonces todavía no estaba comprometida.

—Ya —dijo la madre secamente, sin prestar atención a la corrección—. Fuiste un tremendo borrico entonces, Jacob.

Y es que, con el entendimiento fulminante de una mujer que además es madre, lo había adivinado todo en una fracción de segundo. Su languidez aquella semana en casa había sido por una chica. ¡Y qué chica! *Esa* chica. ¿No había visto acaso cómo se acercaban el uno al otro hacía un momento? Era suficiente, podía volverles tranquilamente la espalda: allí no había nada más que aprender para una vieja madre.

Su llamada de atención lo irritó. Siempre hacía lo mismo: callaba cada vez que él quería oír una palabra y, cuando quería que callara, intervenía con un comentario odioso. Siempre, siempre lo irritaba. Se lo dijo. Ella respondió secamente:

—Eso te pasa por haber sido tan necio... Venga, vámonos: me está entrando frío. —No obstante, se detuvieron aún un momento donde la colina baja hacia el muelle y la corriente—. Tú mantente fiel a Róterdam, Jacob —le dijo—. Nuestra ciudad es Róterdam. No estamos hechos para La Haya.

—Esa apestosa La Haya —dijo con desdén, pues aún no había satisfecho su necesidad de expresarse con vehemencia—. ¡Quién te crees que soy, madre! Aquélla es una ciudad de holgazanes y gandules, eso es lo que es.

Entonces se avinieron, y entre insultos triviales a la sede del gobierno nacional, se dirigieron a la parada del tranvía.

Pero el diamante de la entrevista con Lorna te George se lo guardó para sí, pues, en lo que toca a las piedras preciosas de la vida espiritual, todo hombre es un avaro; las contempla en solitario en la caja fuerte de su corazón, a la luz de sus recuerdos.

Según todos los cálculos humanos, tenía que aprobar su examen de licenciatura. Y así fue. Con ello quedaba concluido ese periodo de su vida. Nunca había sido un estudiante de verdad: la vida en la ciudad universitaria o en la facultad misma no le había sido concedida: esa vida plena que a los hombres bien establecidos tanto les gusta recordar. No la echaba en falta; su tiempo de estudio había estado orientado a un único fin. Leiden quedaba definitivamente atrás.

Había pedido expresamente que no se hiciera ningún tipo de celebración. Respetaron su deseo. A Stroomkoning le dijo lo que ya antes había pensado y dicho: «Todavía no soy nadie. No me encuentro más que al principio».

Esa mezcla de orgullo y modestia había impresionado al jefe. Pero Katadreuffe no mencionó otro motivo de su actitud, igualmente importante: el recuerdo de la fiesta después de su examen de Estado. La había desterrado de su memoria: no debía recordarla nunca más. Cuando pensaba en Lorna te George, lo hacía con una melancolía suave y madura, la melancolía agridulce y deliciosa de su última conversación. En septiembre juraría como abogado. Fijarían su placa en la fachada del bufete: una cuarta placa brillando sobre el Mosa. Pero sus proyectos iban más allá. Stroomkoning era perito marítimo, aunque solamente de nombre. Katadreuffe quería convertir el bufete de su jefe en un verdadero bufete de peritos marítimos. Cuando hubiera pasado un tiempo ejerciendo la práctica jurídica habitual, se marcharía a Londres de aprendiz en C., C. & C. y, una vez aprendido el oficio, frecuentaría la bolsa de Róterdam, como hacían los abogados que también eran peritos marítimos de renombre. Y escribiría una tesis: se doctoraría en Leiden. Después ya vería: eso lo dejaría a la suerte y, a su debido tiempo, escogería del muestrario de posibilidades que le ofreciera la vida con prudencia y determinación.

Renunció de nuevo a las vacaciones, que no le parecieron necesarias. No era como en su día, con ocasión del formidable examen de Estado, cuando había estado sometido a una enorme tensión. Los estudios de derecho habían sido casi como un juego: se sentía perfectamente equilibrado, podía seguir trabajando normalmente. Ahora que en breve dejaría de ser jefe de sección, tenía que tomar medidas: él mismo tenía que saber elegir a su sustituto.

Entonces, previa aprobación de Stroomkoning (la persona más accesible del mundo en esta clase de asuntos), le pidió a Rentenstein que volviera. Porque Rentenstein no era tonto, tenía un cerebro privilegiado, y estaba familiarizado con el bufete. Bien podía volver a ser jefe de sección, siempre que se mantuviera un férreo control sobre su caja, de lo que él, Katadreuffe, se encargaría semanalmente.Y si no le permitían asistir a las sesiones del juzgado, tampoco pasaba nada, teniendo en cuenta que él, sin ir más lejos, tampoco solía asistir. Le encomendaría trabajos más variados: le gustaba enseñar a otros, guiarlos; pues nada, que fuera éste su discípulo.

Rentenstein se presentó al despacho y se mostró muy sumiso. Desempeñaba un cargo de oficial en el banco de Dreverhaven; tenía aspecto de menesteroso, aunque ya mejoraría. Katadreuffe le propuso volver a contratarlo y tuvo el tacto suficiente para no dirigirse a él como habría sido normal entre compañeros, sino llamándolo «señor Rentenstein». Y éste último aceptó de mil amores: era para él una noticia caída del cielo, tras la miseria de los últimos años. Se había separado de aquella mujer. «Sin duda ha aprendido la lección», pensó Katadreuffe oyéndolo hablar. Decidió arriesgarse con alguien que había caído en desgracia; afloró su sensibilidad social. Y cuando en agosto Rentenstein empezó a trabajar, iba con ropa pobre, pero decente, el pelo bastante corto: el atuendo de un hombre, no ya de un afeminado, y sin caspa en el cuello.

Aquel verano, «ella» empezó a declinar más claramente que antes. A Katadreuffe le pareció que ya no se trataba de una curva ascendente y descendente, sino de una lenta y constante cuesta abajo. Tal vez el paseo por los puertos no le hubiera sentado bien: tosía incontenieblemente por la noche, despertando a Jan Maan, aunque éste no hablaba de ello. Sin embargo, no se percibía un declive en su quehacer cotidiano, ni en sus ojos, ni en su voluntad. Seguía haciendo labores, sólo que se acostaba un poco antes. También se echaba una siesta por la tarde, pero de eso nadie debía enterarse: cuando llamaban a la puerta se levantaba en silencio de su cama, ligera como una pluma.

Katadreuffe y Jan Maan hablaron abiertamente de la situación e incluso hicieron planes.

—Te vienes a vivir conmigo, Jan —dijo Katadreuffe—. Me sobra espacio.

—Ni lo pienses —respondió Jan Maan—. Me voy a casa de mis padres. ¿Qué hago yo viviendo con un licenciado en derecho? ¡Menuda pareja!

Katadreuffe se puso pálido de rabia.

—Jan, si te atreves a decir eso una vez más, te parto la cara.

—Cálmate, caramba. Eres más furibundo que cualquier miembro del Partido, y te lo dice un comunista.

Volvieron a pelearse, como tantas veces. Esa discreción tan fuera de lugar de su amigo volvía loco a Katadreuffe: para él no existía peor ofensa. Se reconciliaron bebiendo una cerveza en un bar cercano.

Luego, a fines de agosto llegó una carta para Katadreuffe de parte del decano del colegio de abogados, pidiéndole que acudiera a su despacho. De inmediato presintió: el enemigo todavía no ha muerto.

El decano estaba a la cabeza de uno de esos bufetes distinguidos que parecen siempre desiertos porque nunca se ve a ningún cliente, salvo alguno de oficio; donde todos los pleitos se atienden por correspondencia porque tienen clientes fijos. El decano recibía en un despacho muy solemne, con aire de iglesia, pues las tres ventanas al fondo tenían vitrales. En cualquier caso, era un templo del derecho: allí nunca se gritaba, como sí solía hacerse en las reuniones de Stroomkoning.

El decano estaba sentado al fondo. Se puso de pie, le estrechó la mano a Katadreuffe y le señaló una silla frente a él. Tenía aspecto de un marqués francés; era pequeño, muy atildado, con bigotes blancos y barba corta también blanca. Se parecía mucho a ese presidente del juzgado que en su día había interrogado a Katadreuffe y, en efecto, era su hermano mayor. Cogió una carta y se puso un monóculo en la cuenca del ojo. Aquel delicadísimo instrumento óptico, tan ridículo cuando se mezcla con una actitud afectada, le quedaba extraordinariamente bien: era el toque final de su aspecto de marqués francés. Katadreuffe se sentó tranquilamente sin dejar de observarlo. No podía permitir que nada le hiciera perder su sangre fría.

—Un miembro del foro: el licenciado Schuwagt —dijo el decano—, ha presentado una objeción contra su admisión como abogado. Debería decir cuatro objeciones, puesto que alega cuatro razones. Para empezar, sería usted hijo natural. Luego, estaría ocupando todavía un cargo de oficial de procurador. En tercer lugar, Schuwagt afirma que es usted afecto a los principios comunistas. Y por último, que ha quebrado dos veces y estado incluso al borde de una tercera quiebra. —Katadreuffe se limitó a respirar hondo: eran, por lo visto, las últimas cartas del enemigo: debía ser torpedeado justo antes de llegar al puerto. Pero mantuvo la cabeza fría: había practicado el autocontrol. Era irascible por naturaleza, lo que en ocasiones se ponía de manifiesto, pero nunca permitiría que así fuera cuando estaban en juego cosas realmente importantes para él. Y mantuvo fría la cabeza. El decano lo observaba con atención: notó que la expresión de su cara no había variado. Continuó—: Para tranquilizarlo un poco, déjeme decirle, para empezar, que no soy ciego ante el hecho de que estas objeciones proceden de una parte que… Bueno, digamos que, en principio, yo diría que no pueden tomarse demasiado en serio. Y por lo que respecta a las objeciones en sí: en primer lugar, la cuestión de si es o no un hijo legítimo me es absolutamente indiferente...

—Llevo el apellido de mi madre, señor decano—dijo Katadreuffe. Lo dijo con calma y orgullo.

—Pues muy bien —prosiguió el decano—. Lo dejaremos fuera de consideración. En segundo lugar, la objeción de su actual empleo tampoco cuenta, antes bien es una ventaja si se compara con otros recién salidos de la universidad, pues usted ya es un jurista relativamente experimentado en la práctica. El señor Stroomkoning me habló hace poco de usted en términos superlativos. —Katadreuffe guardó silencio—. La tercera objeción es de mayor peso. ¿Es usted comunista?

—No.

—¿Cómo es posible entonces que se le achaque serlo?

—El señor Schuwagt u otro ha espiado muy bien mis pasos y sin embargo se ha equivocado. Le sugiero que mande hacer averiguaciones con las personas con las que como, o con mis anteriores patrones para ver si alguna vez han encontrado material de lectura comunista en mi cuarto, si en alguna oportunidad el correo ha traído ese tipo de material para mí o si se ha celebrado alguna reunión en mi casa...

—Como comprenderá —lo interrumpió el decano—, como abogado jurará fidelidad a la Casa Real, obediencia a la Constitución, etcétera. Todo eso entra en conflicto con el comunismo. Aquí en el foro nunca hemos tenido un caso así, pero creo que, si se tratara de un candidato comunista a abogado, en efecto nuestro deber sería objetar su nombramiento.

—Perdone usted, señor decano, todavía no había terminado. Con un amigo mío que es comunista asistí a reuniones en el pasado, aunque siempre más por curiosidad que por convicción. Pero me he desengañado completamente: tengo claro que el comunismo no es para mí. Los amigos de mi amigo no son mis amigos. En cuanto a él, tiene otras cualidades, y nunca he pensado en apartarme de él sólo por su comunismo. Y a propósito: él tampoco se apartaría de mí, por más que en broma me llame burgués y capitalista.

Katadreuffe vio un atisbo de sonrisa en el rostro del decano, sin saber que eran precisamente sus últimas palabras las que a ojos de éste lo libraban de toda sospecha.

El decano continuó:

—El cuarto punto es el más serio, si fuera cierto.

—Quebré, en efecto, en dos oportunidades —dijo Katadreuffe—. La tercera no prosperó.

Su aspecto, su actitud, su conducta ya se habían ganado al decano. Pero el último punto era grave: lo hacía retroceder.

—Entonces su solicitud de admisión al foro de Róterdam no tiene precedente. ¡Pero cómo es posible que alguien de su edad haya quebrado ya dos veces!

—El caballero que presenta las objeciones es el mismo que solicitó tres veces mi quiebra, sólo que la última vez ya no lo consiguió. Contraje mi primera deuda para hacerme con una tienda en La Haya. Fue una torpeza, lo admito, y la primera quiebra me la merecí. Pero, como no poseía nada, se clausuró. Entonces, gracias a mi síndico, el señor De Gankelaar, que abogó por mí, conseguí un empleo en el bufete del señor Stroomkoning, y luego de trabajar un tiempo allí, el mismo acreedor me mandó de nuevo a la quiebra. Yo creía que me había librado de la deuda, y también esa quiebra me la merecí, porque no tendría que haber sido tan ignorante. La deuda se saldó con mi sueldo; mi segundo síndico fue el señor Wever. Luego pedí dinero prestado del mismo acreedor para poder costearme mis estudios y he ido pagando el préstamo regularmente, pero quisieron que lo devolviera todo de una vez y solicitaron por tercera vez mi quiebra. Entonces no resultó, y tampoco me la habría merecido. Ahora estoy libre de toda deuda. Puedo enseñarle el último recibo del banco que es mi antiguo acreedor. El señor Carlion también podrá facilitarle toda la información necesaria.

—Una cosa —dijo el decano—. ¿Por qué volvió a pedir un crédito a ese banco?

Katadreuffe respondió con orgullo:

—Quería demostrarles que no les tengo miedo.

—¿Y por qué el banco le otorgó un segundo crédito?

—No lo sé con exactitud —dijo Katadreuffe atendiendo a la verdad—. Tengo sospechas, pero prefiero no expresarlas.

—No era más que una pregunta suelta. ¿Entonces ahora se ha liberado del compromiso con el banco?

—Completamente.

La entrevista había terminado, podía marcharse. De nuevo le llamó la atención el silencio que reinaba en el lugar. Conocía ahora tres formas de silencio: el de la oficina de Wever, el silencio del pequeño negocio, del bufete en sus inicios; el de la oficina del decano, el distinguido silencio del bufete de élite; el del despacho de Dreverhaven, el silencio del miedo. Y sin la menor duda, prefería el bullicio del bufete de Stroomkoning.

Cuando se retiró estaba seguro de dos cosas: para empezar, que lo admitirían y, en segundo lugar, que sería absurdo enojarse con un padre cuyos empeños se volvían cada vez más débiles y atolondrados.

En la primera mitad de septiembre prestó juramento. El fiscal propuso su admisión y después le dio la enhorabuena; el presidente del juzgado le tomó el doble juramento.

Recorrió andando, cavilando, el largo camino de Noordsingel a Boompjes. El primer frescor del otoño flotaba en el aire, pero era aún ligero: era una mañana límpida. Y sumido en sus pensamientos, apenas prestando atención a donde caminaba, se encontró de pronto en Boompjes, del lado del muelle, en un pequeño espacio adoquinado, en medio del tumulto. Se hallaba justo enfrente del bufete, no sabía qué fuerza lo había conducido hasta allí. En la fachada vio clavadas las cuatro placas brillantes: una grande arriba, tres más pequeñas debajo. Leyó: LDO. J. W. KATADREUFFE, ABOGADO Y PROCU-

RADOR. No había vuelto a pensar en el asunto de la placa: el episodio con el decano lo había privado de su usual estado de alerta. Ahora ya estaba colgada. Percibió cierta delicadeza femenina: la orden debía de haber venido de la señorita Kalvelage. ¡Cuánto por encima de él estaba, y no sólo ella! Katadreuffe no se hallaba más que al principio.

En ese momento, con una rapidez y claridad pasmosas, desfiló ante sus ojos una serie de imágenes. Era todo aquello que aún le quedaba por saber: el programa de su vida; debía aprender a agarrarlo y sujetarlo. Nunca vio más claramente que entonces la enorme distancia que separaba al hombre del caballero, al pueblo de la élite; pero sobre todo entre los dos primeros, porque el talento para adaptarse es mayor en la mujer y, además, la sociedad le exige menos. Pero para el hombre el objetivo más difícil en su vida es convertirse en un caballero; no parecerlo, sino serlo de verdad.

Era imperativo que supiera hablar con todos sobre todo, no con el saber libresco extraído de una enciclopedia, sino con ligereza. Debía aprender a sostener una conversación fluida con los hombres y, de otro modo, con las mujeres; estar al tanto de la literatura, hablar lenguas extranjeras con buen acento, conocer sus literaturas, estar al corriente de las artes plásticas, la música; debía aprender a viajar con soltura por países extranjeros, saber sobre ciudades, paisajes, pueblos, usos y costumbres y relatar experiencias propias; ser gracioso y sobre todo educado, vestir sin exageración, portando siempre las piezas justas del corte justo; saber hablar de deportes y de política, tanto interior como exterior, de la coyuntura, la bolsa, la ópera, el teatro y el cine; saber jugar a las cartas, aprender a bailar, opinar sobre buenos hoteles, buena comida y sobre todo de buen vino; saber comer como había visto que hacían los hombres de negocios en el restaurante: con el hermetismo de una fortaleza. Esta última idea no le gustaba particularmente, pero era necesario. Y quedaban aún tantísimas cosas más por hacer.

Debía hacerse un hombre hecho y derecho, en lo grande y en lo pequeño, pero por cuenta propia. Debía permanecer soltero.

Y la enciclopedia, bien vista, al final podría ayudarlo mucho.

Y cuando hubiera alcanzado esas alturas, a sus propios ojos no sería sino uno entre muchos, eclipsado por el lustre de la élite. Todavía tendría que desarrollar un brillo propio, que la gente pudiera decir: «Miren, miren a aquel hombre».

Pero a Jan Maan le seguiría siendo fiel.

Esa noche, Katadreuffe fue a ver a su padre para un último ajuste de cuentas. Era un plan acariciado durante años. Había llegado la hora de la venganza; sería una venganza digna. Con paso pausado se dirigió al barrio de los pobres. En la primera planta, la luz se filtraba por los resquicios de las cortinas. Subió tranquilo la escalera de piedra, abrió la primera puerta (a lo lejos sonó un timbre), la segunda, la tercera. Unos sonidos inexplicables resonaban por el edificio vacío, en una esquina remota, aportando un toque siniestro: el viento nocturno hacía sonar las arpas de los suelos en un lastimoso tono menor.

Se olvidó de lo que venía pensando: no entendía de dónde provenía aquel sonido. Se encontró frente a su padre. Dreverhaven estaba sentado, inmóvil, con el sombrero y el abrigo puestos; pero no fumaba, no bebía, estaba despierto. La mano del viejo déspota surgido de las clases populares le indicó una silla. Katadreuffe hizo caso omiso del gesto.

—Quería…

Dreverhaven lo interrumpió.

—Dime, Jacob Willem, ¿a qué debe el cabrón de tu padre el honor de esta visita? ¿Aspiras al puesto de ese granuja de Schuwagt ahora que has jurado?

Soltó una risotada estrepitosa y sarcástica. Katadreuffe tuvo una sensación extraña, no por la risotada, sino por lo que acababa de decir.

—Precisamente he venido a decirle, padre, que lo que le dije en su día en nuestra primera conversación, cuando estaba tan enfadado, aquello de que era un cabrón, lo retiro. Me arrepiento de ello. He esperado mucho para expresarle mi arrepentimiento. No quiero posponerlo más porque al mismo tiempo he venido a decirle… —Aquí dudó un momento, pues en medio de aquella conversación tan seria se había dado cuenta de que no tuteaba a su padre, aunque sí a su madre, y que simplemente no habría podido hacerlo—. Al mismo tiempo he venido a decirle que ésta es la última visita que le hago. No ha logrado someterme, ya se habrá convencido de ello. Hoy he prestado juramento, como usted sabe; seguro que usted lo lamenta, pero he jurado… Y lo único que quisiera añadir es que… ésta es la última visita que le hago: le digo adiós definitivamente, ya no lo reconozco como mi padre ni como nada: usted para mí ya no existe.

El viejo y ceniciento rostro del hombre sentado frente a él cambió. Rejuveneció, adquirió brillo, rio. De verdad, el padre, tras años de sarcasmo, rio. Se volvió tan irreconocible que el hijo se asustó íntimamente. Y se asustó también, y aún más, de una mano cubierta de un simiesco vello gris que aquél le tendía sobre el tablero.

Pero en el acto su miedo trocó en furia: la tenebrosa furia de la sangre emparentada. De repente olvidó por completo su propósito de vengarse dignamente. Y se volvió pequeño, pequeño, desesperantemente pequeño: habría cabido en una cajita, y sin embargo sintió que ni la Iglesia Grande de Róterdam podría contenerlo.

—¿¡Cómo!? —exclamó—. ¿Ahora que, pese a todos sus empeños, he llegado adonde quería llegar tendría que aceptar que me estreche la mano y me dé la enhorabuena? Nunca. Nunca de parte de un padre que se ha pasado la vida buscando perjudicarme.

Dreverhaven se había puesto de pie detrás de su escritorio. Sus puños con el vello gris estaban apoyados en el tablero, toda la carga de su pesado torso descansaba en esos puños, convirtiéndolos en una horrible red de venas. Parecía un monstruo disfrazado de persona, un gorila gris y avejentado. Su boca se abrió como para emitir un rugido... y sin embargo... y sin embargo:

—O quizás ayudarte —dijo despacio, con voz clara y ronca, pero por lo bajo.

Y sonó tremendamente misterioso: de golpe, aquel hombre se convirtió en un misterio.

Katadreuffe, entre el enojo y el miedo, pero poniendo cara de palo, se volvió y se marchó sin decir palabra. Su altivez empezaba a diluirse en su interior de una forma curiosa. No debía demostrarlo; mantuvo esa altanería, se marchó sin decir una palabra.

Y nuevamente se oyó en una esquina del edificio el extraño sonido del viento, acompañando lúgubremente su partida.

Entonces, una vez fuera, como un automatismo, un abatimiento completamente irracional a causa de su actitud lo impulsó hacia su madre.

Pero la imagen y el sonido continuaban: seguía viendo al monstruo de su padre, la boca que se abría y emitía las palabras: «¿O quizás ayudarte?».

«¡Teatro, puro teatro! —gritaba por dentro—. Puro teatro por parte de ese maldito viejo canalla: teatro y falsedades.»

Así pues, se hizo de acero.

Y llegó a casa. Ella no estaba, encontró únicamente a Jan Maan. Estaba muy alterado, a punto de lanzar un reproche a su amigo. Pero Jan Maan, advirtiendo el brillo en sus ojos, le dijo:

—¿Te crees que iba a dejarla salir a la calle?... Sólo ha subido un momento a ver a los vecinos. Han tenido un hijo. La invitaron a conocer a ese futuro burgués.

Katadreuffe se sentó a la mesa; entonces todavía no había visto el testamento. Sentado frente a él, Jan Maan siguió leyendo su revista subversiva, las manazas en las sienes. Katadreuffe notó que su amigo empezaba a peinar canas y a quedarse calvo (el trabajador envejece rápido), pero que conservaba su característica pulcritud en la ropa y las uñas: de eso se ocupaba ella, en eso se fijaba ella. Y sabía que él mismo también empezaba a grisear. Había encanecido rápidamente, empezando por las sienes, aun antes que Jan Maan, y eso que ni siquiera había llegado a la treintena. Por suerte todavía no estaba quedándose calvo

Había recobrado el control de sí mismo. Lo peor había pasado. Sin embargo, seguía sintiéndose inquieto y descontento. Ojalá su madre volviera rápido: quería desahogarse. Aunque, una vez que ella volviese, tal vez él callara.

Entonces, inexplicablemente, su descontento e inquietud se orientaron en otro sentido. Al programa de su vida aún le faltaba algo que sencillamente se había saltado; vio el hueco y dijo con cierta timidez:

—Oye, Jan, en algún momento me gustaría ir a una iglesia.

Jan Maan alzó la vista.

—¿Te has vuelto loco, muchacho? ¿Una iglesia? ¿Qué clase de iglesia?

—Pues... una iglesia protestante, naturalmente: «ella» es de familia protestante, aunque no practique. Pero me gustaría escuchar a un buen predicador. ¿Sabes de alguno?

Jan Maan estaba demasiado sorprendido como para enfadarse.

—¿Le estás pidiendo a un miembro de la Unión de Ateos Holandeses la lista de predicadores? ¿Te das cuenta de lo que estás pidiendo, y a quién?

—Hombre, no te sulfures. Sólo he querido decir...

Guardó silencio.

—Anda, suelta, ¿qué has querido decir? ¿Que ya eres un perfecto capitalista, acaso? ¿Que lo único que te faltaba era la religión, que ahora también quieres ese apoyo? El diploma y el dinero ya los tienes en el bolsillo, y ahora un trozo de la cruz como bastón... Supongo que así ya nada impedirá que te abras camino maravillosamente.

—Estás diciendo tonterías, Jan.

—Mejor así. Si tuviéramos las mismas ideas, hace tiempo que estaríamos distanciados. Un lazo entre dos personas que no tienen nada que discutir, enseguida se rompe.

—¡Cuánto tarda! —dijo Katadreuffe, y Jan Maan, que había retomado la lectura, refunfuñó:

—Dale tiempo de examinar a la criatura de arriba abajo.

Katadreuffe reflexionó unos momentos sobre lo que acababa de decir. El surco de la reflexión le apareció en el entrecejo. No, lo que había afirmado De Gankelaar no era justo: la religión no era ningún achaque de la vejez. Él de pronto sentísa una necesidad, no de apoyarse en la religión, eso sería una muestra de debilidad, sino de incorporar a Dios en su vida como un pensamiento al que podía recurrir de tanto en tanto.

En la mesa ocupaba el lugar habitual de su madre; la gran cesta de labores estaba junto a su silla, sostenida por un trípode. Con gesto distraído, su mano comenzó a acariciar la lana. Cogió un ovillo, ¡qué bonito color verde, así a la luz! Brillaba. Vio una labor recién empezada: no debía tocarla; en realidad, ni siquiera debería estar hurgando en la cesta de su madre: de pequeño a menudo lo había castigado por ello.

Se puso otra vez a reflexionar sobre cómo incorporar a Dios, no como capitalista, sino porque había llegado el momento, ahora que estaba a punto de emprender el viaje. En la carga no podía haber espacios vacíos: todo tenía que estar bien estibado; sí, en efecto, había dejado un espacio vacío.

Entonces volvió a oír las palabras, como un susurro: «¿O quizás ayudar?».

Y vio de nuevo a su padre, de pie, como un predicador detrás de la mesa, apoyado en sus velludas manazas: parecía haberse vuelto más pequeño y más compacto. Repetía tres palabras que sonaban absolutamente misteriosas, pero a un tiempo absolutamente veraces: «¿O quizás ayudar?»

De repente vio entre sus dedos una libreta de la Caja: eso era real. Debía de haber estado en la cesta, debía de haberlo encontrado allí sin pensar. Su mano jugó con las páginas, leyó en la última una cifra elevada. Releyendo con extrañeza vio mes a mes los mismos depósitos: mes a mes había llevado al banco el dinero que él le dejaba. Y entonces, en la primera página, descubrió su testamento, en grandes letras que seguían siendo de niña: «Para mi hijo Jacob Willem, después de mi muerte. Sra. J. Katadreuffe.» Y la fecha. El testamento.

Dejó la libreta de nuevo en la cesta, se puso de pie. Se sentía ciego, se asomó a la ventana.

El testamento, ilegal, inválido, innecesario: el sublime testamento.

—Mierda —dijo con voz ronca.

Porque un hombre, al conmoverse, no llora: suelta un taco.

En la mesa, Jan Maan lo oyó y preguntó:

—Jacob, ¿te pasa algo, muchacho?

Pronunció aquel nombre como si fuera un eco: un nombre extraído del Antiguo Testamento. Su corazón de amigo se había conmovido. Se había dado cuenta.

Entonces Katadreuffe vio que en su vida había sólo cuatro personas, y que todo era tristeza.

Jan Maan, el amigo al que nunca había podido arrebatar de sus pequeños amores efímeros y su mezquina inclinación partidaria. El hombre al que tan sólo un corazón fiel habría podido redimir de los ahogos de lo pequeño.

Lorna te George, la mujer cuyo calor había desdeñado. Él de este lado, ella de aquél, entre ellos el río celebrando una boda eterna. Él estaba *aquí*: se había quedado en la orilla como un cobarde Leandro. Se había contentado con un matrimonio imaginario con un espectro.

«Ella»: la vio a ella. La mujer adusta y hosca que nunca lo había ayudado. Pero también la mujer de los ojos como ascuas: la autora de ese testamento ológrafo. La mujer que estaba a punto de perder después de perder a Lorna te George, una mujer cuya sangre compartía y que, por tanto, estaba destinada a irritarlo. Jan Maan tenía razón: en su ingenuidad, había dicho una gran verdad. Y qué triste era: qué distinto tendría que haber sido todo entre aquella mujer y él.

Pero a la cuarta persona no la vio para nada como tal: la vio como un árbol. Y ese árbol simbolizaba a la vez sus sentimientos por esa persona: lo simbolizaba también a él. Él había crecido en el interior de ese árbol, inseparablemente unido a aquella persona. En un rincón oscuro de su corazón, en la cálida selva tropical, se alzaba ese árbol. Pero se vio talando esa teca con un hacha: al talarse a aquel hombre también se había talado a sí mismo.

—Jacob, ¿pasa algo?

Y Katadreuffe, tan obstinadamente honesto, en su desesperación echó mano de la mentira. Se llevó la mano a la frente.

—Mierda —repitió—. Se me había olvidado que todavía tenía un recado que hacer. ¡Salud! Dile que vuelvo dentro de media hora.

Y, volviendo la espalda a su amigo, se marchó. «Y ahora, por el amor de Dios, nada de encuentros fortuitos en el portal». Pero no, arriba todo seguía tranquilo; sólo se oyó el débil llanto de un niño.

Bajó velozmente la escalera y, sin hacer ruido, cerró la puerta tras de sí.

CONTENIDO

ESTA PRIMERA EDICIÓN DE «CARÁCTER» DE F. BORDEWIJK SE TERMINÓ DE IMPRIMIR EN LA CIUDAD DE BARCELONA, ESPAÑA, EN DICIEMBRE DE 2017.

ALIOS · VIDI · VENTOS · ALIASQVE · PROCELLAS

MARGIN RELEASE
" 2
/ 3
@ 4
C T E C
E C A R
SHIFT KEY
R E C

" 2 / 3 @ 4 £ 5 6
T E C T
E C A R A
R E C T